Sirena

Bestseller Internacional

Carolyn Turgeon
Sirena

Un giro al cuento clásico

Traducción de Montse Batista

Planeta

El papel utilizado para la impresión de este libro es cien por cien libre de cloro y está calificado como **papel ecológico**.

No se permite la reproducción total o parcial de este libro,
ni su incorporación a un sistema informático, ni su transmisión
en cualquier forma o por cualquier medio, sea éste electrónico,
mecánico, por fotocopia, por grabación u otros métodos,
sin el permiso previo y por escrito del editor. La infracción
de los derechos mencionados puede ser constitutiva de delito
contra la propiedad intelectual (Art. 270 y siguientes del Código Penal).
Diríjase a CEDRO (Centro Español de Derechos Reprográficos) si necesita
fotocopiar o escanear algún fragmento de esta obra. Puede contactar
con CEDRO a través de la web www.conlicencia.com
o por teléfono en el 91 702 19 70 / 93 272 04 47

Título original: *Mermaid. A Twist on the Classic*

© Carolyn Turgeon, 2011
© por la traducción, Montse Batista, 2013
© Editorial Planeta, S. A., 2013
   Avinguda Diagonal, 662, 6.ª planta. 08034 Barcelona (España)
   www.planetadelibros.com

Fotografía de la cubierta: © Henrik Sorensen / Getty Images y Shutterstock
Primera edición en Colección Booket: febrero de 2013

Depósito legal: B. 630-2013
ISBN: 978-84-08-04472-7
Composición: Víctor Igual, S. L.
Impresión y encuadernación: Rodesa, S. L.
Printed in Spain - Impreso en España

Biografía

Carolyn Turgeon (Michigan, 1971) es autora de cuatro novelas: *Rain Village* (2006), *Godmother: The Secret Cinderella Story* (2009), *Sirena* (2011; Booket, 2013), de la que Sony Pictures está desarrollando una película, y *The Next Full Moon* (2012). Se graduó en la UCLA, donde estudió poesía italiana medieval. Vive entre Pensilvania y Nueva York.

Más información en: www.iamamermaid.com

Para mis padres y hermana

Apenas entró al río quedó limpia,
Relució como una piedra blanca en la lluvia
Y sin mirar atrás nadó de nuevo,
Nadó hacia nunca más, hacia morir.

PABLO NERUDA

Sirena

Capítulo Uno

La Princesa

El día en que la princesa los vio por primera vez era sombrío, nublado, como todos. Los vio a los dos, a los que cambiarían su vida. No hubo nada que anunciara su aparición, ninguna reunión de pájaros ni disposición de las hojas del té que señalara su llegada. Si acaso, el convento estaba más tranquilo que de costumbre. Las monjas acababan de terminar el oficio de mediodía y se dispersaban para dirigirse a sus celdas a rezar en privado. La abadesa estaba encerrada en su aposento. Sólo la princesa se encontraba fuera, en el jardín, paseando junto al muro de piedra desde el que se veía el mar. Allí, cerca del viejo pozo, el muro descendía a la altura de las rodillas y un antiguo portillo daba a una escalera en curva que llevaba a la pedregosa playa de abajo. Iba envuelta en pieles, con el semblante contraído frente a las ráfagas de viento que soplaban con fuerza desde el mar y agitaban los árboles en torno a ella.

No debería estar allí. Tendría que haber estado también en su celda, pero ella no acataba las normas de la misma manera en que lo hacían las demás, y la abadesa les había ordenado que le dieran manga ancha. Nadie sabía por qué, sólo sabían que había llegado una noche a lomos de un caballo, acompañada por tres guardias armados que llevaron dentro un arcón, lo colocaron en una celda doble y privada en el ala de las novicias y desaparecieron tan silenciosamente como habían llegado.

Aparte de la abadesa, nadie sabía que era la hija del rey del Norte, que se estaba escondiendo allí después de que unos informes secretos revelaran que el Sur iba a reanudar sus ataques. Las demás la conocían sencillamente por Mira, que era el diminutivo de su nombre, Margrethe. La mayoría suponía que padecía algún tipo de enfermedad o melancolía, y durante los últimos meses las novicias menos devotas se habían pasado horas enteras intentando adivinar de cuál de las dos cosas se trataba. Pocos días después de su llegada, había aparecido otra nueva residente: una alegre chica pelirroja llamada Edele que rápidamente se hizo amiga de Margrethe, casi como si la conociera desde hacía años.

Margrethe nunca había querido ir a aquel lugar remoto, no estaba acostumbrada a la soledad estéril de aquella parte del mundo. Echaba de menos el castillo, las largas cenas iluminadas por el fuego y la danza, los paseos en trineo, la habitación de cuando era niña con su chimenea pequeña en la que ardían las piñas, sus libros y las largas horas que había pasado con el consejero y viejo tutor de su padre, Gregor, absorta en su estudio, aprendiendo sobre antiguas batallas, amores y filosofías. Pero el reino se hallaba amenazado y su padre había dicho que aquél era el mejor lugar para ella, allí, en el confín del mundo, en el convento que su difunta abuela había contribuido a fundar y en el que su madre había recibido educación de pequeña.

Pensó en su madre mientras contemplaba aquel mar desolado. Habían pasado dos años desde la muerte de la reina, pero en ocasiones la sentía tan reciente como una herida nueva. Margrethe se arrebujó en las pieles y resistió el viento con austeridad, inspirando el aire denso que le cubría la lengua de sal. Se preguntó cómo se habría sentido su madre mirando aquel mismo mar. ¿Sería igual en aquel entonces? ¿Un océano oscuro y bravo? De un color que, a Margrethe, le parecía el de la tristeza.

Antes de llegar allí nunca había visto el mar de aquella manera, como algo vivo. Una tormenta reciente había arrancado de raíz algunos árboles que ahora señalaban hacia el agua como dedos nudosos. Se resistió al viento con la esperanza de divisar una embarcación vikinga, una bandera cuadrada, un dragón en la proa, pero se encontraba en el fin del mundo, en el punto más septentrional del reino, y allí no llegaban los barcos.

¿Cómo iba a saber entonces que aquél sería el momento más excepcional de su vida? ¿Cómo distinguir de antemano aquello que hará de nuestras vidas algo completamente distinto? A Margrethe le pareció que era un momento como cualquier otro: aguardando el regreso al castillo de su padre, mirando el mar sombrío, esperando que terminara el rezo privado y empezara el trabajo diario en el convento. Por extraño que pareciera, se sorprendió deseando que llegara ya la tarde para pasar las horas tejiendo, escuchando el traqueteo de los telares y el murmullo de las ruecas cercanas mientras una de las hermanas leía en voz alta las escrituras. Al principio detestaba las aburridas horas de trabajo, pero últimamente había encontrado cierto consuelo en ellas. Podía olvidarse de todo mientras miraba cómo se transformaba la lana frente a ella.

El cielo espejeó y cambió. El sol era un anhelo apagado tras un velo gris y plata.

Y entonces, allí estaba. ¡En el agua! Tomó aire con rapidez, temerosa de que fuera una ilusión causada por el mar.

Del agua surgía la cola de un pez. Plateada y brillante, reluciente.

Margrethe entrecerró los ojos contra el viento frío, intentando mantener la mirada fija. Dicen que aquí, en el fin del mundo, puedes ver cosas. Rostros en las nubes, olas y hojas. Ramas que se convierten en brazos y otra vez en ramas.

Pero allí estaba de nuevo, un destello blanco.

Margrethe parpadeó repetidamente y el aire del mar pareció atravesarla. Se enjugó lágrimas de los ojos y las mejillas y se inclinó hacia el viento. Daba la impresión de que el mar cambiaba de espuma a agua, que pasaba de la oscuridad a la luz, arremolinándose. Unas rocas sobresalían en la distancia. Sería fácil confundir una de ellas con la aleta monstruosa de un gran pez o con la proa de una embarcación que se hundía.

Y entonces, una cola curva y resplandeciente brilló fuera del agua. Al cabo de un momento hubo otro destello y apareció un rostro pálido que desapareció con la misma rapidez con la que había surgido. Un rostro de mujer. La cola de pez extendiéndose detrás de ella. Plateada, como si estuviera hecha de piedras preciosas.

Margrethe sacudió la cabeza. El frío le hacía ver visiones. Se giró y miró el convento a sus espaldas, con la cruz y los chapiteles de la iglesia alzándose negros contra el cielo. Las demás mujeres estaban dentro, envueltas en mantas y pieles junto al fuego. Ella era la única lo bastante loca como para encontrarse allí mirando hacia aquel mar imposible.

Se rió de sí misma y se volvió de nuevo hacia el mar.

Pero la mujer seguía allí, más cerca ahora, deslizándose por el agua como si tuviera alas. Sus cabellos eran del color de la luna y estaban salpicados de perlas. Fuera del agua su piel relucía, captando la luz y transformándola en diamantes. Y la cola la impulsaba hacia adelante, sin duda. Aquella criatura no era humana.

«Sirena.» A Margrethe le vino el nombre a la cabeza de forma automática, procedente de las historias que habían arraigado en su mente, de los cuentos antiguos que había leído a la luz del fuego mientras el resto del castillo dormía.

Permaneció allí fascinada, sin sentir ya el viento ni el frío, observando a la sirena que se movía por el agua. Margrethe no sabía que tales cosas pudieran existir de verdad, pero en cuanto vio a la sirena fue como si el mundo siempre hubiera contenido esa especie de maravilla. «Así es como funciona —pensó—. Cuando el mundo se convierte en algo nuevo, parece que siempre haya sido de esa forma.»

En todos los años que había pasado en la corte nunca había visto nada semejante, ni en todos los grandes banquetes y bailes, los festivales que duraban semanas, las creaciones de músicos y narradores, las ricas especias, telas y joyas traídas de todo el mundo. No, en todos los años que estuvo rodeada de doncellas que la bañaban, le cepillaban el pelo, le ataban los corsés y aplicaban polvos en su piel, nunca había visto nada que pudiera compararse con aquella criatura que brillaba a través del agua, impulsada por la cola de un pez.

Cuando la sirena se aproximó a la costa, Margrethe vio que llevaba algo. Un hombre. Lo sostenía en sus brazos y le mantenía la cabeza por encima del agua.

La sirena aminoró el ritmo a medida que se aproximaba a la orilla y, al llegar, alargó la mano hacia la playa rocosa. Con un movimiento ágil y ondulante, rodeando al hombre con un brazo, pasó del mar a tierra. Las rocas puntiagudas hubieran desgarrado la piel humana, pero la sirena, cuyo cabello claro colgaba en mechones largos y húmedos, parecía ilesa cuando soltó al hombre y, suavemente, lo depositó con ternura en la orilla junto a ella.

Entonces Margrethe vio claramente el cuerpo musculoso del hombre, un cuerpo de guerrero, cubierto de heridas. Humano. La sirena se tendió a su lado y su torso desnudo y pálido dio paso a unas escamas relucientes cuando tras la cintura surgió la cadera y la curva de su cola, como un vestido perfectamente ajustado de colores exquisitos, de un plateado maravilloso con matices verdes. La sirena se incorporó y tiró de la cola para acercársela al costado. Seguía pareciendo que el frío no la afectaba, a pesar de las fuertes ráfagas de viento que la envolvían. Su piel tenía un aspecto duro como la piedra. Cuando Margrethe se dio cuenta de que aquél era el cuerpo real de la sirena, la repugnancia se mezcló con su asombro y temor. «¿Cómo sería ser mitad pez? —pensó—. ¿Cuán fría y dura sería al tacto?»

El hombre escupía y tosía. Al inclinarse sobre él, la sirena le rozó el torso con sus pechos. Lo besó en la frente y le acarició el cabello mojado. Incluso desde aquella distancia, Margrethe vio la mirada de amor puro y radiante que iluminaba el rostro de la sirena al contemplarlo.

«Esto es el éxtasis», pensó Margrethe. Era lo que veía en la expresión del rostro de las monjas cuando se arrodillaban a rezar. Ella también había intentado entregarse al cielo, tal como hacían las mujeres de su entorno, pero sabía que su corazón estaba demasiado atado a la tierra.

Las campanas sonaron a su espalda, anunciando las oraciones de última hora de la mañana.

La sirena alzó de pronto la mirada y vio a Margrethe. Ella, sorprendida, dejó escapar un grito ahogado. Distinguió el azul de los ojos de la sirena, como si toda la escena se hubiese magnificado, y, a pesar de la distancia que las separaba, sintió claramente cómo clavaba en ella su mirada penetrante. Fue como si, por un momento, la sirena estuviera allí mismo, en el jardín del convento.

Los árboles y el viento parecían susurrar: «Sálvalo.» Y una voz en su interior decía: «Vamos, ven.»

Margrethe dejó de respirar, sintiendo apenas su propio cuerpo. Y entonces, tras dirigir una última mirada al hombre y darle un último beso en los labios, la criatura abandonó las rocas y se sumergió de nuevo en el mar.

Margrethe soltó un grito y, sin pensar, cruzó corriendo el portillo del convento y comenzó a bajar por los escalones de piedra, centenares de ellos, que conducían a la playa. Se ciñó las pieles al cuerpo, asiéndose a la fina baranda de hierro para no resbalar, mientras el viento se arremolinaba con fuerza a su alrededor y, bajo ella, los escalones parecían no tener fin. Llegó a la playa, avanzó sobre las rocas a trompicones pero no vio ni rastro de la sirena. Sólo estaba él, el hombre que la criatura había sacado a la orilla. Y allí, junto a su mano, una reluciente concha de ostra.

Margrethe se detuvo al borde del agua y luego entró en el mar sin importarle que las botas se le empaparan. Miró a lo lejos, pero lo único que había allí era el océano interminable, cortado por las rocas y el hielo y por el cielo perturbado y sofocante. De repente el mundo parecía absolutamente lúgubre y sin esperanza.

—Vuelve —susurró Margrethe—. Por favor.

Pero el mar había recuperado la calma. Las rocas se alzaban desde el agua, inmóviles, como dioses insensibles. Las olas avanzaban y retrocedían por la línea de la costa, golpeándola, lanzándose contra la tierra y desapareciendo de nuevo a continuación.

Capítulo Dos

La Sirena

Aquella tarde, el gran salón de palacio se hallaba más silencioso que de costumbre. El fondo oceánico, nutrido de plantas marinas, anémonas y placas de coral, estaba tranquilo y las paredes ámbar se balanceaban tan sólo ligeramente, dejando caer flores que rozaban la piel de la sirena a su paso. Las ventanas ojivales de color ambarino se habían abierto de golpe y unos bancos de brillantes peces argentados con dientes puntiagudos las cruzaron a raudales, iluminando el agua oscura. En lo alto, miles de conchas de mejillón se abrían y cerraban con las corrientes. Si entrecerraba los ojos y aguzaba la vista todo lo posible, creía poder distinguir el apagado reflejo del sol arriba.

Se llamaba Lenia. Era la hija menor de la reina del mar y vivía con su madre, su padre, su abuela y cinco hermanas en un gran palacio de coral en el fondo del océano.

Se dirigió al extremo del gran salón, donde un pedazo de cristal pesado y empañado colgaba encima de la imponente chimenea. Tanto el cristal como la chimenea se habían recuperado de barcos hundidos llenos de huesos humanos, objetos efímeros y tesoros. A Lenia le resultaba extraño ver su propia imagen y por regla general evitaba el cristal y sus trucos. Pero aquel día se sentía tan distinta y cambiada que tenía que comprobar si aquello resultaba evidente también para los demás.

Sus hermanas la habían importunado durante toda la mañana y sus cantos se propagaban a través del agua y por las habitaciones de palacio, intentando atraerla al jardín, donde la habían estado esperando para escuchar su historia. Todo el mundo había dicho siempre que ella tenía la voz más hermosa, y fue ella, de entre todas sus hermanas, la que se había entusiasmado más con la idea de ir nadando hasta el mundo superior. Era ella quien tenía la estatua humana en su jardín, un jardín redondo y rojo como el sol. Era ella la que en innumerables ocasiones había pedido a su abuela que le hablara de los hombres y las mujeres, de las almas. Pero ese día Lenia había esperado en su habitación hasta tener la total certeza de que sus hermanas se habían marchado y que el único habitante que quedaba en palacio era su anciana abuela, que sabía mejor que nadie que Lenia sólo hablaría cuando estuviera preparada para hacerlo, sólo entonces.

Lenia se acercó al cristal empañado. Tardó un minuto en centrar la mirada en sus ojos azules, su piel blanca, el reluciente cabello de luna que ondeaba en torno a ella en el agua, sus pechos pequeños de punta rosada, su cola larga de color gris plateado, las conchas de ostra que la guarnecían y que eran un símbolo de su alto rango. Tras ella, un pulpo se balanceaba de un lado a otro y un grupo de caballitos de mar pasaba flotando.

Se acercó hasta que estuvo a tan sólo unos centímetros de su propio reflejo.

Apretó las palmas de las manos contra la cintura, contra la piel suave y fría. Se dio cuenta de que había pensado que tendría un aspecto más... humano. Pero era tal y como había sido siempre. Ni siquiera se veía mayor.

Su rostro la miraba desde el cristal, como si se burlara de ella. No tenía nada de humano. Su piel era irisada y cambiaba muy ligeramente de color cuando ella se movía en el agua. Llevaba los labios pintados con el rosa de las flores marinas que se habían molido para ella. El agua entraba y salía de las diminutas branquias que tenía en el cuello. Y justo debajo de la curva de su vientre, la piel adoptaba un brillo intenso y se iba convirtiendo, poco a poco, en escamas. Escamas de pez largas y finas que cubrían a capas toda su cola.

Desde que tenía memoria había deseado ir al mundo superior. Una a una, el día de su decimoctavo cumpleaños, sus hermanas habían obtenido permiso para viajar durante todo el día a la superficie del agua mientras ella, la más joven, esperara en palacio a que regresaran. Después de cada una de estas visitas, las hermanas se reunían en los jardines y escuchaban las historias de las curiosidades y maravillas que había en lo alto. Los peces se deslizaban junto a sus hombros y sus rostros mientras la hermana afortunada urdía su historia, y Lenia escuchaba sin aliento a sus hermanas que hablaban de las ciudades centelleantes y los carruajes ruidosos que habían visto desde la orilla, de los cielos nocturnos salpicados de estrellas, de los cisnes que volaban como largos velos blancos sobre el mar, de los niños mortales con piernas en lugar de cola y de los icebergs que relucían como perlas. Sus hermanas habían quedado impresionadas por todas aquellas cosas, pero con mucho gusto habían vuelto al mar una vez que sus cumpleaños habían terminado. Pero a Lenia el mundo superior le parecía tan vasto, tan extraño, tan lleno, que el día de su decimoctavo cumpleaños se había decidido a aventurarse mucho más que cualquiera de sus hermanas, y a memorizar todos y cada uno de los momentos de aquel día.

Hubo un tiempo en el que las sirenas habían podido visitar el mundo superior siempre que querían. Se habían aparecido a marineros, habían hechizado a viajeros, habían secuestrado a jóvenes hermosos de la costa y los habían llevado al mundo de abajo. Pero las cosas habían cambiado en los últimos centenares de años a medida que los humanos salían con más frecuencia al mar. Después de que unos pescadores recogieran a un grupo de sirenas hermanas y las mataran brutalmente, la bisabuela de Lenia había dictado un real decreto que prohibía más interacción entre los dos mundos. «Son peligrosos —había dicho—. Nos matarán a todos si tienen ocasión.» En cualquier caso, para honrar aquel vínculo antiguo entre ellos y los humanos, a todos los sirenios se les permitía viajar solos al mundo superior aquel único día, en su decimoctavo cumpleaños, siempre y cuando tuvieran mucho cuidado de mantenerse fuera de la vista de los humanos.

Para casi todos los que eran como Lenia, los humanos eran viles, depredadores. Vivían poco, llevaban vidas violentas antes de morir y dejaban que sus cuerpos se pudrieran, cosa que a la mayoría de sirenios les resultaba muy poco elegante, dado que ellos vivían trescientos años antes de convertirse, con dignidad, en espuma. El fondo del mar estaba lleno de cuerpos humanos hinchados; las embarcaciones humanas se hundían y se convertían en tumbas llenas de basura y huesos. En los últimos años algunos sirenios incluso habían optado por permanecer en el mar el día que cumplían dieciocho años, negándose a tener ningún tipo de contacto con el mundo superior.

Sus hermanas se habían burlado más que nadie de la pasión que Lenia sentía por los humanos. Nadine le llevaba huesos de marineros y, siempre que podía conseguirlas antes que los peces, partes putrefactas de sus cuerpos. «Mira qué asqueroso es —decía sosteniendo un dedo que se desintegraba, con pedazos de piel desprendida que se agitaban como pequeñas velas—. Mira lo que les ocurre.»

Pero ninguno de los prejuicios de su familia había conseguido disminuir el deseo de Lenia de ver el mundo superior con sus propios ojos. Llevaba tanto tiempo esperando la visita que se empeñó en irse la noche anterior, justo después de medianoche, en mitad de una tormenta terrible, tan fuerte e intensa que hasta se había dejado sentir en el fondo del mar.

—Tal vez tendrías que esperar unas cuantas horas más —le había advertido su abuela, pues las paredes de coral se estremecían a su alrededor, pero Lenia había restado importancia a su preocupación con un gesto de la mano. Por fin había llegado la víspera de su cumpleaños y había pasado por toda la ceremonia (el elaborado festín, el «prendido» de conchas de ostra y perlas, el canto frente a toda la corte) y no iba a esperar ni un segundo más de medianoche para visitar el mundo de arriba.

—Quiero verlo todo —había dicho—, incluso lo peor.

Le habían dado apretones de manos y habían intentado distraerla con obsequios y chucherías. Su madre había pedido a los cocineros que consiguieran almejas gigantes y las rellenaran con hígado de rape, cangrejo y huevas, que prepararan pez lobo con setas de mar y escorpina de importación rodeada de rollos de carne de cangrejo, que dispusieran fuentes colmadas del caviar más excepcional y ofrecieran una selección de ostras, percebes, bígaros, cangrejos, langosta y caracoles de mar en platos enormes bordeados de estrellas marinas. Su padre le había regalado una concha que, al sostenerla contra el oído, emitía los cantos de ballenas y focas. Y sus hermanas se habían unido para hacerle un brazalete con cristales marinos recogidos de los más antiguos y trágicos naufragios.

 La mesa dorada del banquete se había movido e inclinado por el temblor de la tormenta que tenía lugar arriba. La arena del fondo del mar había girado arremolinada entre ellos mientras comían. Los músicos no dejaron de tocar sus instrumentos hechos de coral, huesos y conchas, incluso cuando el palacio se sacudía y los mejillones se abrían y cerraban con fuerza por encima de ellos. Los sirenios susurraban que, en cientos de años, nadie había experimentado unos efectos semejantes por una tormenta del mundo superior. Era algo extraordinario y, seguramente, muy mala señal.

 —Canta, Lenia —habían insistido sus hermanas, intentando distraerla, y para desafiarlos a todos, ella abrió la boca y cantó la melodía más dulce que pudo sobre la belleza del mundo que tenían por encima. Recordaba detalles de las historias de su abuela, de las visitas de sus hermanas, de sus propios sueños. Criaturas que volaban por los aires. Relámpagos que centelleaban surcando el cielo. Almas que abandonaban los cuerpos y se alzaban hacia las estrellas.

 Esto era lo que los demás sirenios no entendían pero Lenia sí: que los humanos tenían alma, y que sus almas vivían para siempre. No era lo mismo que cuando morían los sirenios, que se desintegraban transformándose en espuma y se convertían en parte del gran océano. Las almas eran redes de luz que contenían la esencia de la vida humana. Recuerdos y amores, hijos y familias. Todos los momentos de una vida comprimidos en su interior.

—¡Basta! —había gritado su madre al ver el efecto que la voz de Lenia causaba en la corte. Incluso aquellos que nunca habían estado en el mundo superior y que nunca habían querido ir, los que lo aceptaban como un lugar lleno de peligro, habían sentido un profundo anhelo en su interior cuando Lenia cantó. Al fin y al cabo, todos habían venido del mismo lugar, humanos y sirenios. Nadie podía estar completo en un universo así dividido. La voz de Lenia, tan dulce y clara, se había colado sinuosamente en todos y cada uno de ellos, hinchiendo sus corazones e iluminando las partes que estaban vacías.

Lenia había dejado de cantar y reinaba el silencio mientras todos los invitados se esforzaban por recuperar la compostura.

—Vete ya, hija —le había dicho su madre con resignación, y su padre, situado detrás de la reina, había asentido con la cabeza, tal y como hacía siempre. Estaba tan acostumbrado a comportarse únicamente como el eco de su esposa que nadie se atrevería a asegurar que prestaba alguna atención a las cosas.—. Es casi medianoche. Vete y verás que nada es tan maravilloso como pueden hacernos creer nuestros sueños.

Y Lenia había abandonado el palacio y había nadado directamente hacia la superficie del mar, subiendo y subiendo tan deprisa que parecía que una ola la empujara mientras el agua se arremolinaba a su alrededor. La superficie estaba a millas de distancia, más lejos incluso de lo que había pensado en las ocasiones en las que parecía estar tan alejado de ella que podría haberse tratado perfectamente de otro universo. Cuanto más se acercaba, más intensa se volvía la corriente, que la zarandeaba y le arrojaba peces y conchas encima, envolviendo sus miembros con algas.

Cuando por fin llegó a la superficie y sacó la cabeza por encima del agua, el escarpado muro de sonido con que se topó estuvo a punto de mandarla de vuelta abajo: el estrépito de los truenos, el embate de la lluvia, el azote del aire contra la boca y los pulmones. Una extraña sensación cortante, como si la estuvieran vaciando y el aire se precipitara a través de ella, invadió todas las células de su cuerpo. Las olas se alzaban y caían en derredor, aullando, y a ella le costaba respirar. El cielo era negro, súbitamente iluminado por relámpagos. Soltó un grito y se estremeció al oír cómo se distorsionaba su voz al hendir el aire. Incluso entre la terrible cacofonía del mundo superior, el sonido de su propia voz pareció hacerse pedazos contra ella.

Al fijar la mirada vio algo en la distancia, sacudiéndose sobre las olas. Lenia sólo había visto barcos en el fondo del mar. Lo que vio la desconcertó, la fuerza que tenía batallando contra la tormenta. La proa en forma de dragón se agitaba de un lado a otro.

Lenia volvió a sumergirse y se dirigió hacia el barco. Surcó las furiosas aguas con facilidad, nadó hasta situarse debajo mismo de la embarcación y la observó con asombro mientras ésta se inclinaba a izquierda y derecha, lanzando al agua remos, cofres y otros tesoros. Era igual que un monstruo cabalgando sobre el mar. Salió velozmente de debajo del barco y sacó la cabeza por encima del agua.

Y allí estaban, en la embarcación. Justo delante de ella.

Hombres humanos.

Observó sus rostros llenos de vida mientras luchaban por mantener el barco en equilibrio en aquel mar imposible. Pero la embarcación empezó a partirse debajo de ellos. Se desprendían pedazos enteros que el viento arremolinaba y que se estrellaban contra el agua, donde se hundirían hasta el fondo del océano y se convertirían en ruinas nuevas que ella y sus hermanas podrían explorar.

Un hombre cayó del barco. Cayó al agua sin más, como cualquier otro fragmento. Lenia metió la cabeza en el agua y lo vio hundirse. El hombre se agitaba y hacía todo lo posible para salir a la superficie, hacia el aire, y ella quiso decirle que se hallaba a salvo, que el mundo de debajo del agua era hermoso, que ella podría cuidar de él allí. Pero mientras lo observaba, el rostro del hombre se volvió horrible, escabroso. Dejó de forcejear. Lenia nadó hacia él. Quería ayudarle, llevárselo al palacio y atenderlo, pero entonces su cuerpo dejó de moverse y ella supo que estaba muerto. Lo agarró y lo zarandeó. Tenía la cara muy cerca de la del hombre y las manos debajo de sus hombros.

Recordó lo que ya sabía: los hombres no pueden sobrevivir bajo el agua.

Ya había visto muchos humanos muertos, por supuesto, pero nunca había visto morir a uno. Fue horrible. Los sirenios tenían otra clase de muerte. Todos sabían que morirían, y sus trescientos años les parecían tiempo suficiente. Ellos fallecían con suavidad, convirtiéndose poco a poco en espuma, desvaneciéndose en el agua hasta desaparecer por completo y convertirse en parte del mar. Había visto morir a muchos sirenios, y los que quedaban atrás siempre celebraban el traspaso con cantos y banquetes. Pero ella siempre había creído que era aún más hermoso cuando morían los humanos, porque ellos tenían almas inmortales. Recordó de nuevo cómo le había descrito su abuela la manera en que un alma se deslizaba fuera de un cuerpo humano, hermosa y reluciente, y cómo se alzaba hacia algo llamado cielo, donde tendría vida eterna.

Pero no fue eso lo que Lenia vio mientras observaba cómo morían más hombres a su alrededor. Aquellas muertes eran horribles y dolorosas. Los miembros se sacudían y quedaban inertes. Los hombres luchaban con todas sus fuerzas e intentaban coger aire, y sus rostros eran una máscara de horror cuando empezaban a ahogarse.

Era lo más terrible que había presenciado nunca.

Espeluznada, soltó el cuerpo del hombre y vio cómo se iba hundiendo cada vez más hasta desaparecer en la negrura del mar.

Alzó la mirada. En aquellos momentos caían hombres por todas partes, derramándose en el agua, tratando de abrirse camino a toda costa para encontrar tierra, encontrar aire. Muriendo. Lenia se dirigió de nuevo a la superficie. El barco ya casi había desaparecido, no quedaba de él más que planchas de madera que se abatían sobre el mar. Los hombres nadaban intentando agarrarse a los trozos del barco. Agitaban sus extrañas piernas y sus gritos surcaban la atmósfera tormentosa. Vio caer un pedazo de lastre que le rompió la cabeza a uno de los hombres. Los muertos pasaban flotando junto a ella. Mientras tanto, los relámpagos seguían restallando en el cielo, que parecía un dios enojado.

Era caótico, terrorífico. No sabía hacia dónde ir.

Hasta que lo vio. Un hombre solo agarrado a una tabla de madera. Él alzó la vista y sus miradas se cruzaron. ¿Lo había visto antes? Le resultaba muy familiar. El agua tiraba de él. Apenas quedaban hombres en la superficie.

El cuerpo de Lenia empezó a moverse antes de que la idea tomara forma: salvaría a aquel único hombre.

Nadó hacia él, abriéndose paso entre los cadáveres y los restos del naufragio, y el hombre se quedó inmóvil, mirándola, atónito, mientras la lluvia caía con fuerza. Era muy fuerte, se aferraba a la vida con ferocidad, sacudiendo sus piernas poderosas para mantenerse a flote. A Lenia le resultó conmovedora su pasión por la vida. Aquella voluntad de vivir.

—Ven —le dijo al tiempo que le tendía la mano.

El hombre no se movió.

—Ven conmigo. Te salvaré.

Su voz pareció tener algún efecto mágico sobre él. La miró con los ojos abiertos de par en par con temor y asombro y, a pesar de todo, una sonrisa empezó a formársele en la cara. Ella también le sonrió. Su abuela le había hablado de esto, de la facilidad con la que los sonidos de las sirenas encantaban a los hombres. La facilidad con la que una sirena podía hechizar a un hombre y conducirlo a la muerte. Entonces lo entendió. Entendió el efecto de los tonos suaves y hermosos de su voz en aquel mundo desapacible y estrepitoso.

Le pasó un brazo por los hombros y con el otro le ciñó la cintura.

—Déjate ir —le dijo—. Sujétate a mí.

El rostro del hombre estaba junto al suyo. Podía notar los latidos de su corazón.

—Mis hombres —dijo él, con una voz que llegó retumbante a oídos de Lenia—. Mi barco.

—Shhh —repuso ella—. Te llevaré a la orilla.

El hombre llevaba ropa que le cubría el pecho y la tela le resultó extraña al tacto. Le encantó su olor. Incluso por encima del mar y la lluvia, Lenia podía oler su pelo, su piel, sentir la calidez de su corazón palpitante. Cuando empezó a nadar apoyó la mejilla contra su cabello mojado y la sensación le sorprendió. Era tan suave, tan lleno de vida. Tuvo que contenerse para no llevárselo a su jardín y deslizarse en torno a él, envolviéndolo. «Allí moriría —repetía para sus adentros—. Llévalo a un lugar donde pueda vivir.»

Nadó con más fuerza, empujando contra la corriente, dejando los restos del barco y los cuerpos muy atrás. Cayó en la cuenta de que sabía adónde ir, de que su cuerpo lo presentía.

Era maravilloso nadar por primera vez entre los dos mundos, mitad en el aire y mitad en el agua, mientras la lluvia la golpeaba. Le gustaba el reto del embate de las olas, la manera en que los relámpagos rompían el cielo, la belleza de la noche, de la lluvia y de las estrellas apenas visibles. Le gustaba la sensación de tenerlo entre sus brazos. Para un humano resultaría muy duro llevar en brazos a un hombre de ese tamaño, pero para ella era fácil y cómodo. El hombre había perdido el conocimiento, pero Lenia era consciente en todo momento de su respiración, del aire que entraba y salía de sus pulmones, de lo vital que era mantenerlo fuera del agua y no dejar que su respiración cesara.

Lenia nadó tal como le decía su cuerpo, sumiéndose en una especie de trance entre la respiración del hombre y la agitación del mar dominado por la tormenta.

Al cabo de un rato dejó de llover, el mar se calmó y no se oyó más que el chapaleo del agua y el débil aliento del hombre. Por encima de ella, el cielo negro se aclaró hasta dejar ver los millares de estrellas esparcidas por él. Ni en sus más vivas imaginaciones había comprendido la vastedad de aquel mundo, lo lejos que llegaba. Bajó la mirada y la posó en el hombre que tenía entre los brazos, en su rostro suave y perfecto, y un amor intenso se apoderó de ella.

«Yo te salvaré.»

Se impulsó con un ágil movimiento de cola y nadó con más fuerza de la que había empleado nunca, sosteniendo al hombre como si fuera a romperse, asiéndole con los brazos por debajo de sus hombros. Y entonces, por fin, en la distancia, vio el brillo de unas ventanas. Humanos. Tal como se lo habían descrito sus hermanas, había una pared de roca y, por encima de ella, una gran estructura de piedra. El sol estaba saliendo por detrás de la estructura, por lo alto del acantilado, hendiendo el cielo de rosa, crema y azul.

—Mira —le susurró, y el hombre parpadeó y abrió los ojos—. Mira el cielo.

Él volvió la cabeza, la miró fijamente y, bajo la luz del sol que rayaba, Lenia vio el extraño color ámbar de sus ojos. En ellos había ahora muy poca vida.

Lenia impelió su cola contra las olas y nadó tan aprisa como pudo, hacia la costa, donde él estaría a salvo.

Sus ojos escudriñaron el acantilado, el edificio, y luego se posaron sobre una solitaria chica humana que había en lo alto de las rocas, cerca de una larga escalera que descendía en espiral hasta la playa rocosa. Lenia fijó la vista en ella.

«Sálvalo», pensó.

Alcanzó la orilla, sacó al hombre del agua y lo depositó sobre las rocas.

Sólo tenía unos segundos.

Se tendió junto a él y le acarició el rostro y el pelo. El hombre parpadeó cuando ella se inclinó y lo besó en la boca, en los párpados, en la frente. La sensación de tenerlo bajo sus labios combinada con la luz del sol, el aire que rozaba su piel desnuda, su cabello mojado... todo ello la embargó de una especie de euforia que no había sentido jamás. La tela de la camisa empapada del hombre le hizo cosquillas en los pechos cuando se inclinó contra él. Su boca abierta y su lengua cálida.

Era tan bello. Nunca había visto nada tan hermoso.

Pero sentía que la vida se escapaba de él y sabía que había hecho todo lo que podía hacer, que era momento de dejar que otros humanos se encargaran de él para que pudiera vivir. Alzó la mirada hacia la chica del acantilado que estaba allí de pie, mirándolos fascinada. Su cabello negro ondeaba en torno a ella, en torno a su piel pálida y sus ojos castaños, en torno a su cuerpo arrebujado en pieles.

«Vamos, ven», pensó de nuevo.

Capítulo Tres

La Princesa

El hombre estaba empapado y temblaba de frío. Tenía las piernas y los brazos envueltos en algas. Margrethe vio que había un brillo extraño allí donde la sirena lo había tocado, en la cara y los brazos. Tenía el cuerpo de un guerrero, aunque su ropa era de civil. Incluso allí tumbado en la playa, medio muerto, tenía aspecto de soldado a punto de entrar en combate.

Se arrodilló junto a él, la playa rocosa presionándole las rodillas, y le tocó la cara tal como había hecho la sirena momentos antes, pasando los dedos por el rastro brillante que le había dejado ella en las mejillas y en los labios. No lo notó, ni sus dedos arrastraron partícula alguna. El hombre tenía la piel suave como la piedra y en su cabello claro ya se había formado hielo. En el preciso instante en el que se disponía a tocarle los párpados para recorrer su curva, el hombre parpadeó y la miró fijamente.

Su mirada la golpeó como la palma de una mano abierta. En ella vio el mismo brillo que había en su piel. Retrocedió bruscamente.

—Vos —dijo él con un acento extraño y una voz como un gruñido. La agarró de las pieles y Margrethe se dio cuenta de lo débil que se encontraba. Las rocas estaban manchadas de sangre en torno a él. No sabía qué hacer. Pensó en la niñera que tuvo cuando era pequeña, que era capaz de curar con un clavo de especia, un pedazo de corteza de árbol o una hierba seca que había recogido del jardín del castillo. Pero a ella nunca la habían instruido en las artes sanadoras. Ella era hija de un rey, no estaba hecha para tales menesteres, nunca había aprendido nada útil en absoluto. Estaba sola y nadie podría oírla con el viento que hacía. Tenía ganas de llorar. ¿Por qué sabía tan poco del mundo? Pero sabía lo suficiente para ver que aquel hombre estaba azul, que le castañeteaban los dientes, que iba a morir, y eso le partió el corazón, de dolor, de amor, y se puso de pie de un salto.

Se estremeció al despojarse de sus pieles y las colocó encima del hombre, remetiéndolas con cuidado debajo de brazos y piernas. El viento la golpeó de inmediato. Tan solo llevaba puesta una túnica ligera de lana, al igual que las monjas jóvenes, con un hábito blanco encima. El fino griñón hacía muy poco para protegerle la cabeza del frío. El hombre miró a Margrethe mientras el frío se deslizaba por la piel de la joven y le calaba en la sangre y los huesos.

—Volveré, traeré ayuda —le dijo. Se dio la vuelta rápidamente y subió por las escaleras con toda la rapidez de la que fue capaz mientras su cuerpo se convertía en hielo, su cabello en carámbanos que tintineaban y, al fin, tras lo que parecieron días, llegó al jardín, al portillo, y luego entró en la abadía, sin aliento.

Se abrió paso a empujones entre las pocas monjas que había a las puertas del aposento de la abadesa.

—¡Deprisa! ¡Necesito ayuda!

Margrethe aporreó la puerta en tanto que las otras se agrupaban a su alrededor.

La abadesa abrió, sobresaltada, y se asustó al ver a la joven princesa frente a ella, mojada y temblorosa, en un estado que hacía presagiar un peligroso resfriado.

—¡Mira! —exclamó— ¿Qué os ha pasado?

—Hay un hombre en la playa, junto al agua. ¡Necesita ayuda!

—Entrad —dijo la abadesa, tirando de Margrethe para meterla dentro y sentarla junto al fuego. Dirigiéndose a las demás, gritó—: ¡Traed mantas y pieles! ¡Que venga la enfermera!

—Por favor —insistió Margrethe—. Tenemos que ir a la playa para ayudarle. ¡Le dije que volveríamos! —Sabía que no podía dejar que aquel hombre muriera. La sirena lo había traído hasta ella para que lo salvara.

Una de las monjas entró corriendo, jadeante.

—Madre, sí que hay un hombre en la playa.

—¡Id a buscarlo! —ordenó la abadesa—. ¡Traedlo dentro antes de que muera! ¡Id unas cuantas, vamos!

Mientras estallaba el caos en el claustro por detrás de ella, la abadesa se inclinó a mirar el rostro de Margrethe.

—No podéis arriesgaros de esta manera, da igual el motivo. Vos no sois como el resto de nosotras. No lo olvidéis. Prometí a vuestro padre que aquí estaríais a salvo. Pensad en lo que nos ocurriría a nosotras si sufrierais algún daño.

Margrethe, mareada, asintió con la cabeza. La abadesa era una mujer imponente, con el cabello blanco como la nieve y ojos pálidos, y su semblante poseía un aire de aflicción, como si acabara de presenciar algo horrible.

—Está allí abajo, muriéndose —intentó decir Margrethe, pero las palabras le salieron entrecortadas—. Vi...

—Shhh. Bebed.

El líquido le quemó la garganta al bajar. Percibió vagamente la presencia de otras monjas que entraban, la envolvían en mantas y la conducían de vuelta a su celda. La abadesa la ayudó a tenderse en el jergón. Fuera, el viento aullaba y aullaba. De repente se sintió exhausta, quizá a causa de algo que había en la bebida para calmarla y hacerla dormir.

Cuando despertó, la habitación se hallaba sumida en la oscuridad. Lo único que podía oír fuera era el viento, el golpeteo de la lluvia. Las campanas llamaban a la oración. Tardó un momento en orientarse, en recordar dónde se encontraba. ¿Eran vísperas? ¿Había perdido el día entero de trabajo? Se levantó y se puso una túnica limpia. Le temblaron los dedos al atarse el escapulario, luego se puso el griñón y el velo.

Cayó en la cuenta de que había estado soñando con su madre. Volvía a ser niña y estaba acurrucada en brazos de su madre, percibiendo su aroma a lavanda, el calor de su voz, la suavidad de su mano que le acariciaba el pelo. La invadió una sensación de pérdida terrible. Y había algo más...

Una sirena, sí. Y un hombre.

Margrethe recorrió el pasillo con paso suave, un poco aturdida aún tras su largo sueño. Tenía la misma sensación que si su cuerpo se hubiera forjado en llamas. Se dirigió poco a poco a la capilla, deteniéndose un momento para asomarse al jardín del convento. Empujó la puerta para abrirla y el viento la envolvió con fuerza. El frío le sentaba bien. La lluvia le azotó la cara, y a sus oídos llegó el estruendo del mar.

Era de noche. Las estrellas eran visibles tras el velo blanco que las cubría. El mar brillaba, negro, en la distancia, con todos sus secretos ocultos.

Sacudió la cabeza. ¡Menudos sueños había tenido! La sirena en las rocas, inclinada sobre el hombre moribundo. Su madre cantándole para que se durmiera. Debía de haber sido víctima de una fiebre, igual que le había ocurrido a la abadesa la semana anterior, que había enfermado a causa del frío. Margrethe se rió, pero no sin un dejo de añoranza. Se había criado en una corte donde los trovadores los seducían con cuentos mágicos, donde pasaba las tardes con su tutor, Gregor, leyendo antiguas y largas historias de héroes y conquistadores, de muertos vueltos a la vida. Y ahora allí estaba, viviendo contra el mar más desolador, con mujeres que todos los días se pasaban horas hablándole al cielo mientras ella inventaba criaturas fantásticas.

Cerró la puerta, corrió hasta la capilla, ya tarde, y tomó asiento en el coro al lado de Edele, su vieja amiga, su dama de compañía preferida, quien cruzó la mirada con ella con una expresión de pánico apenas contenido.

—¿Os encontráis bien? —susurró Edele haciendo caso omiso de las miradas severas de las demás.

Margrethe asintió con la cabeza y puso su mano sobre la de Edele para tranquilizarla. Tenía la sensación, más que nunca, de hallarse en el confín de la tierra, allí donde los sueños y la realidad se mezclaban.

Pronunció las palabras con las demás, quedamente. Cerró los ojos y notó que la frente se le llenaba de sudor. Pensó que había soñado con las maravillas que antes había visto, pero, de todos modos, las cosas, también eran encantadoras en aquella parte del mundo: aquellas mujeres, aquel lugar, la sensación de que cada momento contenía algo de lo milagroso. Y Edele, sentada a su lado, con un mechón de pelo rebelde asomando del griñón que lo cubría.

Después del oficio, Edele llevó a Margrethe aparte.

—No deberíais haberos puesto en peligro de ese modo —susurró—, corriendo por ahí con este frío. Recordad quién sois.

Margrethe alzó la cabeza de golpe, sorprendida. El corazón empezó a latirle frenéticamente.

—¿Es real?

—¿El hombre de la playa? Por supuesto. Está a salvo, gracias a vos. Pero deberíais haber llamado a las demás en lugar de ir vos misma.

—Creía que lo había soñado.

Edele miró a Margrethe con más detenimiento, sus ojos redondos llenos de inquietud. Meneó la cabeza.

—¿Estáis segura de que os encontráis bien?

Algunas de las monjas se estaban congregando a su lado.

—Es extranjero —comentó una de ellas.

—No hay ni rastro de su barco —terció otra—. Es un milagro que el agua lo arrastrara hasta nuestra playa y que vos lo encontrarais allí.

—Un milagro —repitió Margrethe.

Y entonces sintió la piel mojada del hombre contra la palma de su mano, vio los ojos azules de la sirena, su cabello rubio blanquecino, su cola de un verde plateado reluciendo sobre las rocas.

—Tal vez deberíais volver a descansar —dijo Edele—. Os traeré té y pan.

—Me encuentro bien —repuso Margrethe con los ojos chispeantes—. ¿Dónde está?

—¿El hombre?

—Sí, quiero verle.

Margrethe vio que las mujeres se miraban las unas a las otras, pero no le importó. Aquel hombre era responsabilidad suya.

—En la enfermería —le indicó una monja joven—. En la última habitación.

—Disculpadme —dijo Margrethe, dándole un apretón en la mano a Edele—. Os veré en la cena —y se marchó rápidamente.

Fue con sigilo por el pasillo que conducía a la enfermería. Los corredores estaban oscuros, las antorchas parpadeaban en las paredes. Fuera el viento continuaba batiendo los árboles y los acantilados. Daba la impresión de que se hallaba rodeada de fantasmas, escondidos en las sombras.

Llegó a la puerta. Apoyó la mano en ella, se detuvo e intentó calmarse. El corazón le latía con fuerza. La lluvia debía de haber empezado a caer de nuevo. La oía golpetear contra el tejado.

Irguió la espalda, respiró profundamente y entró.

La habitación estaba oscura, iluminada por la débil llama de un farol que había junto a la cama y un fuego en la esquina. El hombre estaba tumbado en la cama, durmiendo, con el cuerpo lleno de vendajes y pieles tendidas por todas partes. Incluso con la tenue luz, la joven vio que aún tenía el brillo de la sirena sobre él. Su pecho desnudo relucía.

Se quedó mirándolo, asombrada. La sirena había ido hasta él en el agua, lo había llevado a la orilla, lo había dejado sobre las rocas. El brillo parecía más intenso si cabe, y destellaba cuando la luz del fuego lo alcanzaba en sus mejillas y párpados, en su pecho. Cuando la joven avanzó hasta el borde de la cama, el rostro del hombre salió de la sombra. Vio de cerca el perfil de sus labios: el superior perfectamente definido, descendiendo en forma de V, y el fulgor extendiéndose por su labio inferior, que era más carnoso.

Era igual de bello que la sirena, pensó Margrethe mientras lo observaba.

El pecho del hombre se alzaba y descendía al ritmo de su respiración. La joven se acercó más. Alargó el brazo despacio y, levemente, con tan sólo la yema de su dedo índice, recorrió la curva del hombro. «¿Quién sois?», se preguntó.

Volvió de nuevo la mirada al rostro del hombre y se dio cuenta, horrorizada, de que éste tenía los ojos abiertos y la estaba observando. Soltó un grito ahogado, retiró la mano de golpe y retrocedió.

—Por favor —dijo él—. No os marchéis.

Margrethe se sobresaltó de nuevo. El hombre tenía un rostro sorprendentemente suave y sus ojos, entre verdes, castaños y amarillos, eran del color de un alga al secarse.

La luz del fuego proyectaba su sombra en la pared, irregular y extraña. El hombre miró a la joven como si pudiera leerle el pensamiento y ella se dio la vuelta, avergonzada. Nadie la había mirado nunca de ese modo.

—¿Cómo os llamáis? —le preguntó él.

Estuvo a punto de decirle su verdadero nombre, pero luego se acordó.

—Mira.

—Mira —repitió. Dio la impresión de saborear cada sílaba—. Mira, mi salvadora. Yo soy Christopher.

—Fue una tormenta terrible —comentó ella—. Tenéis suerte de estar vivo.

—Eso no fue una tormenta —replicó él con las cejas enarcadas.

—¿Qué queréis decir?

—¿Alguna vez habéis visto un dragón? —preguntó.

—¿Un dragón?

—Un monstruo con aliento de fuego —explicó, bajando la voz—. Grande como un glaciar, o tal vez dos. Viven en el mar. Íbamos navegando y todo estaba bien. Mis hombres, yo. Había música, baile. Y entonces, de repente, notamos un balanceo. Cayó agua del cielo. Y el barco se balanceó y se sacudió, como si fuera un caballo que intentara derribarnos. Cuando alcé la mirada lo vi. El monstruo más terrorífico del mundo. Con unos ojos de fuego y la piel como la peste.

Ella se quedó mirándolo sin aliento, esperando. Al hombre se le agrandaron los ojos al recordar el terror de la bestia.

—Lo maté, hermana, pero no antes de que se llevara hasta el último de mis hombres. Nunca vi nada parecido.

Terminó su historia con una sonrisa. Ella se limitó a mirarlo un momento antes de devolverle la sonrisa.

—Vos, señor, sois un urdidor de cuentos.

—No, mi señora —repuso él llevándose la mano al corazón—. Yo sólo os cuento lo que vi.

—Y supongo que entonces os salvó nada menos que una sirena —comentó ella en broma, y observó su reacción. ¿Se acordaría?—. Y os dejó una traza de diamantes sobre la piel.

Él se rió, encantado. La forma en que la miraba... era como si fuera una diosa, como si hubiera surgido del mar como Afrodita en las historias que Gregor le había contado.

—¿Eso es lo que sois? ¿Es por eso que vestís este hábito, para ocultar vuestra verdadera naturaleza?

—Tal vez —respondió la joven.

—No se lo diré a nadie.

—¿De dónde venís? —le preguntó.

—De lejos de aquí —contestó con un movimiento de la mano—. Mis hombres y yo hemos ido a muchas tierras remotas. Hemos visto maravillas que no creeríais. Hombres con ojos en la frente, mujeres con serpientes por cabello.

Ella meneó la cabeza, divertida.

—Mmm, creo que he oído hablar de vos —dijo—. ¿También entrasteis en una ciudad enemiga dentro de un caballo de madera?

—¡Sí! —asintió enérgicamente con la cabeza—. Cuando combatimos en una guerra de lo más terrible. Después, una hechicera me encantó y me retuvo en su isla durante siete años. Sobreviví únicamente gracias a la fruta que hacía caer sacudiendo los árboles. ¿Podéis imaginároslo, hermana? Y una vez, en medio del océano, vimos salir a una mujer de una concha de almeja, allí mismo, en la superficie del agua.

—Debió de ser horrible para vos.

—Sí, más que la más feroz de las batallas. Ver a una mujer en mitad de un largo viaje... Casi nos mata a todos de la impresión.

Ella sonrió, y entonces, de pronto, toda la habitación pareció cambiar.

—Vos... Aguardad —sintió que la embargaba una sensación horrible, una sospecha, y su alegría se desvaneció. Había estado demasiado cegada por ese brillo de la sirena, por aquel hermoso resplandor que marcaba la piel del hombre, y no se había dado cuenta de lo curtido por el sol que estaba su cuerpo de guerrero—. ¿Acaso... venís del Sur?

—Así es. De una tierra mucho más cálida que ésta.

—¿Del reino del Sur?

—Sí. —El hombre le sonreía, pero entonces mudó el semblante—. ¿Os encontráis bien, hermana? ¿Qué ocurre? Aquí, en la casa de Dios, no soy un enemigo para vos.

De repente la puerta, el pasillo, las demás monjas, todo parecía estar a millas de distancia.

—Tengo que irme —dijo la joven.

—¿Hermana? Perdonadme. No era mi intención ofenderos.

—Yo... tengo que volver a mi tarea —explicó, tratando de mantener la voz calmada, de evitar que le temblaran las manos, de que las piernas echaran a correr mientras se dirigía a la puerta y la cruzaba.

—¡Hermana!

Ella corrió por el pasillo hacia la parte principal del convento y regresó a su celda, donde se apoyó contra la pared intentando recuperar el aliento y apaciguar su corazón desbocado.

Nunca había conocido a ninguno de los enemigos de su reino, los hombres del Sur que se habían encaminado hacia su tierra cuando era niña dejando una estela de cadáveres a su paso.

Capítulo Cuatro

La Sirena

Los ojos de Lenia le devolvieron la mirada desde el cristal, mientras su cabello le ondeaba en torno a la cabeza, alzándose en el agua. Todavía podía sentir al hombre entre sus brazos. Aquel calor, aquel corazón palpitante. La sensación del pelo mojado, de la piel empapada bajo las palmas de sus manos. Suave como un mejillón.

Entonces apareció otro rostro por detrás de ella. Era Vela, la hermana más joven después de Lenia, cuya tez pálida avanzaba por el agua como un recuerdo o, quizá, como un fantasma.

—Me has asustado —le dijo Lenia al tiempo que se daba la vuelta—. Creí que estabas en el jardín.

Vela rodeó los hombros de Lenia con sus brazos largos y plateados.

—¿Pasaste un buen día de cumpleaños, hermana? —le preguntó—. Me preocupé cuando no viniste a hablar con nosotras. Temía que estuvieras decepcionada.

—¿Por el mundo superior?

—Por la tormenta. La seguimos notando aquí abajo mucho después de que te marcharas.

Lenia sonrió. Vela era la más dulce de sus hermanas.

Cualquiera que no las conociera (aunque todo el mundo las conocía, por supuesto, eran hijas de la reina del mar) hubiera pensado que Vela, con sus mejillas redondeadas y su boquita arqueada, su cabello brillante y su cola de color melocotón, era la más joven de ellas, y no Lenia. Vela amaba a las criaturas marinas más que ninguna de ellas y podía pasarse días enteros descubriendo vida oculta en las grietas del océano. Dragones de mar con coronas de hojas y dientes como agujas destellantes, pulpos rojos y diminutos que daban vueltas como estrellas, criaturas vítreas y transparentes en forma de flor. En aquel mismo instante llevaba una caracola gigante en el hombro con una criatura viscosa y palpitante en su interior, pegada a su piel como una ventosa.

—No —dijo Lenia, zafándose de los brazos de Vela con suavidad—. No me decepcionó. Me gustó la tormenta. Me hubiera gustado quedarme más tiempo.

—¿Lo hubieras hecho?

—Me hubiera gustado quedarme para siempre.

Vela hizo una mueca.

—Muy graciosa. Vamos fuera, ven a contárnoslo todo. Además hemos encontrado algo que te gustará.

Lenia volvió la cabeza y le dio un beso en la mejilla a Vela.

—¿Qué es?

—Hombres, los hay por todas partes, por la tormenta. Los encontré esta mañana, junto a la cueva. Primero un cuerpo, luego otro, y otro, y también el barco en el que iban. —Sonrió y enarcó sus cejas relucientes—. Y un cofre con tesoros.

—¡Oh! —exclamó Lenia, preguntándose si tal vez podría encontrar algo que perteneciera a aquel hombre; pero recordó de inmediato lo que había visto y se sintió fatal.

—¿Qué pasa? —preguntó Vela—. Te encantan los tesoros humanos.

—Esto es distinto —contestó Lenia—. Vi cómo ocurría. El naufragio. Fue horrible.

Vela abrió mucho los ojos.

—¿Lo viste?

—Sí, la tormenta, el barco, lo vi romperse. Vi morir a los hombres.

—Vaya —Vela tomó aire—. Vamos con las demás, ¡tienes que contárnoslo todo!

Agarró a Lenia por la mano y nadaron las dos juntas por el largo pasillo donde ondeaban las plantas marinas y pequeñas criaturas fosforescentes iluminaban la oscuridad. Delante del palacio, en el jardín principal, esperaban el resto de sus hermanas: Bolette, Nadine, Regitta, que sostenía a su hijo en brazos, y la mayor de todas, Thilla, que llevaba una fuente con crías de cangrejo de caparazón blando que habían sobrado del banquete de cumpleaños.

Lenia pasó nadando por encima y se echó uno a la boca, disfrutando con la sensación de la concha al romperse entre sus dientes. Alargó la mano para coger otro, pues de repente estaba muerta de hambre.

—¿No encontraste nada de comer ahí arriba? —preguntó Thilla, riendo.

—Mira, hermana —le dijo Nadine. Se movió y dejó que la anguila eléctrica que llevaba en brazos arrojara luz sobre un cofre de madera colocado en una roca a su lado. El cofre estaba abierto. El interior era espléndido, como si contuviera todas las estrellas de la noche esparcidas por el cielo.

—Bueno, ¿cuándo vas a contarnos tu aventura? —le preguntó Bolette. Después de Thilla, Bolette y su hermana gemela, Regitta, eran las mayores. Bolette era la nadadora más rápida de todas ellas, la que tenía el cuerpo más largo y delgado y podía surcar el agua como un cuchillo afilado—. ¿Fue tan maravilloso como creías que sería?

Nadine le dio unos suaves coletazos en el costado a Bolette:

—Si no te importa, intento darle un regalo a nuestra hermana. —Metió la mano en el cofre y sacó un collar de oro con una piedra roja y enorme colgando en el centro. Era impresionante.

La piedra roja reflejaba la débil luz y emitía destellos en el agua. Unos cuantos peces pequeños se acercaron a ella como flechas y Nadine los cogió con la palma de la mano y se los metió en la boca.

—Es precioso —dijo Lenia. Tomó el collar y se lo puso en torno al cuello. Nadine se situó detrás de ella y se lo abrochó, tras lo cual le dio un beso en el hombro.

—Se parece a ti —declaró Nadine con una sonrisa. Nadó de nuevo hacia las demás hermanas para admirar su obra—. Así es como nos suena tu voz.

Lenia se echó a reír y pasó las puntas de los dedos por debajo de la piedra. Miró los rostros expectantes de sus cinco hermanas. Todas eran encantadoras. A sus espaldas, un millar de peces fluorescentes nadaban hacia arriba en un movimiento único.

—¿Y bien? —preguntó Vela, incapaz de contenerse más—. ¿Cómo fue verles morir?

—¿Ver morir a quién? —quiso saber Thilla. Pasó la mirada de Vela a Lenia—. ¿Viste...? ¡No serían humanos!

—Humanos, sí —contestó Lenia—. Un barco lleno de hombres. Vi cómo se hacía pedazos con la tormenta. Ellos se aferraban, gritaban. ¡Y sus voces! Todavía me resuenan en los oídos. Nadé directamente hacia ellos. Los miré a la cara. Uno de ellos luchaba por no hundirse en el agua. Lo vi morir, y luego su cuerpo quedó inerte.

—¡Qué extraño! —comentó Vela, con aire de asombro—. Estar vivo y al cabo de un minuto...

—Sí —dijo Lenia—. Y ellos se resistían y trataban de seguir vivos por todos los medios. Fue hermoso. Me refiero a que en aquel momento resultó horrible, pero entonces me di cuenta de lo mucho que deseaban quedarse allí, en el mundo superior.

—Parece terrorífico —dijo Regitta, que de forma instintiva meció a su hijo pequeño, dormido en sus brazos, como si él pudiera comprenderlo—. Creo que yo hubiera preferido dar media vuelta y regresar a casa antes que ver eso. Bolette se inclinó hacia su gemela y alargó el brazo para acariciar la mata de pelo rojo del bebé—. Me parece increíble que vieras humanos desde tan cerca, y menos moribundos. ¿No estabas nerviosa?

—No —respondió Lenia—. Por supuesto que no. Estaban muy atareados muriéndose, no intentaban hacerme daño. Además, son muy suaves. No creeríais lo suaves que son.

—Espera, ¿los tocaste? —dijo Thilla. Se quedó inmóvil, con un cangrejo pequeño colgando de la mano, junto a su boca.

—A uno de ellos —contestó Lenia—. Lo salvé.

Observó a sus hermanas que reaccionaron con horror.

—Ojalá pudierais comprender lo agradable que fue —añadió.

—Pero ¿por qué hiciste eso? —preguntó Bolette, absolutamente perpleja.

Cuando Lenia estaba a punto de responder, una oleada de peces neón descendió como granizo, atraídos por su voz cantarina. Ella los ahuyentó con la mano.

—No lo sé —dijo—. Tenía algo. Hubo un momento en que sólo lo veía a él, aferrándose a la vida, y pensé: «Puedo salvarlo.» Hice que se soltara de la madera a la que se sujetaba y lo llevé a tierra. Noté que, para ser humano, era fuerte, y ¡era tan suave y cálido, hermanas!

—¿Adónde lo llevaste? —quiso saber Vela, que para entonces estaba fascinada.

—Lo llevé a tierra. Lo sostuve durante horas contra mí, hasta que llegamos. Allí había una chica humana que me miraba, y la llamé para que bajara a buscarlo. Tenía que venir, de lo contrario él moriría. Fue extraño. Pude sentirla del mismo modo que podía sentirlo a él: cada uno de los latidos de su corazón, cada una de sus respiraciones.

—He oído hablar de ello —dijo Thilla—, que puede darse el caso de que seamos capaces de leer sus pensamientos, que hubo un tiempo en que podíamos hacerlo.

—No me gustaría nada leer los pensamientos de un humano —tercio Bolette.

Lenia pensó otra vez en la chica, en el acantilado.

—No fueron tanto sus pensamientos, sino que era más bien como si me encontrara en su interior, un poco. Pero estaba más centrada en él. Quería salvarlo. Lo único que podía hacer era llevarlo a tierra. Necesitaba un humano que lo ayudara a volver a la vida.

—Eres demasiado buena, hermana —dijo Bolette—. Si pudiera haberlo hecho, ese humano te hubiera destrozado con sus propias manos.

Al oír eso, Regitta soltó un grito ahogado y estrechó a su hijo contra el pecho.

—Vosotras dos sois horriblemente melodramáticas

—afirmó Lenia—. No creo que hubiera hecho eso. En realidad, parecía bastante hechizado por mí.

—Bueno, al menos estás en casa sana y salva —comentó Nadine, que volvió a meter la mano en el cofre, aburrida.

Vela avanzó, y en su semblante resultaba evidente la angustia.

—No puedo dejar de pensar en morir de la manera en que lo hacen los humanos. ¡Imagínate! Lo diferente que sería todo si en cualquier momento pudieras dejar de existir. ¿No es cierto? ¿Si el mundo fuera así de peligroso?

—No dejan de existir —explicó Lenia—. ¿Recuerdas lo que decía la abuela? Que tienen almas que viven para siempre. Aun sabiendo eso, ¡luchaban tanto por mantenerse vivos! Me parece muy hermoso. Imagínatelo, ser tan frágil y a la par tan indeleble...

«Fue hermoso», pensó. No se había dado cuenta en su momento. La muerte de los hombres había sido horrible. No hubo almas que se alzaran hacia el cielo ni vida eterna. Sólo destrucción y aquella voluntad desgarradora por mantenerse vivos. Pero cuando había avanzado por el agua y el aire con aquel hombre en brazos, percibiendo su corazón frágil bajo ella, lo había sentido. Había sentido el alma del hombre moviéndose en su interior.

Su abuela le había hablado sobre las almas: redes de luz dentro de todos los humanos, una luz que escapaba del cuerpo y se elevaba hacia algo llamado cielo cuando un cuerpo humano moría. «Y cuando dos humanos se enamoran y se casan —había dicho su abuela—, un sacerdote une sus almas, y cuando eso ocurre es maravilloso porque la luz se vuelve muy intensa.» A Lenia siempre le habían encantado las viejas historias fantásticas de su abuela y se las contaba a las chicas durante las largas nadaduras, cuando el rey y la reina no podían oírla. «En realidad, los sacerdotes pueden ver las almas, aunque éstas son invisibles para todos los demás. Y cuando un alma habla con Dios, eso es una plegaria.» Lenia había escuchado fascinada las historias de su abuela. Con frecuencia había soñado con esas redes de luz, preguntándose cómo sería tener una en su interior.

Y al llevar al hombre por el agua se había sentido exactamente así: como si esa luz penetrara también en ella, como el inicio de una vida inmortal.

—Eso es lo que dice la bruja del mar —confirmó Vela—. Que viven para siempre.

Thilla dejó la fuente de cangrejos sobre una roca con tanta fuerza que el agua se estremeció.

—¿Primero humanos y ahora Sybil? ¿Qué os pasa a vosotras dos? Es una bruja. Fue nuestra propia bisabuela quien la desterró, Vela.

—Algunos han ido a verla para hechizos y pociones. No es nada del otro mundo.

—No te creo —dijo Regitta.

—Tiene trucos para que un sireno se enamore de ti —afirmó Vela.

—A ti no te hacen falta trucos para eso —terció Bolette, riendo—. Al menos no los de una bruja.

—Se la desterró por una razón —dijo Thilla. Volvió a golpear la roca que tenía a su lado con frustración—. ¿Es que a ninguna os importa? Es peligrosa para todos nosotros. Y tú, Lenia, tienes suerte de estar viva. Si crees que morir como un humano es tan hermoso, vuelve con ellos. Deja que te maten. Es lo que harán, ya lo sabes.

—Lo haría si tuviera alma —replicó Lenia gritando. Las demás se detuvieron y la miraron, sorprendidas por la intensidad de su reacción—. Volvería ahora mismo.

—¡Lenia! —exclamó Bolette—. ¿Y nosotras qué? ¿Y el mar? Eres una sirena.

—Las almas ni siquiera son reales —afirmó Thilla, que alzó los brazos, molesta—. No es más que una bonita historia que nos cuenta la abuela, igual que nos habla de hadas marinas y flores que hablan.

—¡Dejadlo ya! —dijo Nadine, cogiendo un montón de joyas del cofre y arrojándoselas. Oro, plata y gemas de todos los colores surcaron pesadamente el agua. De pronto aparecieron toda clase de criaturas marinas de debajo de las rocas y de entre el coral, atraídas por las piedras destellantes—. Ya ha pasado. Lenia está de vuelta. Estamos discutiendo por nada.

Bolette se rió cuando un brazalete le dio en la mejilla y luego cayó sobre el tentáculo de un pulpo que pasaba por allí. Y entonces todas se echaron a reír y rodaron de lado, golpeando joyas, piedras preciosas y monedas, cientos de monedas del fondo del cofre, de aquí para allá.

De este modo se olvidaron de la discusión.

Sólo Lenia permaneció callada, mirando una anguila que pasaba deslizándose y que con la boca muy abierta atrapó un reluciente anillo de plata.

Capítulo Cinco

La Princesa

Margrethe apenas durmió antes de laudes, el oficio de primera hora de la mañana. Permaneció en la cama envuelta en pieles, con los ojos abiertos de par en par, sobresaltándose con cada sonido que oía: el chasquido de las ramas de fuera, el embate del mar, unos pasos suaves de vez en cuando. Durmió con un cuchillo plano contra el vientre, el cuchillo que su padre le había dado cuando la mandó allí y que ella había guardado debajo de la cama hasta entonces.

Había oído hablar de los bárbaros del Sur desde que tenía uso de razón. Su vieja niñera le había contado que tenían dientes puntiagudos y afilados, y que se bebían la sangre de los niños directamente de su cuello rajado. Había crecido teniendo pesadillas en las que la atacaban en el bosque, o en las que los bárbaros pasaban junto a los guardias que dormían, entraban en el castillo y se metían en sus aposentos privados. Su madre, cuando aún estaba viva y le contaba historias por la noche, le había dicho que aquellas gentes habían matado a sus antepasados, que habían pasado a cuchillo a poblaciones enteras, quemando cosechas y casas, incluso iglesias, y que bailaban entre las llamas. No había nadie vivo que hubiera visto estas cosas, pero las historias se habían transmitido durante generaciones. La propia Margrethe había pasado incontables noches despierta imaginando esos horrores, igual que los hijos de los campesinos.

Se revolvió en la cama. Se incorporó, tal como había hecho al menos una docena de veces, con la intención de ir directa a ver a la abadesa, quien podría llamar a los soldados de su padre acuartelados en el pueblo de más abajo.

Pero aquel hombre no le había parecido un bárbaro. Había cierta dulzura en él. La manera en que la miraba, como si fuera ella la que tuviera brillo en la piel en lugar de él. Como si hubiera sido ella la encargada de traerle por el agua hasta la orilla.

En un rincón de su celda ardía un fuego que lo sumía todo en penumbra.

Volvió a tumbarse. ¿Sabría quién era ella? Sería un gran éxito capturar a la hija del rey enemigo, ¿no es cierto? Bien es cierto que ahora no estaban en guerra, pero se habían recibido informes de que el Sur planeaba nuevos ataques. Por eso estaba allí. Pensó en los hombres de su padre apostados en el pueblo de abajo, disfrazados de civiles pero listos para acudir en su ayuda en cualquier momento. Y en la abadesa, una mujer poderosa que tenía antiguos vínculos con su familia, y había prometido protegerla a toda costa. Ella podría proporcionarle toda esa ayuda en un instante si la necesitaba. Pero en cambio, la joven no hacía más que dar vueltas y más vueltas a los acontecimientos del día anterior. ¿Quién era ese hombre? ¿Qué estaba haciendo allí?

Se encontraba muy cerca de ella. Tras su puerta cerrada, más allá de las celdas de las novicias, al otro lado de los claustros principales y pasado el aposento de la abadesa, dormía él.

Una vez más, volvió a recordar lo que había visto: la sirena lo había salvado y lo había llevado a la orilla. Para él, ella era una «mujer de hábito», una chica que había abandonado a su familia para tomar los votos y pasar el resto de su vida en aquel convento junto al mar, nada más que eso.

Al fin se quedó dormida, imaginando aquellos momentos en el agua, los brazos de la sirena alrededor del hombre. El mar frío, su hielo y las rocas dentadas. La cola plateada de la sirena moviéndose por el agua. El azul de sus ojos cuando cruzó la mirada con ella.

Cuando sonaron las campanas dio la impresión de que apenas habían transcurrido unos momentos y Margrethe se despertó temblando y desorientada.

Se lavó rápidamente en la jofaina, cogió el breviario y se dirigió a la capilla, donde estaban reunidas todas las demás.

Se la quedaron mirando mientras se dirigía con sigilo hasta su sitio, se santiguaba y se arrodillaba en el suelo. Las demás se dieron codazos a hurtadillas, mirándola de reojo.

Margrethe apartó la mirada enseguida, trató de actuar como si nada de eso la afectara. Como si nada pudiera distraerla de la llamada sagrada. El corazón le latía con fuerza. Abrió el breviario en la página correcta y clavó la vista en él.

Notaba todas las miradas de su entorno posadas en ella. Muchas de aquellas chicas provenían de familias nobles que no podían permitirse casar a más de una hija, y que por lo tanto mandaban a su descendencia menos afortunada, dependiendo del punto de vista de cada uno, al cuidado de la Iglesia. A pesar de los hábitos almidonados y de sus rostros poco atractivos y sin maquillar, la mayoría de ellas podrían haber sido sus damas de compañía y jugar a las cartas o al ajedrez con ella en los aposentos del castillo. Otras, como la monja de más edad que en aquellos momentos estaba de pie delante de ellas, habían recibido una verdadera llamada, una que las hacía permanecer despiertas por la noche temblando de amor; pero incluso aquella monja miraba ahora a Margrethe, haciéndose preguntas sobre aquella misteriosa novicia nueva que había rescatado a un hombre en las rocas.

La abadesa señaló el inicio de la liturgia. Después de encender una vela, la hermana de más edad empezó a leer el oficio del día. Margrethe cerró los ojos y escuchó la suave voz de la monja cuyos susurros resonaban en las paredes de piedra. Incluso en un día como aquél, la presencia de todas aquellas mujeres santas en torno a ella resultaba tranquilizadora, reconfortante.

Cuando la hermana las indujo a la oración, Margrethe pronunció las palabras con más fervor que de costumbre, disfrutando de la sensación del latín llenándole la boca y de la fría dureza de la piedra bajo las suelas suaves de sus zapatos. Allí, en aquella habitación desnuda, vestida con aquellas prendas sagradas, rodeada por aquellas mujeres, se sentía a salvo. Todo lo que le había ocurrido era la voluntad de Dios, todo. El mundo era más grande y más extraño de lo que podría haberse imaginado nunca: la sirena lo demostraba. Si le sobrevenía la muerte allí, era porque Dios había querido que así fuera. Se sintió embargada por una oleada de dicha espontánea, un regalo. Al fin su cuerpo había empezado a relajarse.

Al término del servicio, cuando todas las mujeres empezaron a salir de la capilla para dirigirse al refectorio, donde las aguardaba la comida matutina, Edele se deslizó para situarse al lado de Margrethe y la tomó de la mano.

—¿Cómo os encontráis? —susurró con fuerza—. ¿Querríais hacerme el favor de dejar de preocuparme constantemente?

Margrethe volvió la mirada al rostro pálido y pecoso de su amiga, a sus mejillas redondas y sus enormes ojos verdes. Siempre la sorprendía lo inconfundible que resultaba Edele, incluso con aquel hábito que ocultaba su cabellera pelirroja y su cuerpo grande y curvilíneo, más aún en comparación con casi todas las demás, que parecían mezclarse dando la impresión de ser una sola persona normal y corriente.

—No es necesario que os preocupéis tanto —la reprendió—. No os sienta bien, ¿sabéis? Tanto mi salud como mi estado de ánimo son excelentes.

—Pues tal vez podríais intentar seguir así, ¿eh?

Una monja que se encontraba cerca de ellas las hizo callar y Edele reaccionó haciendo una mueca. Margrethe contuvo una carcajada. Ver a su amiga tratando de adaptarse a aquel entorno suponía una fuente constante de distracción para ella.

Ocuparon sus asientos. Todas las novicias se sentaban a un extremo de la larga mesa de madera y las monjas mayores al otro. Unos fuegos enormes ardían en los dos lados opuestos de la habitación. Una de las monjas leía las escrituras y su voz se oía por encima del suave traqueteo de los platos. Estaba oficialmente prohibido hablar durante las comidas, pero se trataba de una de las muchas reglas del convento que no se hacían cumplir de forma estricta.

Mientras comían, Margrethe se enteró de algunas novedades sobre el hombre y su rápida recuperación. Habían llamado al médico del pueblo para que tratara sus heridas y le aplicara sanguijuelas que limpiaran su cuerpo.

—Es un hombre muy fuerte —susurró una de las monjas jóvenes, una mujer a la que su familia había enviado al convento para que se librara del toque del diablo—. Tiene unos ojos maravillosos. ¿No es cierto, Mira?

Todas la miraron, esperando su respuesta.

—¿Cómo es que le visteis los ojos? —preguntó Margrethe con una sonrisa.

Las otras novicias se rieron tontamente y recibieron una mirada severa por parte de una de las monjas mayores sentada allí cerca.

—Me ofrecí para llevarle agua y ropa —contestó la joven monja con la vista clavada en su plato.

—Sois muy amable y generosa, hermana —comentó Edele.

—¿Cómo lo encontrasteis? —murmuró una de las otras dirigiéndose a Margrethe.

Ella las miró y vio que todas la observaban, fascinadas. Si supieran lo hermoso que había sido. Por un momento lamentó no poder contárselo todo, no poder dejar que compartieran con ella la maravilla de aquellos momentos, cuando contemplaba el mar desde lo alto. Miró a Edele y de pronto añoró las largas horas que habían pasado juntas en el castillo con una libertad absoluta. De estar allí, ya le hubiera contado a su amiga todos los detalles del acontecimiento varias veces, reviviéndolo una y otra vez. No estaba acostumbrada a aquel silencio y secretismo, a fingir que era alguien que no era.

—Estaba en el jardín —dijo al final— y vi a un hombre tendido en la orilla. No sé por qué no llamé a nadie. Sencillamente bajé corriendo las escaleras hacia él.

—Oí que le disteis vuestras pieles. Podríais haber muerto de frío.

—¡Imagináoslo allí tumbado, casi ahogado! —comentó otra—. Es un milagro que sobreviviera.

—He oído que es una especie de vikingo.

Hablaban todas al mismo tiempo y Margrethe se reclinó en su asiento, satisfecha de que, por un momento, casi se hubieran olvidado de ella.

Entonces entró la abadesa y se hizo el silencio en la habitación.

—Hoy me gustaría que vinierais con nosotras, Mira —dijo acercándose a la mesa con el frufrú de su hábito negro en torno a sus piernas—. Al pueblo, a ayudar y dar bendiciones a las familias...

—Sí, madre —repuso Margrethe poniéndose de pie.

—Iremos un grupo. Y entonces vos y yo haremos unas cuantas visitas solas.

Margrethe asintió con la cabeza. Sabía lo que eso significaba: que iban a visitar a los hombres de su padre que esperaban en el pueblo de abajo, muy probablemente para discutir lo que había pasado. Era normal que las novicias acompañaran a las monjas mayores en aquellas visitas y a nadie pareció sorprenderle. En cambio, el aspecto de la abadesa había instado al grupo a ponerse más serio y se terminaron rápidamente el pan y el pescado.

Aquella tarde, un grupo de mujeres santas fueron andando del convento al pueblo. El convento estaba situado en lo alto de una montaña y el camino era rocoso y descendía describiendo curvas escarpadas, bordeado por árboles gruesos y desnudos. El viento era crudamente frío e iban todas envueltas en pieles bajo las cuales se agitaba el blanco y negro de sus hábitos. Margrethe, al igual que las demás, llevaba un cesto con artículos para los aldeanos: pieles y mantas tejidas por ellas.

Avanzó por el sendero pisando con mucho cuidado, caminando por detrás de la abadesa. El viento le humedecía los ojos, pero podía llegar a distinguir el pueblo: su calle principal bordeada de tiendas, los tejados puntiagudos, el humo que salía canalizado por las chimeneas. El cielo se oscurecía cada vez más mientras caminaban, pasando de plateado a gris, y tuvo una sensación insistente de que algo no iba bien.

—Parece otra tormenta —dijo alguien, pero aparte de eso todo permaneció en silencio, salvo por el aullido del viento y el crujido de sus zapatos por el sendero rocoso.

A medida que iban serpenteando cuesta abajo, el pueblo se fue revelando ante ellas. Pasaron junto a una botica de piedra y algunas chozas pequeñas. Los aldeanos se detenían y se santiguaban cuando pasaban las mujeres santas. Aunque no había sido ésta su intención, Margrethe no pudo evitar sentirse emocionada por haber salido al mundo. No había abandonado los terrenos del convento desde la noche en que la habían llevado apresuradamente hasta allí a lomos de un caballo, hacía tres meses.

Recordaba aquella noche. Iba tapada con gruesas capas negras, aferrada a la espalda de uno de los soldados de su padre, flanqueada por ellos. Habían abandonado el castillo a altas horas de la noche. Había tenido muy poco tiempo para prepararse pero, de todos modos, no se le permitió llevar nada que pudiera delatarla. Resultó aterrador estar expuesta de ese modo, pues estaba muy acostumbrada a que la mimaran, la adornaran y la protegieran, pero su padre había insistido en que tenía que ir a ocultarse. «Es la única forma de mantenerte a salvo —le había dicho cuando se resistió a separarse de él—. Debemos prepararnos para defendernos contra los ataques del Sur.» Más tarde, mientras el mundo pasaba velozmente junto a ella y el caballo se tensaba contra el viento, había sentido más que nunca el peso y el temor inherentes a su posición.

—¿Mira?

Se sobresaltó y miró a la abadesa, que le hacía señas para que se detuviera. Los ojos pálidos de la anciana reflejaban el paisaje desvaído. Las demás iban caminando por delante en tanto que ellas dos se pararon frente a una choza, al lado de la herrería. El sonido de los golpes contra el metal llenaba la atmósfera.

—Nos detendremos aquí —dijo la abadesa— antes de visitar a los hombres de vuestro padre. Hay un niño que está muy enfermo.

Margrethe asintió con la cabeza.

—Por supuesto. —Miró en derredor. La aldea parecía tranquila a la luz del día, y ella se sentía inexplicablemente feliz por haber salido al mundo exterior. De pronto cayó en la cuenta de qué era lo que la había estado inquietando con persistencia. Vaciló y habló de nuevo—: He estado pensando —dijo—, y no creo que sea necesario hablarles del hombre herido. Temo que puedan reaccionar con dureza sin motivo.

—Pero vuestra seguridad es nuestra mayor preocupación.

—No creo que suponga una amenaza para mí, madre. —Pensó en el cuchillo que tenía bajo la almohada y parpadeó para quitárselo de la cabeza. Debía tener fe en que lo habían traído a ella por una razón—. Hablé con él...

La abadesa le dirigió una mirada severa.

—Debéis manteneros alejada de él —dijo.

—Sí, madre. Tenéis razón —repuso Margrethe.

La abadesa se la quedó mirando con expresión grave.
—Proviene del Sur, hija mía —declaró—. ¿Os dais cuenta de eso?
—Sí —susurró Margrethe—. Hablé con él.
La abadesa la miró entonces con más detenimiento, mientras respondía.
—Y yo también. Afirma que iba en una travesía para explorar las islas del Norte. Pero está claro que es, o fue alguna vez, un soldado, un enemigo de vuestro padre.
—Pero no estamos en guerra —replicó Margrethe—. Estamos en época de paz.
—Hija mía, sabéis tan bien como yo que esto puede cambiar en cualquier momento. Por eso os mandaron aquí. —Las dos mujeres cruzaron la mirada hasta que la abadesa soltó un suspiro y se dio la vuelta—. Ya he comunicado a los hombres de vuestro padre que hemos dado cobijo a un hombre herido. Pero nada más. —Miró de nuevo a Margrethe, como esperando que se lo discutiera—. Hemos jurado proteger y cuidar de los enfermos y heridos. No quiero romper dicha promesa, ni hacer de los claustros un campo de batalla para hombres que se preocupan más del poder que de Dios.
Margrethe asintió moviendo la cabeza.
—Bien —dijo—. No me gustaría sentirme responsable de la muerte de un hombre inocente. —Sintió que el alivio la embargaba, así como el asombro y la admiración. También un atisbo de temor... ¿Y si, en efecto, el hombre estaba allí para matarla? La abadesa era más astuta y atrevida de lo que ella había creído.
—Pero de momento —dijo la abadesa— resguardémonos del frío. —Se volvió hacia la puerta y llamó.
Una joven de aspecto cansado fue a abrir. Su semblan-

te cambió al verlas e inmediatamente se santiguó e hizo una reverencia.

—Bienvenida, reverenda madre —saludó, y se hizo a un lado para dejarlas entrar.

—Buenas tardes, hija mía —respondió la abadesa—. Hemos traído algunos ungüentos para tu hijo enfermo y un poco de comida para que te alimentes.

Margrethe la siguió en silencio y se agachó para entrar por la puerta. Saludó a la mujer con la cabeza y se quedó observando mientras la abadesa la bendecía y le entregaba hogazas de pan y pequeños paquetitos con hierbas que sacaba del cesto. Al fondo de la habitación había tres niños acurrucados en el suelo de tierra. Había un cuarto tumbado de lado en un colchón fino, gimiendo. El niño enfermo tenía los ojos cerrados, el cabello húmedo y una capa de sudor brillaba en su frente.

Era la primera vez que Margrethe visitaba un hogar campesino y le resultó difícil disimular la impresión que le causaba. Nunca había visto unas condiciones semejantes. Era una única habitación de techo bajo. Había un fuego encendido que hacía muy poco para aliviar el frío. El sufrimiento del niño resultaba palpable y parecía colorear las paredes de la casa.

Se acercó a los niños y se arrodilló junto a ellos. Por detrás de ella, la abadesa y la mujer hablaban en voz baja.

Margrethe vio que uno de los niños, uno de corta edad, estaba dibujando con un palo en el suelo de tierra. Cuando vio el dibujo que había hecho estuvo a punto de soltar un grito.

—¿Qué estás dibujando? —le preguntó—. ¿Qué es eso?

El crío dejó el palo en el suelo.

—Es una mujer pez, hermana —respondió con un susurro. Y lo era: por toscas que fueran las líneas en la tierra, la cabeza y el torso de la mujer enlazados a la cola de un pez eran inconfundibles. «Una sirena.»

Contuvo el aliento y habló en un susurro, como el del niño.

—¿Por qué la has dibujado?

—La última vez que fui a pescar con mi padre atrapamos una en nuestra red, hermana.

—¿Atrapasteis una en vuestra red?

—Sí —afirmó él—. Mi padre creía que habíamos pescado un pez gigante, y al recoger la red había una mujer hermosa, como vos. Pero ella tenía cola de pez.

Margrethe bajó la mirada y vio un tenue polvo en la mano del niño, que brillaba incluso bajo la suciedad que le cubría la piel y las uñas.

—¿La tocaste? Lo hiciste, ¿verdad?

—Perdonadle —terció la mujer, que se acercó a toda prisa antes de que el niño pudiera responder—. No es más que un niño. Los aldeanos cuentan estas historias. Mi esposo... Era un buen hombre, pero avivaba estas fantasías en los niños... Es, o era, pescador. Hace unas semanas salió al mar y no ha regresado a casa, y ahora tenemos que arreglárnoslas solos.

—Desapareció el día después de ver a la mujer pez —dijo el niño.

—¡Philip!

Asustado de repente, el niño agachó la cabeza y borró el dibujo con la mano.

La expresión de la abadesa era severa.

—Debéis enseñar a estos niños que es pecado dejarse llevar por estas fantasías. Aferrándoos a las antiguas diosas mantenéis el mundo en las tinieblas. Sólo hay un modo de que el diablo se abra camino a través de ellas.

—Resulta tan difícil tener vigilados a est...
—Es vuestra obligación —la interrumpió la abadesa.
La mujer asintió con la cabeza y se arrodilló en el suelo.
—Perdonadnos, reverenda madre.
Margrethe observó al niño. Cuando éste alzó la vista y la miró, ella le sonrió para consolarlo. Pero estaba claro que el pequeño se sentía avergonzado y lamentó no poder decir nada más para tranquilizarlo.
—Vámonos —dijo la abadesa, pero Margrethe vaciló. Sin pensarlo, sacó una piel de su cesto, se puso de rodillas y envolvió al niño con ella—. Que Dios esté contigo, pequeño —susurró, y dejó todas sus pieles y mantas frente a él.
—Gracias, hermana —dijo la mujer, y Margrethe le respondió con un movimiento de la cabeza. Juró que recordaría a esa familia entre todas aquellas familias que sufrían.
Al marcharse, Margrethe intuyó la desaprobación de la abadesa.
—Las pagaré —afirmó Margrethe—. Las pieles y las mantas. ¡Pero es que son tan pobres! No... no lo entiendo. ¿Cómo pueden ser tan pobres cuando es tan rico nuestro reino?
La abadesa miró a Margrethe y su enojo era evidente. Dudó, y luego habló con claridad.
—Es por la guerra —explicó—. Lamento ser tan directa, pero no sé cómo responderos si no. El rey, vuestro padre, ha arruinado al pueblo, lo ha dejado en la miseria.
Margrethe notó que se tensaba.
—¿Qué queréis decir con eso? —preguntó, con un tono de crispación en su voz—. Hace tres años que estamos en paz.

La abadesa contestó con el mismo tono claro, desafiante.

—Ha habido años de combate, con muchas bajas. Incluso durante esta época de paz, vuestro padre ha estado construyendo barcos sin parar y reuniendo un ejército, llenándolo con sangre nueva. ¿Cómo creéis que ha pagado por eso? Aumentó tanto los impuestos sobre el pueblo que a duras penas pueden sobrevivir.

—Pero, yo pensaba... —Margrethe se calló. Se dio cuenta de que no había pensado nada. De pronto se sintió enojada por el hecho de que la hubieran mantenido tan alejada del mundo... enojada con la abadesa, con su padre. Con todos.

—Siento hablar mal de vuestro padre. Pero sólo os digo la verdad. Para mucha gente, la vida es muy dura ahora mismo —continuó diciendo la abadesa—. Sé que vuestra intención era buena al darles tanto, pero aquí hay muchos que lo necesitan.

Margrethe se dio cuenta de que había sido una ingenua al suponer que todo el mundo vivía, si no tan bien como ella, al menos casi tan bien. Con comida suficiente. Con un lugar caliente donde dormir.

Irguió la espalda y miró el rostro sensato y curtido de la abadesa. Pensó que haría bien en aprender de esa mujer.

—Lo comprendo —dijo—, y agradezco vuestra franqueza —hizo una pausa antes de proseguir—: Pero estoy aquí porque el Sur planea atacarnos de nuevo, así que mi padre está reconstruyendo su ejército para protegernos.

La abadesa vaciló.

—Sí. Es sólo cuestión de tiempo antes de que empiecen otra vez las hostilidades. Pero... son muchos los que dudan de estos informes sobre el Sur y creen que es vuestro padre quien está sediento de guerra. Vuestro padre en realidad nunca ha estado comprometido con la paz. Tened en cuenta que es ilegal hablar en contra de la guerra. Os explico todo esto únicamente para que comprendáis lo que ocurre aquí y por qué la gente sufre de esta manera.

Margrethe asintió con la cabeza y tragó saliva.

—No obstante, no sea que se nos olvide, hay un hombre del Sur tendido en una cama en nuestra abadía. No sabemos si formaba parte de un ataque planeado que salió mal, aunque él afirme lo contrario. El resentimiento es muy profundo en ambas partes.

—Sí —declaró Margrethe. No podía negarlo.

Caminaron en silencio hasta la siguiente morada, cada una sumida en sus propios pensamientos, y pasaron junto a la hilera principal de tiendas, cerca de los campos y bosques que se abrían al otro lado del pueblo, donde vivían muchos de los campesinos. La abadesa movió la cabeza para señalar una casa junto a los árboles. Tenía un aspecto igual de oscuro y lúgubre que la primera. El hielo de los bordes del tejado goteaba cuando se acercaron a la puerta de entrada.

Llamaron y apareció un hombre que saludó a la abadesa con una reverencia. Margrethe apenas reconoció a Lens, un soldado de la guardia, el favorito de su padre. Iba sucio, disfrazado como pescador del pueblo. La última vez que Margrethe lo había visto, la noche antes de huir del castillo, era un hombre robusto de cabellos rubios y brillantes, vestido con el pulcro uniforme azul y blanco de la guardia de palacio.

—¡Su Alteza! —exclamó en un susurro, y la hizo entrar en la casa. Sonrió y le brindó una profunda inclinación. Fue extraño y maravilloso sentir, por un momento, que volvía a ser ella misma otra vez, de vuelta al mundo tal y como lo había conocido antes. Se les unió el otro guardia, Henri, que se había transformado de forma similar: su piel estaba curtida, la ropa sucia y hecha un harapo.

—Estamos preocupados por vos —dijo Lens, indicándoles que tomaran asiento a la mesa de la cocina—. Queremos saber más sobre este hombre que las olas barrieron hasta la orilla. Pero vos nos habéis asegurado, madre, que, sea quien sea, es inofensivo.

La abadesa dirigió una rápida mirada a Margrethe y la volvió de nuevo hacia Lens.

—Sí —dijo—. Afirma que estaba en una expedición a las islas que hay al norte. No tiene armas.

—¿Qué islas? —preguntó Henri.

—Corren rumores de que existe una tierra en el norte que ningún hombre ha pisado todavía.

Los dos guardias asintieron con la cabeza pero no parecieron muy convencidos.

—¿Cuánto tiempo va a quedarse? —inquirió Lens—. ¿Tardará mucho en reponerse?

—Su recuperación ha sido extraordinaria —contestó la abadesa— y pronto se marchará. He prometido que le prestaría un caballo y provisiones. Puede que se vaya esta misma noche, sin ir más lejos.

—¿Esta noche? —repitió Margrethe, incapaz de contenerse.

Las palabras cayeron como una losa en la joven y provocaron una inquietud que inundó todo su ser. Su pensamiento era irracional. Debería sentirse aliviada, calmada. El hombre era su enemigo. Sin embargo, lo único en lo que podía pensar era: ¿y si no volvía a verle nunca más? Si tenía planeado marcharse aquella misma noche, podría ser que lo hiciera incluso antes de que la abadesa y ella regresaran. La idea la llenó de una pena inexplicable.

Pero si se quedaba más tiempo, aquellos hombres (sus amigos, hombres cuya única tarea era protegerla) podrían enterarse de la verdad y acabar con él.

—Lo único que nos preocupa es vuestra seguridad —comentó Lens—. Hemos jurado protegeros hasta la muerte.

—Lo sé —dijo ella.

Era eso precisamente lo que la preocupaba.

Emprendieron el camino de vuelta al convento a media tarde. Margrethe intentó ocultar su inquietud, pero la abadesa se volvió hacia ella y le dijo en voz baja:

—Dejadle ir, niña. No importa quién sea, no debéis deshonrar a vuestro padre.

—No es necesario que me digáis estas cosas —replicó Margrethe, en un tono más arrogante de lo que había pretendido. Dio la impresión de que la abadesa quería decir algo más, pero se reprimió.

Margrethe también se guardó sus palabras. Una sirena. Quería contarle a la abadesa que fue una sirena la que había llevado a ese hombre hasta ella. Quería darle media vuelta y zarandearla, gritarle: «¡Necesito verle otra vez!» Decirle que la sirena lo había llevado hasta ella por una razón, y que necesitaba comprender cuál era antes de que él desapareciera.

Pero lo único que hicieron fue caminar en silencio, Margrethe esforzándose por mantenerse calmada junto a la abadesa mientras su cuerpo casi temblaba del deseo de echar a correr.

El cielo plateado se cernía sobre la montaña y el convento apenas resultaba visible por encima de ellas. El camino de subida hasta él parecía interminable. Para Margrethe, cada sonido que oían era el de los cascos de un caballo al golpear contra el suelo mojado, el sonido del hombre al marcharse.

Por fin pasaron por las grandes puertas y entraron al calor del convento.

La maestra de novicias estaba esperando a la abadesa con lo que, al parecer, eran noticias urgentes, y Margrethe aprovechó la oportunidad para escabullirse. Corrió por el pasillo hacia la enfermería para ir a buscarlo. Llegó a la puerta, se detuvo y apoyó la frente en ella. Tenía el corazón acelerado. Al cabo de unos momentos, llamó. Una, dos veces, y entonces empujó la puerta para abrir.

Él no estaba allí.

Edele salió a su encuentro cuando se dirigía de vuelta al despacho de la abadesa.

—Está preguntando por vos —dijo, y tomó a Margrethe de la mano—. Quiere veros. Os está esperando en el jardín.

—¿Se marcha?

—Sí —respondió Edele—. Hay un caballo preparado para él. —Entonces Edele hizo una pausa, como si quisiera decir algo más—. Ya sabéis que es...

—Ya lo sé —dijo Margrethe, evitando que siguiera. Movida por un impulso, inclinó la cabeza y le dio un beso a Edele en su mejilla pecosa, sonriendo al ver la sorpresa de su amiga.

«Nuestro enemigo.»

—Margrethe...

Ella inspiró profundamente, haciendo caso omiso de Edele, sin darse cuenta siquiera de que ésta había utilizado su verdadero nombre, y luego empujó la puerta de piedra y entró en el jardín. El aire frío la golpeó. Estaba nevando. ¿Cuándo había empezado a nevar? Caían unos copos blancos, grandes y llenos.

El hombre estaba junto a la pared de piedra, mirando hacia el agua. Estaba de espaldas a ella y Margrethe se detuvo un minuto para observarlo. Una figura enorme en el jardín cubierto de nieve, envuelta en pieles. Cayó en la cuenta de que era la primera vez que lo veía de pie.

Se dio cuenta también de que estaba aterrorizada. No se estaba comportando en absoluto como la hija del rey del Norte. Permaneció en el jardín con el corazón latiéndole con fuerza, como una colegiala, mientras se preparaba para enfrentarse a su destino. Irguió la espalda y levantó el mentón antes de ir hacia él.

El hombre se dio la vuelta cuando ella se acercó y el sol se reflejó en sus ojos, que entonces parecían casi dorados bajo la brillante luz. El brillo de su piel resultaba casi cegador con el sol. ¿Por qué nadie lo había mencionado? ¿Acaso no lo veían? En su piel, como piedras preciosas.

—Hola, hermana —le dijo.

—Temía que os hubieseis marchado —repuso ella, y de inmediato se avergonzó por el pánico manifiesto en su voz. Hizo una pausa para recobrar la compostura.

—No —contestó él, mirándola—. No sin daros las gracias. Por salvarme.

Caminó hacia ella, que retrocedió de manera instintiva. ¡Estaba tan presente! Su olor, sus manos.

El hombre continuó hablando:

—Os sentí, ¿sabéis? En el agua. Os vi. Os vi llegar por debajo de mí y alzarme, llevarme a la orilla, y cuando abrí mis ojos os vi, como si fuerais un ángel. Pensé que tal vez lo hubiera soñado todo, pero ahora me acuerdo. Vos me llevasteis. Me dijisteis que mirara al cielo.

Se quedó mirándolo, atónita. Él no recordaba la sirena, sólo a ella. No sabía qué decir. Una parte de ella quería corregirlo, contarle la verdad. Pero a la otra parte le encantaban las palabras que él estaba diciendo. La imagen de sí misma en el agua.

Entonces el hombre se puso de rodillas y levantó la mirada hacia ella. Margrethe se fijó en la nieve que caía sobre su cabello y sus pieles y luego desaparecía. Sus ojos eran como algas, y sus labios, extraños.

—Os debo la vida a vos —dijo—. He visto muchas cosas en este mundo, hermana. Pero nunca pensé que algún día me rescataría del mar una criatura como vos, un ángel —entonces sonrió—. Empezaba a creer que ya no quedaba santidad en este mundo. ¡Ha habido tanto odio y tanta guerra! Había empezado a parecer que no quedaba belleza, ni un pedacito de Dios.

—Levantaos, por favor —le dijo Margrethe con voz temblorosa—. Si algo hice, sólo fue por una fuerza más intensa que actuaba a través de mí.

—Siempre estaré en deuda con vos —declaró.

—Os habéis recuperado con mucha rapidez —comentó ella—. Lamentaré veros partir. —Las palabras golpearon sus labios. «¿Por qué os trajeron hasta mí?»

El hombre le tomó la mano y ella quedó impresionada por el tacto de su piel contra la suya. Antes de que supiera lo que estaba ocurriendo, él ya le había dado la vuelta a la mano y apretaba los labios contra su palma y su muñeca. El fuerte viento los envolvía y la nieve caía con más fuerza, tiñendo el mundo de blanco.

Y antes de que pudiera reaccionar, el hombre se puso de pie. Erguido casi le sacaba un pie de estatura.

Margrethe se acercó un poco más. Tenía aquellos instantes y luego él desaparecería. De repente no le importó su respuesta, ni por qué estaba allí. Lo único que quería en el mundo era besarle. Su primer beso, allí mismo, y eso que ella no era una chica que hubiera soñado con cosas semejantes como hacían las demás. Al fin y al cabo ella era una princesa. La única heredera de su padre. Cuando nació, un profeta había anunciado que iba a criar a un gran gobernante, uno que traería la gloria a su reino. No obstante, sin ni siquiera pensarlo, alzó el rostro y él inclinó el suyo hacia ella. Tenía sus ojos delante, frente a los suyos, y no pudo evitar pensar que era eso, eso era el éxtasis, aquel momento, y se sintió como una sirena tendida en la playa, con el cuerpo expuesto al sol y la cola reluciente.

Se oyeron unos gritos repentinos, procedentes del interior, y Margrethe se separó de él bruscamente, notando que se ruborizaba de vergüenza. Al cabo de un momento, una de las monjas mayores apareció en la puerta que daba al jardín. Margrethe vio que la abadesa iba detrás de ella.

—Vuestro caballo está listo —anunció la monja. Y entonces, mirando a Margrethe, añadió—: Quizá deberíais entrar ya, hermana.

El hombre le apretó la mano con más firmeza.

—Debo irme —le dijo—. Pero os estaré eternamente agradecido por todo lo que habéis hecho, todas vosotras. Siempre os estaré en deuda. Y espero poder volver a veros algún día, Mira, aunque sé que vuestro corazón sólo le pertenece a Él.

—¡Mira! —la abadesa la llamó desde la puerta y Margrethe percibió un dejo de pánico en su voz.

El hombre no se movió. Por lo visto esperaba alguna señal por parte de Margrethe, que sintió cómo la presión del momento la atenazaba. Quería detener el tiempo, tenerlo allí hasta saber cómo reaccionar, qué sentir, cómo comportarse con él durante aquel instante, el único que le quedaba, pero entonces él le soltó la mano.

—Adiós —susurró—. No os olvidaré.

—Adiós —respondió ella.

Él ya se estaba alejando bajo la nieve que caía por todas partes.

Capítulo Seis

La Sirena

El barco sobresalía del suelo oceánico como una criatura extraña, una criatura de otro mundo, ladeada, con sus mástiles y velas extendidos en todas direcciones como miembros deformes. Pequeños animales marinos ya se habían adherido a la madera en descomposición de la proa. Había bancos de peces que relucían por entre los restos, entrando y saliendo de ellos, atraídos por la carne putrefacta. En torno al barco yacían esparcidos toda clase de objetos humanos, enredados en las algas y colgando del coral que ya crecía en los costados de la embarcación: armas, utensilios, remos, monedas, botas, cuerpos, pan. La vida humana en completo desorden.

Lenia rondó por encima del barco, escudriñándolo, rozando el mástil más alto, y luego nadó hacia la cubierta principal. Los hombres estaban allí apilados, como si hubiesen estado corriendo hacia el costado de la nave cuando ésta se hundió.

Intentó asimilar la muerte y devastación que la rodeaba. Los hombres que habían caído al agua descansaban enredados entre los mástiles y cabos. Lenia ya había visto otras muchas veces un naufragio como aquél, pero ahora la sensación era distinta. El cuerpo de un joven estaba encajado de lado en una puerta abierta. Debía encontrarse subiendo por una escalera desde abajo cuando murió. Tenía un cabello largo y rubio que ondeaba en el agua en torno a él y los ojos abiertos, mirando a lo alto, hacia la superficie del agua. ¿Lo había visto ella gritando durante la tormenta, luchando por sobrevivir? ¿En qué momento su alma abandonó el cuerpo?

Lenia se acercó más a él. «Lo siento», le susurró. Llevaba una ropa verde y dorada, una chaqueta verde oscuro con una hilera de botones de latón en la parte delantera. Debía de haber sido un hombre importante. Pasó los dedos por el metal y notó el tosco dibujo grabado en él. Una especie de criatura que no reconoció. ¿Iba vestido de esta misma manera el hombre al que salvó? Alargó la mano y tocó el cabello del soldado muerto. No era simplemente rubio. Era castaño, amarillo y crema, todos en uno, y vio que había vivido y trabajado al aire libre, con el sol cayendo sobre él.

«¿Lo conocías? ¿Quién es? ¿Cómo es?»

Casi esperaba que él le respondiera, pero el mundo siguió silencioso y el único movimiento provenía de arriba, donde una serie de medusas translúcidas se abrían paso hacia el fondo.

Puso el rostro junto al del joven y le pasó la mano por detrás del cuello, por la piel de la nuca.

Aquel cuerpo. Tan lleno de secretos, del mundo de arriba, de los hombres.

«¿Quién eres tú? —dijo en voz baja—. ¿Cómo eras?»

¿Quedaba algo de él en aquella carne en descomposición?

Por debajo de la piel hinchada, Lenia vio lo bello que había sido aquel joven en vida. Miró sus labios, los recorrió con la yema del dedo y su pensamiento volvió de nuevo al otro hombre, a la sensación de sus labios contra los de ella. Pensó en aquella dicha que la había embargado, se estremeció al recordarla y, sin pensar, apretó los labios contra los del joven muerto.

Un grupo de peces diminutos pasaron aleteando y le rozaron la cara.

Se apartó e imaginó lo que pensarían su madre y sus hermanas si la vieran así. Aunque en una ocasión habían sorprendido a Vela, cuando aún era una sirenita, sosteniendo un esqueleto humano entre los brazos y fingiendo bailar con él. Pero entonces Vela era una pequeña inocente, no una sirena en edad de casarse, como Lenia ahora.

Nadó hasta otra de las aberturas de las cocinas de abajo e introdujo el cuerpo por ella. Ya había estado en muchos espacios similares, por supuesto, pero aquél era el lugar en el que él había vivido, y los coyes, los arcones de ropa, las vigas de madera y las ventanas diminutas, por mucho que siempre le hubieran fascinado, adquirieron entonces un significado especial para ella.

Volcada en el suelo había una jarra que contenía un líquido color ámbar, y Lenia fue hacia ella, la descorchó y se la llevó directamente a la boca. Su primer sorbo fue solamente de agua de mar. Bebió hasta que le llegó el licor, que le bajó ardiente por la garganta, y lo escupió. Era horrible. Agarró un pez que pasaba dando vueltas por allí y se lo metió en la boca, mordió su carne dulce, sus espinas crujientes, pero aquel sabor permaneció. Le hicieron falta más peces, además de algunas flores marinas que ya crecían a través del suelo de las cocinas, para quitarse el regusto amargo de la bebida.

Meneó la cabeza y nadó siguiendo la línea de coyes hasta el otro extremo de la habitación. Allí, la estructura del barco estaba completamente rota en algunas partes. Unos cuantos cuerpos habían quedado atrapados y uno de ellos había quedado ensartado en una viga rota, por lo que una herida gigantesca se abría allí donde el bao atravesaba la carne, con un hormiguero de criaturas marinas que se alimentaban de ella.

Nadó hasta uno de los coyes que estaba intacto y se colocó en él, dejando que su cuerpo descansara contra la cuerda gruesa. Se estiró. Cerró los ojos y fingió estar durmiendo allí. Pensó en la chica de cabello oscuro que había visto en el acantilado, la única chica humana que había visto nunca con vida, y en su mente se convirtió en esa chica. Con su frágil cuerpo apoyado contra las cuerdas, aquel pelo negro extendiéndose en torno a ella, sus largas piernas llegando a la viga de la que colgaba el coy por el otro extremo.

Abrió los ojos, contempló la imagen de su cola plateada reluciendo en la habitación oscura contra las viejas cuerdas que se pudrían.

Sus hermanas la hubiesen tomado por loca. Enamorada de cuerdas, cadáveres y ron descompuesto, cosas horribles que ensuciaban el lecho inmaculado del océano. Pero lo que nunca entenderían era la manera en la que toda aquella decadencia estaba unida a algo tan hermoso que apenas podía soportar pensar en ello.

La vida eterna.

Desde su posición en el coy paseó la mirada por la habitación. Las paredes astilladas, una cómoda con los cajones abiertos, más botellas llenas de líquido ámbar encajadas bajo algunos baos caídos, una anguila que serpenteaba por el suelo y que luego desaparecía por una de las grietas, un grupo de peces brillantes que parecían caer en la habitación como gotas de lluvia.

La embargaba un único sentimiento insoportable: la necesidad de ver de nuevo a ese hombre. Pensar que en aquel momento él estaba allí, existiendo en el mundo que había por encima de ella, el mundo al que supuestamente ella no tenía que volver, le hacía imposible mantenerse alejada más tiempo.

Se incorporó y, sin más, tomó una decisión. Empezó a nadar impulsándose hacia arriba. Dejó atrás el barco y el palacio. Pasó junto a montañas marinas, arrecifes y cuevas, junto a pulpos gigantes, filas enteras de medusas transparentes desplegándose por el agua. Relajó el cuerpo. Podía haber sido cualquier cosa, cualquier criatura que fuera al unísono con el mar y sus movimientos. Cerró los ojos, dejó que el agua oscura corriera en torno a ella, impulsándose enérgicamente con su cola.

Trató de no pensar en lo que ocurriría si su madre se enteraba. A los sirenios los desterraban, o incluso los ejecutaban, si osaban acceder al mundo superior en otro momento que no fuera el único permitido, el día de su decimoctavo cumpleaños. Sin embargo, hacía mucho que algo así no ocurría, probablemente desde la época en la que se había promulgado el decreto por primera vez, cuando los sirenios aún querían visitar a los humanos. Ahora, por lo visto, nadie intentaba ir y, además, Lenia era la hija de la reina. «¿Qué puede pasar en realidad?», se preguntó. ¿Y acaso no valía la pena arriesgarse por el amor verdadero?

Tardó más de lo que esperaba, pero al final el agua se hizo más cálida, vio la superficie y nadó más deprisa hasta que llegó a ella y accedió al dolor sordo de la luz del sol al otro lado. Su rostro golpeó el aire y el silencio del mar se rompió.

Parpadeó y miró en derredor. Costaba creer que estuviera allí de verdad. ¡Era tan fácil! Hubo un tiempo en el que las sirenas habían entrado y salido al mundo superior como si el hecho de hacerlo no tuviera ninguna importancia. Lo hacían sin más. «Así es como se suponía que tenía que ser», pensó. De repente parecía una tontería que hubiera esperado dieciocho años para ir. No estaba nada bien la separación que existía ahora, el miedo de que sucedería algo terrible si un sirenio entraba en el mundo superior. Y allí estaba ella. Perfecta, viva, libre. Con el aire acariciándole la piel, llevándosela.

Tuvo cuidado de dejar que el aire entrara en su cuerpo poco a poco, de manera natural. Aquel mundo era ahora más apacible de lo que lo había sido la otra vez, a pesar de la luz deslumbrante, pero aun así, toda una variedad de sonidos nuevos inundaron sus oídos. El estrépito de las olas, el soplo del viento, los graznidos de los pájaros que volaban en lo alto.

¡Y había tanta luz! Mientras sus ojos se acostumbraban a ella, se dio cuenta de que algo estaba cayendo del cielo. Unos grandes copos blancos caían al agua y se fundían en ella. Estuvo mirando un buen rato, fascinada. Se precipitaban al mar y desaparecían en la superficie.

El agua se extendía en todas direcciones hasta allí donde le alcanzaba la vista. Desde su posición se veía plateada y pura, moviéndose con rapidez y como a lengüetazos, llena de vida. ¡Y cómo sonaba! La espuma encauzada por las olas. El cielo era de un blanco puro, casi cegador. Lenia nunca había visto tanto blanco. Extendió los brazos, abrió la boca y dejó que los copos le cayeran en la lengua, ásperos y fríos, para luego desaparecer.

Se rió en voz alta de lo maravilloso que era todo y entonces se puso a cantar. Suavemente al principio, pero luego con más vigor. En torno a ella el mar empezó a arremolinarse y Lenia alzó la voz hasta que el agua comenzó a moverse en círculos rápidos, como pequeños llegados desde las profundidades marinas.

Y mientras cantaba pensó en todas y cada una de las cosas que entraban en ella: el aire, los copos que caían del cielo, todo aquel sonido y sentimiento. En aquellos instantes se sintió como un alma. Como si fuera esa misma euforia la que había embargado a esos hombres al nacer y los había dejado en el mar, la que había invadido al hombre al que llevó a la orilla y la que había empezado a invadirla a ella también mientras lo llevaba en sus brazos.

A lo lejos, apenas podía distinguir una forma que revelaba tierra. ¡Ahí estaba! Extendió la cola y se impulsó por el agua en dirección a ella, y hacia él, y a medida que se iba aproximando, la tierra iba desvelándose con más claridad ante ella. La misma playa pedregosa, la cortina de roca, el muro, el edificio que se extendía al otro lado, las antorchas que cobraban vida con un parpadeo. Todo ello cubierto de nieve y hielo relucientes.

¿Estaba él allí dentro? ¿Podía ver la misma luz de las antorchas?

«Ven a mí, vuelve», pensó, concentrándose para que él pudiese oírla.

Cuando llegó a la orilla cerró los ojos e intentó imaginarse la sensación de tenerlo bajo ella, la piel suave y cálida... puso todos sus recursos en ello, en sentir aquel recuerdo, en llamarlo. Nunca había anhelado unas piernas, aquellos apéndices que permitían a los hombres caminar por la tierra. Unas piernas que lo llevaran hasta él.

«¿Hasta dónde se extiende este mundo?», se preguntó. ¿Era tan ancho y vasto como el mar? ¿Qué podía haber dentro de aquel edificio del acantilado rodeado de antorchas y con una cruz gigantesca que se alzaba en el tejado y que parecía tocar el cielo? Ya había visto esas cruces anteriormente, pequeñas, grandes, entre los restos de naufragio del mar, y sabía, por su abuela, que tenían algo que ver con las almas.

La playa estaba desierta, plagada de rocas, blanca de nieve. Alcanzó la orilla, fue arrastrando el cuerpo por las piedras y extendió la cola delante de ella. Por un momento quedó deslumbrada cuando la luz alcanzó su cuerpo, extrañada ante los tonos verdes y azules que brillaban en su cola bajo la luz. Alzó los brazos y se rió mientras cambiaban de color. Pensó que quizá se quedara allí para siempre, viviendo de los cangrejos que recogiera en las rocas. Él podría quedarse allí con ella, y ella podría cantarle, y él podría contarle sus viajes por aquel mundo brillante y ruidoso.

Oyó algo y se encogió. ¿Había alguien allí? Recorrió la playa con la mirada, pero estaba vacía. La sombra de un recuerdo se le pasó por la cabeza de manera inconsciente, unas hermanas sirenas destrozadas a hachazos por unos hombres. Cerró los ojos y trató con todas sus fuerzas de ahuyentar aquella imagen.

Y entonces, de repente, apareció una figura en el acantilado, en lo alto de la escalera. Lenia soltó un grito ahogado e hizo girar su cuerpo para dirigirse al agua.

—¡Por favor, quédate! —oyó. La voz era extraña, penetrante—. ¡Espera!

El pánico que Lenia percibió en la voz hizo que se detuviera. Se volvió de nuevo y vio que era la chica de la otra vez, envuelta en pieles y con el cabello oscuro ondeando. Estaba bajando por las escaleras con rapidez, tropezando casi, agarrada a la delgada barandilla.

Lenia observó fascinada a la muchacha que bajaba por las escaleras, con el cuerpo preparado para volver al agua de un salto. Una chica humana de verdad, allí, delante de ella.

La joven llegó al pie de la escalera y empezó a cruzar la playa en dirección a Lenia. Caminaba con cuidado por las rocas. Era hermosa, sus movimientos ágiles y ligeros, incluso con aquellas pieles que la envolvían y la prenda larga y blanca que llevaba debajo y que le llegaba hasta los pies. Los cabellos negros le azotaban el rostro. Tenía una piel muy delicada, como si pudiera rasgarse en un instante. Expuesta. Lenia podía oler a la chica, el olor del calor y la sangre. La fragilidad de la joven, tan parecida a la del hombre. Y, no obstante, la chica no parecía frágil, sino confiada y segura mientras se aproximaba.

Lenia relajó el cuerpo. Se dio cuenta de que, sola, aquella joven no suponía ninguna amenaza para ella. Lenia podía levantar una de esas rocas y aplastarle la cabeza en un instante. Por un momento se lo imaginó: cómo el alma de la chica abandonaría su cuerpo y se deslizaría en el aire, hermosa y pura, una brillante red de luz. Seguro que allí, a la luz del día, Lenia podría ver cómo se alzaba hacia el cielo.

Vio que la chica abría mucho los ojos, que contenía el aliento al detenerse en la playa, a mitad de camino. Por un momento se limitaron a mirarse la una a la otra. Los ojos oscuros de la joven recorrieron el cuerpo de Lenia de arriba abajo, su mirada se deslizó por su cola larga, su torso y sus pechos desnudos, sus cabellos largos y viscosos. Cuando sus ojos se posaron en los de Lenia, la joven apartó enseguida la mirada, avergonzada. Y luego volvió a mirarla.

Lenia ladeó la cabeza. Podía sentir las emociones de la chica. Era muy extraño cómo la afectaban... de una forma en la que no podían hacerlo el aire y el frío. Pero la chica temblaba, como si no tuviera piel. ¿Sería un alma, acaso? ¿Aquella fragilidad, aquella ausencia? Y ese olor. A frío y viento pero, por debajo, a más cosas. Especias, calor, sangre.

Lenia intentó calmarla. «Háblame —pensó, concentrándose—. Dime quién eres.»

Al cabo de unos momentos, la chica avanzó y se arrodilló en las rocas.

—Me llamo Margrethe —dijo.

Lenia sonrió.

—Mi nombre es Lenia —repuso ella—. Le-nia

—Lenia —repitió Margrethe—. ¿No tienes frío? —con un movimiento torpe señaló el torso de Lenia.

—No.

—Yo tengo tanto frío que me arde la piel.

—Tú eres más suave que yo —comentó Lenia con una sonrisa, tocándose la piel con timidez.

Margrethe le devolvió la sonrisa y pareció relajarse.

—Sí. Nunca he visto una...

—¿Sirena?

—Sirena —Margrethe repitió la palabra con un susurro—. No estaba segura de que... no estaba segura de que tú, de que los de tu especie existieran siquiera. Oí historias cuando era pequeña. Pero pensé que no eran más que eso, historias.

Lenia inclinó la cabeza. ¡Qué raro! Ella siempre había imaginado que los humanos también pensaban en los que eran como ella. Al fin y al cabo, no dejaban de salir a la mar en sus barcos gigantescos.

—Bueno —dijo—, se supone que no tenemos que venir a vuestro mundo. Se nos permite visitarlo cuando cumplimos dieciocho años, pero en teoría debemos permanecer escondidas, no dejar que nos veáis... Hace mucho tiempo las cosas eran distintas.

—¿Pero tú viniste... para salvarle?
—Sí, supongo que sí.
—¿Por qué?
Lenia miró fijamente el rostro franco y curioso de la joven. «¿Por qué?»
—Yo... vi a los hombres, se morían. Era mi primera vez. En vuestro mundo, quiero decir, por encima de la superficie del océano. Vi cómo los hombres se estaban muriendo. Y entonces lo vi a él, y también se moría. Supe que debía salvarle. No podía dejarle morir.
«Y porque le amo», pensó.
—¿Por qué lo trajiste aquí?
Lenia se encogió de hombros.
—Simplemente sabía que tenía que traerlo aquí.
—¿A mí? —preguntó Margrethe con aire avergonzado.
Lenia vaciló antes de responder. Para aquella chica humana parecía importante pensar que el hombre había sido un regalo de Lenia para ella. Habló despacio:
—Bueno, te vi allí arriba y te llamé.
La joven se echó hacia atrás y al parecer dejó que la información calara en ella.
—Te oí, me parece —susurró—. Una voz en mi cabeza. ¿Fuiste tú?
—Sí —asintió Lenia moviendo la cabeza.
El semblante de Margrethe cambió y se relajó visiblemente.
—Te he estado esperando. Pensé que tal vez volverías. Quizá para verle.
Lenia bajó la mirada a las rocas heladas y la alzó de nuevo.
—¿Todavía está aquí? —preguntó.
—No. Está... Aquí estaba en peligro. Por un reino enemigo. De manera que se marchó.

—¿Es tu enemigo? —inquirió Lenia.

—Sí —Margrethe hizo una pausa, tras la que continuó explicándose con rapidez—. Yo estoy aquí para esconderme. Mi padre es el rey del Norte. El rey del Sur es su enemigo, y han combatido en grandes guerras el uno contra el otro. Ambos piensan que esta tierra es suya —hizo otra pausa—. No sé por qué te estoy contando esto. No puedo hablar con nadie más. Lo que quiero decir es que aquí no soy yo misma.

Lenia asimiló todo lo que aquella joven le decía. Era nada menos que una princesa. Lenia imaginó que, en el mundo humano, eso era algo aún más magnífico que en su propio mundo. Pensó en todos los tesoros que brillaban en el fondo del mar: las piedras preciosas y el oro, las arañas de luces y los barcos gigantescos, las botellas de cristal con líquidos color ámbar. Un millar de maravillas distintas.

Margrethe se inclinó hacia adelante.

—¿A qué te referías cuando dijiste que hace mucho tiempo las cosas eran distintas?

—Cuando todos éramos una misma raza —respondió Lenia—. Entonces las cosas entre nosotros eran distintas.

—¿La misma raza?

—Nosotros —dijo Lenia, señalándose a ella y luego a Margrethe—. Cuando los humanos formaban parte del mar. Cuando el mundo era todo mar. ¿No has oído hablar de ello?

—No.

—Es algo que nos cuentan a todos cuando somos jóvenes —aclaró Lenia—. Que en otro tiempo el mundo era todo mar, gobernado por un rey y una reina, hasta que se pelearon de una manera terrible y el rey hizo pedazos el fondo del mar y se marchó para fundar el mundo superior y cambió su cola por dos piernas para poder caminar por él. Dicen que por eso el océano está lleno de cavernas y grietas.

Lenia se dio cuenta de que la chica no había oído nunca nada de todo aquello. Hasta aquel momento ni siquiera había tenido la seguridad de que existieran las sirenas, aparte de en las historias.

—¿Lleno de cavernas?

—Sí, por todas partes —Lenia sonrió, se fijó en que la chica ya no temblaba a pesar de su piel enrojecida y agrietada.

Margrethe meneó la cabeza.

—Tengo la sensación de estar soñando. Desde pequeña he oído muchas historias sobre sirenas. Siempre imaginaba cómo sería desaparecer en el océano, conocer sus misterios. Ojalá...

El anhelo de la joven era palpable y parecía igualar el de Lenia. Por un momento, Lenia vio el mar a través de los ojos de aquella chica humana. Se imaginó llevándosela bajo el agua, enseñándole el palacio hecho de ámbar y conchas de mejillón, los volcanes submarinos que arrojaban fuego al mar, los antiguos restos de naufragios llenos de los huesos de sus antepasados, los monstruos imposibles que vivían en los rincones del océano, y entonces pensó en el cuerpo abotargado y descamado del soldado rubio al que había besado, y se acordó... En el mundo superior ella no podía ir más allá de aquella playa y en el mar la joven moriría.

—¿Cómo es? —preguntó Margrethe.

Lenia se inclinó hacia delante y lo pensó un minuto, pero había tantas cosas para describir y apenas tenía nada con lo que compararlo.

—No lo sé... —dijo—. Ojalá pudiera mostrártelo. Y ojalá tú pudieras mostrarme tu mundo.

—Me gustaría. Ojalá pudiera enseñarte mi casa, donde vivo habitualmente. Es un lugar muy hermoso y allí hay un sol grande y brillante, no como éste.

Lenia no podía imaginarse nada más brillante, y se echó a reír.

—¡Qué raro! —comentó. Señaló el edificio del acantilado—. ¿Y qué es ese edificio en el que te escondes?

—Un convento. Viviré allí hasta que no haya peligro en volver a casa. Por eso voy vestida de esta manera, como una novicia —Margrethe abrió las pieles que llevaba y señaló sus vestiduras blancas—. Normalmente... bueno, mi atuendo es mucho más elaborado. Vestidos de todos los colores, con cuentas, encajes y corsés. Hay mujeres que se pasan todo el día, y todos los días, cosiendo vestidos para mí.

Lenia tomó aire.

—¿Qué es un convento?

—Un convento es una casa para mujeres consagradas a Dios. —Al ver la expresión confusa de Lenia, Margrethe continuó diciendo—: Es un lugar de oración y devoción constantes. Las mujeres que viven allí no contraen matrimonio y no llevan una vida igual que los demás en el mundo. Ellas se casan con Dios, no con hombres.

—¡Oh, sí, qué maravilloso! —exclamó Lenia embargada de emoción. Todo lo que había contado su abuela era cierto—. Sé lo de Dios, las almas y el cielo. ¿Tú también... estás casada con Dios? —Pensó en ello: no solamente dos redes de luz unidas, sino toda la luz del mundo entrelazada, brillando a la vez. Parpadeó. No podía imaginárselo. Debía de ser exactamente lo contrario que el mundo en el fondo del mar, donde todo era oscuro y silencioso.

—No —contestó la joven—. Yo rezo y rindo culto, pero me casaré y tendré una vida en el mundo.

Lenia se sintió abrumada por la belleza de las palabras de la chica, el cielo blanco que cambiaba su tono a plateado por encima de ellas, las rocas cubiertas de hielo que la rodeaban, el aire dándole en la piel y haciendo que el cabello de la muchacha ondeara en torno a su rostro, la idea de que había mujeres humanas que podían pasarse la vida rezando, hablando con un ser al que no podían ver ni tocar. ¡Era tan hermosa aquella chica humana! El hombre debía de haberse enamorado de ella. ¿Podría ser? ¿Incluso con el recuerdo de su propia voz al oído?

—¿Lo amabas? —preguntó Lenia de pronto—. ¿Lo amas?

—¿Si amo a Dios?

—No. Al hombre al que traje por el mar. ¿Lo amas?

La chica mudó el semblante por completo. Volvió la vista atrás, como si no estuvieran allí solas, en el tramo de roca más desolado del mundo, como si no acabara de revelarle muchos otros secretos, a ella, esa criatura del fondo del mar.

—No sé si lo amo, pero hay... algo.

—¿El qué? Cuéntamelo —Lenia cayó en la cuenta de que estaba conteniendo el aliento—. Háblame de él.

La joven la miró, nerviosa, y Lenia se concentró. «Cuéntamelo. Por favor.» De nuevo, la chica se relajó visiblemente.

—Es... un aventurero. Como Odiseo. ¿Sabes quién es? —Lenia le dijo que no con la cabeza y ella prosiguió—: Cuenta historias como las que he leído en los textos antiguos. La mayoría de los hombres ya no tienen tiempo para estas cosas, pero él es culto, se nota que tiene curiosidad por todo. La forma que tiene de ver las cosas hace que todo sea distinto. Tiene algo mágico. Y sus ojos son del color de las algas, de la piedra. Y tiene....

quiero decir, tú lo tocaste. Su piel, allí donde lo tocaste, brilla.

—¿A qué te refieres?

—Allí donde lo tocaste, allí donde vi que lo tocabas, es como si tuviera piedras preciosas en la piel.

Lenia bajó la vista hacia su piel y luego miró la de la chica. ¡Eran tan distintas! La suya gruesa y reluciente, casi dura, y la de la chica suave, fina y mate. Delicada. Como los pétalos.

—No sé si puede verlo alguien más —dijo la joven—. No lo comprendo...

Lenia alzó las manos al frente. Ambas vieron cómo la luz se reflejaba en ellas.

—Tienes una piel hermosa —dijo la muchacha con un suspiro.

De repente, sus ojos se llenaron de agua. Fue la cosa más extraña que Lenia había visto nunca. Agua, manando de sus ojos, corriendo por sus mejillas.

Lenia alargó la mano y la dejó suspendida sobre la de la chica.

—Él es el único humano al que he tocado nunca —dijo—. ¿Puedo?

Temblando, la joven se remangó y dejó al descubierto el antebrazo.

—Sí —susurró—. Por favor.

Lenia posó la palma de la mano sobre la piel de la chica. Vio que ésta se estremecía al contacto con su piel, pero permaneció inmóvil mientras Lenia movía su mano hacia arriba y luego hacia abajo, sintiendo el calor del brazo de la chica. Incluso con el frío que hacía, Lenia sentía la sangre de la joven latiendo bajo su piel.

—Eres muy fría —comentó la muchacha.

—Noto tu corazón latiendo por debajo de tu piel —repuso Lenia.

Dio la impresión de que el momento se alargaba. Entonces, cuando retiró la mano, quedó un inconfundible rastro como de diamantes en la piel de la chica.

—Mira —dijo Lenia—. ¿Es esto lo que viste en él?

—Sí —respondió la chica con un murmullo.

Un sonido metálico resonó en el aire y Lenia se tapó los oídos con rapidez pero, aún así, el sonido penetraba a través de ellos, a través de su cuerpo.

—¿Qué es eso?

—Son las campanas —contestó la joven—. Es hora de rezar.

La chica no se percató de la incomodidad de Lenia. Estaba fascinada por su propia piel, allí donde la sirena la había tocado. Lenia volvió a observarla detenidamente: los ojos oscuros, la piel suave y pálida, el brillo en su brazo, las pieles que la envolvían, la tela blanca que colgaba hasta sus zapatillas, y su cabello, que ondeaba al viento, frente al cielo plateado que se oscurecía.

Margrethe levantó la mirada hacia las campanas y todavía tenía los ojos llenos de agua.

—Tengo que marcharme o irán a buscarme a mi celda. Pero desearía quedarme. Temo que después me preguntaré si todo esto ha sido un sueño.

—Soy real —afirmó Lenia—. Te lo prometo. Todos nosotros lo somos. Fueron nuestros antepasados, no nosotros, los que separaron nuestros mundos y crearon la tierra en la que vivís vosotros y que os separa del mar.

—Gracias —dijo la chica. Pero no se movió, permaneció sentada mirando fijamente a Lenia, recorriendo con la mirada su cabello, su cola reluciente—. Yo...

Lenia asintió con la cabeza.

—Lo sé —Se dio cuenta de que la joven se moriría de frío si se quedaba más tiempo afuera, notó que el aire se estaba enfriando aún más en tanto que el cielo pasaba de blanco a plateado y, finalmente, a negro.

«Vete —pensó Lenia—. Vete y entra en calor.»

—Adiós —dijo Margrethe—. Espero que volvamos a encontrarnos.

—Yo también.

Y entonces Lenia se quedó mirando a la chica que regresaba pisando con cuidado por las rocas hacia la escalera que subía en espiral hasta lo alto del acantilado, al mundo de arriba, bajo las estrellas.

Capítulo Siete

La Princesa

Todas las mujeres del convento dedicaban las largas tardes al trabajo. Unas barrían y limpiaban, otras guisaban en la enorme cocina. Algunas se arrebujaban en pieles y cuidaban del jardín o de las ovejas. Las hermanas de mejor familia trabajaban en la escribanía, cantaban en el coro, hilaban la lana o la tejían para hacer mantas que distribuían, junto con pieles, entre los habitantes de la aldea de abajo.

Margrethe estaba sentada frente al telar, sumida en sus pensamientos. Realizaba su trabajo de manera rítmica, empujando con firmeza la lanzadera y moviendo los pies sobre el pedal, mirando cómo subían y bajaban las varas. El traqueteo de los telares, el murmullo de las ruecas, los olores húmedos... así las horas podían pasar muy fácilmente. Los cestos rebosantes de lana virgen agrupados junto a la puerta desprendían un aroma a tierra y a animal que impregnaba la habitación. Margrethe no estaba acostumbrada al olor de la lana, pero no le resultaba desagradable. Edele y una joven novicia trabajaban en unos telares a su lado (Edele disimulando a duras penas su impaciencia con el trabajo, murmurando entre dientes de vez en cuando si el tejido se enredaba bajo sus dedos), en tanto que otro grupo de monjas hilaban la lana en el otro extremo de la habitación.

Una de las hermanas estaba sentada junto a la puerta leyendo un pasaje de las escrituras y el sonido de su voz era arrullador, relajante, pero Margrethe no era capaz de oír nada de lo que estaba diciendo. Habían pasado más de dos semanas desde que Christopher se había marchado. Una semana desde que se encontró con Lenia. Desde el día en que había estado con la sirena se sentía mal, como si algo no marchara bien, y había dejado de esperar junto al muro de piedra, buscándola. No podía cerrar los ojos sin oír el estrépito de las olas. Una y otra vez veía a la sirena nadando hasta la playa, con el hombre en sus brazos, entregándoselo a ella...

«Te llamé», le había dicho.

De repente se oyó un terrible alboroto fuera. Voces que chillaban en el pasillo.

La monja que les había estado leyendo se detuvo a mitad de una frase y la habitación quedó en silencio cuando el resto interrumpió también su trabajo para escuchar.

Hubo un momento, o dos, de silencio y después oyeron una voz que exclamaba: «¡Han venido los bárbaros!»

Al oírlo, todas se levantaron de un salto y una de las monjas soltó un grito al pincharse el dedo con el huso. Salvo Margrethe y Edele, todas salieron corriendo de la habitación santiguándose, abandonando su trabajo para dirigirse a los claustros principales. La lana se desmadejaba y caía al suelo.

Margrethe se quedó aterrorizada, con el corazón latiéndole con fuerza. Se llevó la mano a la cabeza de forma automática, para asegurarse de que el griñón cubría su cabello oscuro.

Edele se acercó corriendo a Margrethe con los ojos abiertos de par en par y llenos de horror.

—¿Qué vamos a hacer? ¿Y si ha regresado?

Margrethe tomó aire y recordó quien era. Si existía una amenaza, sin duda los guardias estarían allí cerca. Nadie podía aproximarse al convento sin que ellos lo supieran.

—Vayamos con las demás —repuso con calma, recobrando su porte regio.

Edele asintió con la cabeza y ambas recorrieron el pasillo despacio, sus pies calzados con zapatillas pisando suavemente la piedra fría. Escuchando.

¿Podría ser que hubiese regresado? ¿Que se hubiera dado cuenta de quién era ella?

—Si os ocurriera algo aquí... —susurró Edele. Margrethe le apretó la mano. Aunque Edele podía llegar a fastidiarla como una hermana, Margrethe sabía que su vieja amiga la quería fervientemente, que moriría por ella sin pensárselo.

—Mantengamos la calma y vayamos a averiguar qué ocurre —dijo Margrethe.

Bajaron con sigilo por un tramo de escaleras de piedra hacia los claustros. El desorden reinaba en todo el convento. Tanto monjas como novicias corrían de un lado a otro y se reunían frente al despacho de la abadesa. Ésta, envuelta en pieles, con el rostro sonrojado y el semblante preocupado, entraba entonces desde el patio con paso firme, seguida por la maestra de las novicias. Era un marcado contraste con el silencio y la calma habituales dentro de las paredes del convento.

—¡El rey! —gritó una—. ¡Ha venido el rey!

Margrethe y Edele cruzaron la mirada.

—¿Qué rey? —preguntó Edele con un susurro.

Aún no había acabado de decirlo cuando una multitud de soldados cruzó precipitadamente las puertas principales. Margrethe los reconoció de inmediato. Pieter, el primer consejero militar de su padre, y unos cuantos miembros de la guardia real, incluidos Henri y Lens, vestidos con el azul y blanco reveladores del rey del Norte. Todos ellos parecían enormes y amenazadores en el tranquilo espacio del convento.

Y entonces, para asombro de Margrethe, el mismísimo rey entró en la sala como una exhalación, con un remolino de pompa y furia. Su presencia llenó todas las grietas y rendijas, fue como un asalto, como una mano en torno a su garganta.

El rey Erik era un hombre alto y barbudo, de cabello gris y piel curtida, endurecida por la batalla. Siempre parecía estar alerta, atento a cada movimiento que se producía a su alrededor. Tenía unos ojos hundidos y del color del carbón. Hubo una época en la que había sido famoso en todo el reino por su atractivo. La madre de Margrethe le había contado historias sobre él de la época del cortejo, cuando él era un apuesto y joven príncipe que había ganado su mano en una justa. Pero poco quedaba ahora de aquel galán de antaño.

—¡Margrethe! —la llamó.

Edele tomó aire junto a ella mientras Margrethe salía del hueco de la escalera, embargada por el terror. Ocultarse se había convertido en algo natural en ella, y ahora allí estaba su padre con sus hombres, revelando su identidad de un solo golpe. La persona que había sido durante aquellos meses quedó desmontada en un instante.

¿Qué estaba haciendo él aquí?

Intentando mantener la calma, caminó hacia él.

—Estoy aquí —dijo, sintiendo que las miradas de las demás ardían sobre ella.

Entonces el rey la vio y fijó en ella la mirada, claramente sorprendido por su aspecto al verla allí frente a él, sin adornos, con su hábito de novicia y su cabello oscuro y abundante fuera de la vista. Su alivio fue palpable, pero inmediatamente desvió su atención hacia la abadesa.

—¿Qué habéis hecho? —gritó el rey antes de que la mujer tuviera siquiera ocasión de arrodillarse a sus pies—. ¿Os envié a mi hija para que tuviera protección y vos acogéis nada menos que al hijo de mi enemigo?

Margrethe apartó la mirada de su padre y la dirigió a Lens y Henri, confusa, y vio que ellos agachaban la vista. Se volvió de nuevo a su padre.

—No lo entiendo. Aquí he estado a salvo...

—El hombre al que estas mujeres acogieron y alojaron en la enfermería era Christopher, el príncipe del Sur. Vamos a sacarte de este lugar de inmediato. Nuestros enemigos saben que estáis aquí. Si estáis viva ahora mismo sólo es por la gracia de Dios.

—Mi señor... —empezó a decir la abadesa, a todas luces tan impresionada como Margrethe.

Margrethe se limitó a mirar a su padre, cuya furia era como un muro frente a ella.

—¿Cómo habéis...? —empezó, tartamudeando. Por una vez no fue capaz de apelar a su educación real y no supo qué decir.

—Hemos recibido informes de que regresó al castillo de su padre hace unos días —dijo el rey—, montado en un caballo que se le dio en este convento —casi escupió las últimas palabras.

A Margrethe le daba vueltas la cabeza. «El príncipe Christopher.» Había oído contar historias sobre el hijo del rey del Sur, ya legendarias aun cuando hacía tan sólo unos años que había alcanzado su mayoría de edad. En la corte de su padre se había hablado del carácter de aquel joven, de su pasión, de su facilidad con las palabras... aunque siempre a modo de advertencia. Decían que era un vividor que se rodeaba de mujeres y comida, y ella había escuchado todas las historias sobre la vida en el Sur: las danzas y las relaciones sexuales frenéticas que se prolongaban hasta altas horas de la noche, los grandes banquetes que duraban días, las mesas sobrecargadas de salmón, faisanes, capones y ternera, higos, naranjas, dátiles y limones escarchados, especias, pasteles y tartas bañados de azúcar, y las interminables cubas de vino. Había oído hablar de las fuentes diseminadas por el castillo en las que las esclavas se bañaban desnudas, las flores que se traían en barco desde el este y con las que rebosaban todas las habitaciones, las elaboradas obras de arte que colgaban por todo el castillo y bordeaban todos los caminos que llevaban a él, llenas de escenas profanas de mitos y folclore. El consejero religioso de su padre predicaba que esas cosas eran ejemplos de todo aquello contra lo que habían estado combatiendo en la guerra.

Su cabeza se llenó de él, de su imagen... de aquel príncipe, aquel hijo del enemigo de su padre, tendido en la playa, debajo de la sirena, tumbado en la enfermería, del brillo en su piel, de su imagen bajo la nieve, de pie en el jardín, esperando. No era de extrañar que hubiera tenido tanta prisa por marcharse.

—Id a buscar cualquier rastro de él, cualquier cosa que haya dejado —ordenó el rey a sus hombres, que obedecieron de inmediato, salieron de la habitación y se dispersaron.

La abadesa avanzó un paso, claramente embargada por la emoción.

—Mi señor, por favor —dijo al tiempo que se arrodillaba—. Lo único que sabíamos era que el hombre estaba moribundo y necesitaba nuestra ayuda. Ésta es la casa de Dios.

—Acogisteis al hijo de mi enemigo. Del enemigo de todos nosotros. En el reino de Dios no hay sitio para un hombre como él.

La abadesa alzó la vista para mirarlo y su expresión era dura a pesar de su postura sumisa. Habló en tono calmado:

—Es nuestro código, Alteza. Debemos cuidar de los enfermos y los heridos. No iba armado. Estaba casi muerto cuando lo encontramos.

El rey avanzó unos pasos.

—No cuidamos de los enemigos de Dios. ¿Osáis pensar que sabéis más que yo, vuestro rey? Os envié a mi hija para su protección.

Margrethe se encogió. Resultaba insoportable presenciar aquello. Las demás permanecían allí inmóviles con los ojos muy abiertos, impresionadas por el espectáculo que tenía lugar ante ellas. Margrethe rezó para que ninguna de ellas revelara lo cerca que había estado del príncipe del Sur. No tenía ni idea de lo que haría su padre si supiera que ella había estado en su habitación a solas con él, en el jardín a solas con él, que él le había besado la mano junto al antiguo muro.

Margrethe miró a las demás, y ellas bajaron la vista cuando sus ojos se encontraron. Por supuesto. Nadie más la miraría. Todas se sentirían traicionadas por ella, nerviosas sobre lo que habían dicho en su presencia.

—Perdonadme, Alteza, —dijo la abadesa— pero a ojos de Dios todos somos iguales...

Sus palabras enojaron aún más al rey, y los guardias se

cuadraron a la espera de sus instrucciones. Pero Margrethe veía que se encontraban incómodos: no sabían lo que el rey les haría hacer allí, en una casa de mujeres y de Dios. Incluso ella, su propia hija, ya no sabía de qué podía ser capaz.

El rey respondió a la abadesa lentamente, sin hacer nada por ocultar su desprecio.

—Tenéis suerte, reverenda madre —dijo—, de que mi madre tuviera tan buen concepto de vos.

—Hemos querido a vuestra hija como a una de nosotras. Hemos compartido el pan con ella, nos hemos arrodillado para rezar juntas.

—Ella no es una de vosotras —replicó él, y su voz retumbó contra las paredes de piedra—. El día de su nacimiento, los profetas anunciaron que sería ella quien daría el próximo heredero al reino.

Muchas de las monjas se sobresaltaron visiblemente al oír una herejía tan flagrante de boca del rey.

Él miró en derredor, indiferente al horror de las mujeres.

—¿Alguna de vosotras colaboró con el enemigo o tiene alguna información sobre él?

El pánico recorrió la habitación, una sensación de que algo horrible estaba a punto de suceder. Margrethe no sabía qué pensar. Nunca había prestado mucha atención a las historias que se contaban sobre su padre: lo que había hecho en batalla, la ferocidad por la cual lo habían elogiado y recompensado. Los rumores sobre cómo había ascendido al trono. En aquellos momentos, Margrethe se dio cuenta de que era capaz de cualquier cosa.

—¡Padre, por favor! —exclamó. Resultaba insoportable verlo. Aquéllas eran mujeres sagradas. Se horrorizó al ver la manera en que le hablaba a la abadesa. Ella era la encargada de supervisar a esas mujeres que dedicaban su vida entera a la devoción y a elevar sus plegarias por todo el reino, por todos ellos.

El rey se volvió a mirarla con el rostro enrojecido, los ojos saltones, la capa arremolinándose a su espalda, y Margrethe deseó con todas sus fuerzas no acobardarse. No importaba que fuera su padre: era el rey, nombrado por Dios para gobernar su tierra preferida.

Pero ella era su heredera. Algún día su hijo sería un gran gobernante, más grande que él.

—Padre —repitió—. Soy yo la que lo encontró casi ahogado, en la playa. ¡No culpéis a estas mujeres!

—¿Qué? —la miró fijamente, incrédulo.

Fue como si el mundo entero se estuviera viniendo abajo y dependiera de ella, de sus palabras, evitarlo.

—No vino aquí para hacerme daño —dijo—. No sabía quién era yo. Lo encontré en la playa y corrí a buscar a la abadesa para que lo socorriera. Le rogué que lo ayudara.

—¿Estabais sola, sin vigilancia? —preguntó. Su furia era como una presencia física en la habitación.

—Estaba fuera, tomando un poco de aire fresco, y lo vi. Apenas estaba vivo, todos sus hombres murieron, lo trajo aquí... —no sabía cómo explicárselo. Su padre pensaría que se había vuelto loca viviendo allí junto al mar, y las monjas creerían que era una hereje, primero una niña de profecía y luego una chica que hablaba de sirenas.

Los soldados regresaron apresurados a la habitación, como una bandada de cuervos abatiéndose.

—No hemos encontrado ningún rastro de él —informó Pieter—. El lugar es seguro.

—Entonces nos marcharemos —dijo el rey—. Y dad gracias a Dios de que mi hija no sufriera ningún daño en este lugar, incluso teniendo al hijo de mi enemigo a tan sólo unos palmos de ella.

Margrethe notó que se le relajaban los hombros. Después de todo, su padre no iba a hacer daño a esas mujeres.

Entonces la abadesa se puso de pie y se alisó el hábito.

—Gracias, mi señor —dijo con voz temblorosa.

—Gracias por todo lo que habéis hecho por mí, reverenda madre —terció Margrethe.

La abadesa asintió con la cabeza y su expresión se ablandó al mirar a Margrethe.

—Lamento que las cosas ocurrieran como lo hicieron. Ninguna de nosotras era consciente de tener aquí a un enemigo tan peligroso. Nunca os expondríamos al peligro de forma intencionada, y doy gracias de que estéis aquí hoy, completamente sana y a salvo. Hemos llegado a quereros mucho y lamentaremos perderos.

—Vamos a necesitar provisiones —dijo el rey, casi interrumpiéndola—, y caballos de refresco.

—Por supuesto —contestó la abadesa—. Haremos los preparativos ahora mismo. Todo lo que tenemos aquí está a vuestra disposición.

Margrethe dio un paso, adelantándose.

—Quizá queráis descansar aquí esta noche, ¿no, padre? —preguntó, intentando que no se notara el pánico en su voz.

Ahora que la amenaza más inmediata había desaparecido, tomó conciencia de la situación: se marchaban. En aquel mismo momento. Iba a regresar al castillo y a su vida de antes.

Lejos de aquel mar en el confín del mundo.

—No hay tiempo, hija —repuso él—. Tenemos asuntos urgentes que atender en el castillo. No dejaremos que la insolencia del príncipe quede sin castigo.

Ella escuchó horrorizada. Rápidamente le vinieron a la cabeza la imagen del niño enfermo y su familia, de las chozas de la aldea en la que la guerra había hecho estragos.

Pero allí había ocurrido algo hermoso. En el fondo de su ser ella lo sabía. La sirena había llevado al «príncipe enemigo» hasta ella, y ella lo había amado, y su padre lo utilizaría como pretexto para causar en su reino aún más sufrimiento y destrucción.

—Por favor, padre —le rogó—. Por favor, dejadme al menos ir a recoger mis cosas.

Pieter entró a toda prisa.

—Los caballos están listos, señor.

—No tenemos tiempo, hija. No necesitas nada de este lugar.

—¡Por favor! —insistió ella—. ¡Por favor, padre! Tengo que hacer una cosa, yo... —se devanó los sesos—. Dejadme ir a buscar el collar de madre, el que me dejó.

El rey se detuvo y ella vio un gesto sombrío en su semblante. Todavía le dolía pensar en ella.

—Id con Margrethe —indicó con un movimiento de cabeza a Pieter, que la siguió cuando se apresuró por el pasillo de piedra de vuelta a su celda, sin dejar de pensar todo el tiempo, con la misma sensación de pérdida y confusión que había sentido cuando el guerrero se marchó, y supo que tenía que ver a la sirena una vez más.

—Hay una cosa que debo hacer... —le dijo a Pieter mirando por encima del hombro.

—No puedo perderos de vista, mi señora —replicó el hombre con firmeza—. Es muy peligroso para vos estar aquí. En este mismo momento él podría estar de regreso.

Aún no había terminado la frase cuando ella echó a correr, cruzando por una puerta abierta hacia el claustro, atravesando el vestíbulo y saliendo al jardín, hacia la escalera que bajaba al mar. Al llegar al exterior, el aire la agredió como si estuviera lleno de cuchillos, azotando las finas vestiduras que la cubrían.

Tenía al guardia justo detrás, siguiéndola.

—Lenia —gritó dirigiéndose al agua, y su voz moría en el viento—. ¡Lenia!

—¡Margrethe! —la llamó Pieter.

Sabía que sólo estaba empeorando las cosas, pero no podía evitarlo. Aquélla era su última oportunidad. Sabía que el hecho de que el príncipe le fuera enviado a ella, que la sirena se lo llevara a ella, significaba más de lo que su padre o cualquiera de ellos podría saber nunca.

Corrió hacia el mar.

—¡Lenia! —gritó—. ¡Ven a mí, por favor!

El océano suspiró y respiró, agitando un agua plateada, lleno de misterios y secretos que no iba a revelarle. Bajó a trompicones por la escalera que llevaba a la playa rocosa, haciendo caso omiso del frío que golpeaba su piel.

—¡Por favor!

El viento soplaba con fuerza en torno a ella.

—¡Margrethe! —la llamó Pieter—. ¿Qué os pasa?

Las ráfagas de aire hacían que le escocieran los ojos y apenas podía ver. Había rostros por todas partes, en los árboles, en el agua y en las nubes, pero cuando ella parpadeaba y miraba de nuevo, sin dejar de correr, habían desaparecido.

Estaba llorando. Se moría de ganas de estar en el mar. Casi como si aquella antigua parte de ella anhelara volver a casa. Entonces supo que todo lo que le había dicho la sirena era cierto. En otro tiempo había sido parte del agua, una criatura del mar.

Llegó a la playa y pasó sobre las rocas a trompicones, hasta el mar. Se arrodilló y metió los dedos en el agua.

«¡Lenia!»

Si regresaba al castillo, a más guerra, ¿volvería a ver la magia? La magia de aquel lugar donde las sirenas llegaban del mar y le contaban historias y dejaban brillos en su piel, y donde reinaba la paz de las monjas que susurraban y oraban.

Era como el mundo de antaño, el mundo de los mitos, donde la dicha era posible. Era como en las historias que había leído en voz alta, en griego y latín, mientras su querido maestro, Gregor, escuchaba. Aguardó, inhaló el débil aroma del agua, el frío, dejó que el viento hiciera estragos en su cuerpo.

—¡Lenia!

Pero la sirena no apareció.

Y entonces él la sujetó, enterró el rostro en su cabello, le puso los brazos en torno a la cintura y todo terminó.

—¡Lenia! —gritó una vez más, y en el preciso momento en el que Pieter le hizo dar la vuelta, tuvo la seguridad de que había visto un rostro mirándola desde el agua, ese hermoso cabello de luna y piel brillante, los ojos de un azul intenso; y entonces él se la llevó arriba, a lo alto de las escaleras, y ya no pudo ver nada más porque las lágrimas le cegaban los ojos.

Capítulo Ocho

La Sirena

El cielo cambió de color, pasó de azul a gris y luego a un plateado brillante, al tiempo que unas nubes inmensas se desperdigaban por él, uniéndose en formas elaboradas para romperse de nuevo. El sol lanzaba su luz por detrás de ellos, apagada y constante. En la distancia, el acantilado parecía alzarse directo desde el agua. Frente a él había una franja estrecha de playa que se desvanecía bajo las olas.

Lenia esperaba a unas pocas millas de distancia. Todo aquello le resultaba ahora mucho más familiar, pero aún así seguía absorta ante la belleza del mundo superior. Su cola se estiró tras ella, rozando el agua. Sus ojos no dejaban de moverse, iban de las nubes al acantilado que se recortaba en la distancia, al convento situado sobre él, a los árboles de ramas desnudas que se mecían por encima y a la playa rocosa de debajo. Pero ellos no estaban allí. Hacía días que allí no venía nadie, y ella lo sentía, lo sabía de algún modo: él no iba a volver. Pero ¿dónde estaba la chica? ¿Qué le había pasado?

Miró al cielo. Rememoró las historias sobre las antiguas sirenas que podían leer sus propios destinos en las nubes, en la época en que aún era aceptable visitar el mundo superior, las leyendas de los primeros humanos que visitaron el mar y de los sirenios deslizándose al mundo superior. Había llevado mucho tiempo que la separación que existía ahora llegara a tener lugar.

Lenia era la única que parecía sentir un vacío en su interior, la sensación de que había perdido algo que no podía recuperar. ¿Por qué era ella la única que lo sentía? A ninguna de sus hermanas le pasaba. Todas ellas se contentaban con encontrar a sus parejas, poner los huevos y prepararse para la vida en familia. Estaban felices con las riquezas del mar, los placeres de palacio, toda la abundancia en la que habían nacido. Ni siquiera su abuela, a quien aquellas viejas historias gustaban más que a nadie, había tenido ningún deseo de visitar el mundo superior tras cumplir los dieciocho años.

Ahora que ella, la más joven de las hijas de la reina y la única que aún tenía que encontrar pareja, había alcanzado su decimonoveno año, todo el mundo esperaba que hiciera lo mismo, que encontrara a su compañero y formara su propia familia. Su comportamiento reciente (cantar tonadas llenas de añoranza mientras cenaban tentáculos, algas y erizos de mar) sólo había servido para incrementar sus expectativas. Era lógico que su madre y sus hermanas lo notaran y que todas llegaran a la misma conclusión. Lenia se había enamorado. Y sí, se había enamorado, cosa que hacía que su voz creciera más que nunca, que fuera tan grande como los espacios vacíos de su interior.

La habían observado cuando ella no miraba, susurrando cuando no podía oírlas, y todas rebosaban de emoción mientras veían tomar forma a un nuevo amor, viendo cómo su hermana menor encontraba el mismo regalo que todas ellas habían obtenido cuando llegaron sus respectivos momentos.

Y todas se sentían muy seguras sobre la identidad del sireno que estaba provocando semejante cambio en ella: Falke, uno de los hombres de la corte, hijo de la prima de su madre. Una criatura maravillosamente formada, con una larga cola dorada, un torso oscuro y unos ojos relucientes salpicados de oro. Durante unos días observaron sin decir nada a Lenia, que descuidaba sus pasatiempos habituales y sonreía para sus adentros al pasar nadando, ajena a lo que la rodeaba, con el semblante cambiado por una expresión soñadora que hablaba de un nuevo amor. Y habían observado que Falke la miraba siempre que ella estaba cerca y que intentaba ponerse a su lado en todos los banquetes.

Fue Thilla la que abordó a Lenia y le planteó la cuestión directamente. Con las cejas arqueadas y su cabello oscuro arremolinándose en torno a su ancho rostro, le había preguntado:

—¿Estás enamorada, hermana?

Se encontraban flotando a las puertas de palacio, vigilando un precioso conjunto de huevos de Thilla, de un azul brillante, ocultos en las rocas. Un grupo de calamares gigantes daba vueltas por allí cerca y sus tentáculos se agitaban de un lado a otro como enredaderas marinas.

—Sí —había contestado Lenia. La pregunta la había pillado desprevenida, pero había respondido abiertamente, con un hilo de voz.

—¡Lo sabía! ¡Oh, hermana! —había exclamado Thilla, acercándose a abrazarla—. Estábamos todas muy preocupadas. Parecías tan distraída desde tu cumpleaños y ese horrible asunto con el naufragio y el hombre humano.

Lenia había mirado a su hermana, radiante de amor y placer. Le había sorprendido el hecho de que Thilla, con su don para la clarividencia, no supiera todavía la verdad.

—Fue entonces cuando me enamoré —había susurrado.

Thilla la había mirado, confusa, con una expresión que se debatía entre la emoción y la preocupación.

—¿Qué quieres decir? —le había preguntado.

—Aquella noche, en el mundo superior. El hombre al que salvé.

—Pero... ¿no estás enamorada de Falke? Es el mejor de los sirenios.

—No —había respondido Lenia—. No lo amo. Amo al hombre al que sostuve en mis brazos y llevé a la playa. Ahora lo único que puedo hacer es pensar en él.

El semblante de Thilla cambió al recibir el impacto de las palabras de su hermana.

—¡Lenia! Eso es imposible. Está prohibido.

—Ya lo sé. Por eso sufro tanto ahora.

—Todas pensábamos que eras feliz, que Falke y tú...

—No, hermana —le había dicho—. No soy feliz.

—Si piensas esto es sólo porque el hombre no estaba consciente. Créeme, si lo hubieses conocido... —Thilla se había estremecido—. Te hubiera hecho daño. Es lo que hacen los hombres. Tú sólo viste a un hombre que estaba débil y por eso creíste que quizá lo amaras.

—Es que lo amo.

—No, hermana. —Thilla había meneado la cabeza y ahuyentado con la mano una estrella de mar que pasaba flotando—. Y aunque no fuera peligroso —añadió con más delicadeza—, no podría ser. Eres una sirena. Él es un hombre. Ya eres adulta, demasiado mayor para esta fantasía.

—Pero es que no es una fantasía, Thilla —había dicho Lenia, inclinándose hacia ella—. Es algo dentro de mí. Siempre he tenido esta sensación de que hay algo más. El anhelo de un alma, de la vida eterna. No quiero acabar convertida en nada, en un poco de espuma como hizo la bisabuela, como hizo el abuelo. Tantos años y después... nada. Y cuando lo llevé por el agua lo sentí. Sentí su alma saliendo de su cuerpo y entrando en el mío. Sentí cómo podría ser, y lo sentí como todo lo que siempre había querido. Y vi nevar, Thilla. Tal como nos contaba la abuela. ¡Nieve! Nieve y hielo que caían del cielo. Y en todo ello sentí sus almas.

—Pero Lenia, convertirse en parte del mar no es pasar a la nada. De esta forma nosotros también vivimos para siempre.

—No es lo mismo —había replicado Lenia, a punto de echarse a llorar de frustración. ¿Cómo podía ser que ninguna de ellas entendiera la belleza de un alma humana brillando en el cielo para toda la eternidad, allí donde podía volver a ser de forma completa, íntegra, tal como habían sido una vez, en un tiempo pasado?—. Nosotros desaparecemos. No queda nada de lo que fuimos o hicimos.

—¡Oh, Lenia! —había exclamado Thilla, tomando a su hermana entre sus brazos—. ¿Por qué ansías tales cosas? ¿Por qué eres tan infeliz con lo que tienes aquí, cuando es tanto lo que tenemos?

—No lo sé —había susurrado Lenia, ciñendo con sus brazos la delgada cintura de Thilla.

Las olas la rozaban al pasar y rompían contra la roca. Por encima de ella las nubes se hacían menos espesas y oscuras. Parecía que la tormenta amainaba. De repente, oyó gritos. Rasgaron el aire y penetraron en su cuerpo, hicieron que se soltara de la roca y se hundiera en el agua.

«¡Lenia!»

Salió de nuevo a la superficie y echó un vistazo. Era Margrethe que corría frenéticamente por el acantilado, bajo los árboles, hacia la puerta, vestida toda de blanco, su voz y su rostro inconfundibles a pesar de llevar la cabeza cubierta.

Había regresado.

Lenia estaba a punto de ir hacia ella cuando vio aparecer a un hombre que la perseguía, mientras la joven empezaba a bajar corriendo por las escaleras. Por un momento, Lenia se quedó inmóvil, preguntándose qué hacer, y entonces lo sintió, comprendió que aquel hombre no iba a hacer daño a Margrethe, que estaba intentando protegerla, que se la estaban llevando de allí.

Se detuvo en el agua mientras oía como Margrethe la llamaba incesante, su voz penetrando en ella mientras el hombre se la llevaba rodeándola con sus brazos y atrayéndola hacia él. Margrethe se estaba helando, el frío destrozaba su cuerpo. Lenia fijó la mirada y lo vio, lo sintió todo mientras los seguía con la vista hasta verlos desaparecer. Y supo entonces que no volvería a ver a Margrethe.

Ahora la playa estaba desierta, inhóspita. Lenia sintió una pena desgarradora, un sentimiento que le resultó totalmente nuevo, crudo y casi tangible.

Siguió avanzando por el agua. Llegó a la playa en cuestión de momentos y notó el tacto de las rocas en sus manos. Relucieron cuando las tocó. Recordó la sensación de tener al hombre en sus brazos mientras pasaba del agua a la playa. Había estado tendido allí mismo. Ella lo había besado, había sentido su piel bajo las manos, en los labios. Y ahora era como si él hubiese muerto, como si ambos hubieran muerto, y ella sentía cómo la invadía un profundo dolor. No se había sentido así desde que su abuelo se había convertido en espuma hacía unos años. Todo el mundo había celebrado su tránsito. Ella fue la única que lo había sentido como una pérdida irreparable. «Ahora forma parte del mar», le habían dicho. Pero ella había visto cómo su cuerpo se desintegraba y desaparecía en el agua, cómo se convertía en nada en absoluto.

La voz de Margrethe resonó en sus oídos. El anhelo, en su interior. Y a Lenia le sobrevino la misma idea que llevaba rondándole la cabeza repetidamente desde el día después de su cumpleaños, cuando sus hermanas le habían regalado el collar que llevaba en aquel momento.

Podía ir a ver a Sybil, la bruja del mar.

Meneó la cabeza. Debería irse a casa, olvidar aquel mundo, emparejarse con Falke que, tal como había dicho Thilla, era el mejor de los sirenios, y poner sus huevos. Pasar el resto de sus trescientos años con sus hermanas y sus hijos, con los hijos de sus hermanas, todos juntos. Y podría contar historias sobre las almas a los niños mientras jugaban y reían, imaginando cómo sería tener redes de luz viviendo en su interior. ¿Por qué tenía que anhelar más que eso?

Pero aun así, la idea siguió rondándola.

Desde que tenía uso de razón, Lenia había oído contar historias sobre la bruja del mar y sus grandes poderes. Todos sabían que una vez la bruja había gozado del favor de su bisabuela, la antigua reina, y que las dos se habían enfadado de manera espectacular cuando la reina proclamó el decreto real que prohibía la interacción con los humanos. Algunos decían que Sybil había discutido con vehemencia el decreto y lo había desafiado abiertamente, otros que el desacuerdo era de una naturaleza más personal y escandalosa. Fuera cual fuera el caso, la reina había desterrado a Sybil a una cueva a las afueras del reino central donde, según la historia, llevaba practicando la magia desde entonces.

Lenia siempre había oído rumores sobre sirenas que iban a consultarla en busca de pócimas y hechizos de amor, de encantamientos que aseguraran que sus hijos salieran sanos del huevo, y ahora se había enterado de que incluso su propia hermana había ido a consultarla. Todo aquello estaba estrictamente prohibido, por supuesto, pero para algunos la magia tenía su propio atractivo, más fuerte que un decreto real.

Desde que Vela había mencionado a Sybil, Lenia no podía dejar de pensar en ella y en lo que podría saber sobre el príncipe, sobre si volvería a verlo o no.

Pensó que haría lo que fuera por verlo una vez más.

Aquella noche, después de que la idea hubiese persistido el tiempo suficiente como para convertirse en una posibilidad, en un destello de esperanza, Lenia tomó una decisión. Iría a visitar a la bruja del mar, sólo por curiosidad. Una visita no implicaba nada en absoluto, no hacía daño a nadie yendo a verla.

Y decidió que luego iría a ver a Falke. Aquello no era más que una última cosa de la que ocuparse antes de empezar su nueva vida, como adulta y como madre. Era una última aventura.

Abandonó el palacio con sigilo, cuando estuvo segura de que nadie la observaba. Dejó que su corazón la guiara mientras pasaba nadando junto a la cadena montañosa que proyectaba sombras sobre el palacio y el vasto mar, junto a cavernas y volcanes, junto a bandadas de peces relucientes, estrellas submarinas a la deriva y toda clase de conchas, madreperlas y corales. Al cabo de un buen rato los contornos del mar empezaron a cambiar. Las algas de un verde luminoso y los bulbos brillantes desaparecieron y el terreno se oscureció, delineado por unas rocas negras semejantes a estrellas. El agua se alteró, centelleó, se hizo más oscura y densa; una especie de electricidad extraña se movía por el océano y Lenia supo que había entrado en el reino de la bruja del mar.

Era inconfundible: la caverna brillaba frente a ella como una estrella negra. Fuera se alzaba la figura de una bruja hecha con ramas, hierba y hojas del mundo superior. Unos materiales tan fuera de lugar en las profundidades del océano que habían adquirido su propia magia.

Lenia atravesó nadando la enorme abertura y entró en la gruta. Las paredes parecían estar hechas de piedras preciosas negras y relucientes de las que brotaban unas grandes flores rojas. Unos peces blancos alados revoloteaban por allí, apareciendo y desapareciendo de la vista, iluminando los alrededores.

—¿Sybil? —la llamó. Para su sorpresa, la voz le retumbó en la garganta del mismo modo en que lo había hecho sobre la superficie del agua, en el aire. Miró en derredor, desorientada, pero aún estaba en el fondo del mar, rodeada de paredes de piedras preciosas negras. Nada había cambiado.

No hubo respuesta. Al otro lado de la habitación había un arco y lo atravesó para entrar en otra estancia llena de plantas extrañas que crecían con tanta densidad que tuvo que zigzaguear entre ellas. Cuando Lenia se acercaba, las plantas crecían y cambiaban de color ante sus propios ojos.

Se abrió paso y se encontró con una sirena que estaba

ocupada cuidando de un grupo de enredaderas floridas que trepaban por una de las paredes de la caverna. La sirena tenía una cola como de perla fundida, con vello ondulante de un color rosa plateado que le llegaba hasta la cintura.

—¿Hola? —susurró Lenia, que de pronto tuvo miedo. No era posible que fuera ella, pensó. Sybil ya debía de tener cerca de trescientos años.

Lenia se sobresaltó cuando la sirena se volvió hacia ella. Sus ojos eran de un color dorado de lo más extraño, unos ojos de esos en los que puedes notar como te hundes. Los ojos, como si se tratara de dos brazos, tiraron de ella y Lenia bajó de inmediato la mirada al suelo, que era de una arena negra y reluciente, llena de rocas plateadas.

—¿Hola? —dijo la sirena, acercándose a ella. Su voz era encantadora, y parecía cobrar vida propia al abandonar su boca, enredándose en el cabello de Lenia.

—¿Eres Sybil?

—Esperaba tu visita.

—¿Ah, sí?

—Estas plantas —dijo Sybil, señalándolas—. Puedo ver retazos del futuro en las enredaderas. —Arrancó una flor y la abrió, dejó que los pétalos cayeran hasta que asomó solamente el grueso centro—. ¿Lo ves?

—¿Ver qué? —Lenia no veía nada más que el corazón de una flor en la mano de Sybil. De repente, sólo por un instante, adoptó la forma de una sirena, de la propia Lenia, y luego volvió a convertirse, una vez más, en el centro de la flor—. ¡Oh! —Miró a Sybil, que sonrió y dejó caer la flor al fondo del mar. Ésta volvió a alzarse rápidamente y recuperó su altura original al instante.

—¿Necesitas algo?

—Sí —respondió Lenia tartamudeando—. Quería...

Sybil le puso la mano en el hombro.
—No pasa nada. Cuéntame.
—En mi decimoctavo cumpleaños salvé a un humano que se estaba ahogando, y le amo. Quiero encontrarle. —Dio la impresión de que las palabras brotaban como una exhalación prolongada.
Sybil ni siquiera parpadeó de sorpresa.
—No te has enamorado de un humano cualquiera. Es un príncipe, ¿no?
—¿Un príncipe? ¿Cómo sabes eso? —preguntó Lenia.
—Verás, querida —dijo Sybil, haciendo caso omiso de su pregunta—. Es mejor aceptar la propia naturaleza que intentar ser algo que no eres.
Lenia pronunció sus próximas palabras con cuidado, despacio.
—¿Pero es posible convertirte en algo que no eres?
En torno a ellas, las enredaderas se enrollaban y desenrollaban, echaban hojas y flores que crecían y morían en un instante. Las gemas negras de las paredes parecían fundirse hasta adquirir un tono plateado para volver a oscurecerse a continuación. De repente, Lenia fue consciente de la edad de la bruja. Era igual de suave y bella que antes, pero en ella reinaba una profunda tristeza, un hastío que hablaba de una pérdida infinita.
—Sí —contestó Sybil al fin—. Pero el precio es muy alto. Es lo que tiene la magia. Siempre hay un precio.
—¿Y cuál es? —inquirió Lenia con un susurro. Y entonces todo cambió, se volvió serio, sagrado. La caverna parecía insoportablemente silenciosa.
Sybil la miró y ladeó la cabeza.
—Ha pasado mucho tiempo desde que un sirenio me pidió esto —afirmó.

—¿Ha ocurrido otras veces? ¿Otros te han pedido lo mismo?

—Sí —dijo Sybil—. No eres la primera sirena que ama a un humano. Esto lleva ocurriendo desde que nuestros mundos se separaron. Es uno de los motivos por los que ahora tenemos tantas leyes, la razón por la que se esfuerzan tanto en mantenernos alejadas. Puede ser que en ti, querida, sencillamente quede más parte humana que en la mayoría. Quizá sea eso lo que te hace anhelar su mundo.

—Sí —dijo Lenia. Por primera vez, alguien lo comprendía. La bruja sabía lo que sentía. Otras como ella se habían sentido así antes. «Sí»—. Por favor, dime cuál es el precio. Qué es lo que puedo hacer.

Sybil la miró compasiva.

—Puedo darte una poción —le confió— que te dividirá la cola en dos piernas.

—Una poción —repitió Lenia en un susurro—. ¿Así de sencillo?

—Resulta muy, muy doloroso. Cuando la cola se divide, la sensación es como si te estuviera cortando una espada enorme, y sigues sintiéndolo de ese modo. Aunque mantengas la gracia y la facilidad de movimiento, con cada paso que das tienes la sensación de estar caminando sobre hojas de cuchillo, aun cuando todo humano que te ve queda impresionado por tu elegancia tan poco común. ¿Estarías dispuesta a sufrir todo esto? ¿Por un mero humano?

Lenia no podía imaginarse un dolor semejante, pero sentía que podría soportar cualquier cosa por volver a verle. ¿Cómo pudo pensar que podría volver a palacio y unirse a Falke?

—Creo que sí —respondió.

—Una vez tomas forma humana ya no puedes volver a ser una sirena. No puedes visitar a tus padres o a tus hermanas. No puedes ver crecer a sus hijos. Tienes que abandonar toda la vida que has conocido hasta ahora, a todos los que has querido. ¿Podrías hacer eso?

Sybil hizo una pausa y aguardó su respuesta.

—Sí —contestó Lenia, pero le temblaba la voz.

—Y además, debes ganarte el amor del príncipe. Ganártelo por completo, tanto que esté dispuesto a casarse contigo, y un sacerdote debe unir su alma a ti de modo inseparable. Es la única manera de obtener un alma humana, Lenia.

—Me amará —susurró Lenia, asintiendo con la cabeza—. Sé que me amará.

—Si él se casa con otra persona, al amanecer de la mañana siguiente se te romperá el corazón y te convertirás en espuma. Si no se casa con nadie, vivirás como un humano normal y morirás, pero sin una preciada alma. Aquí, en el mar, te quedan cientos de años por vivir, siempre y cuando te mantengas alejada de los humanos. Pero en el mundo superior puedes morir en cualquier momento. Tu cuerpo será frágil, y allí en todas partes existe peligro. Y cuando mueras, te convertirás en espuma.

—A menos que él se case conmigo.

—Sí. A menos que se case contigo.

—Y si se casa conmigo, podré vivir para siempre, ¿no? ¿No es cierto?

Sybil movió la cabeza en señal de afirmación.

—Puedes conseguir un alma humana, sí, y un alma humana vive para siempre, en el cielo. Pero no olvides que nosotros también continuamos existiendo como parte del mar.

—Pero nos convertimos en espuma. Desaparecemos.

—Sí.
—No es lo mismo.

Lenia pensó en su madre y en su padre, en sus hermanas y en sus hijos, en sus huevos relucientes. En el mar. En todo lo que amaba del océano. En el poder de su propio cuerpo cuando se deslizaba por las profundidades, el agua corriendo en torno a ella y el brillo de los peces, pulpos y estrellas de mar en derredor.

Pero ¿qué eran las riquezas de su propio mundo comparadas con todo lo que vendría después de la muerte? Incluso los vínculos familiares desaparecerían al final, y entonces lo único que quedaría serían recuerdos, recuerdos y espuma, y con el tiempo los que la recordaran se convertirían también en espuma. Sus palacios se desmoronarían, sus historias se olvidarían. Hasta que ya no quedara nada, ni un solo rastro. Pensó en todos los que habían acudido allí antes que ella. Con sus amores y dolores, sus batallas encarnizadas, sus hijos, sus pasiones. Toda esa gente del mar que se había deleitado con la sensación del agua, que había amado el océano, que había vivido entre el coral. ¿Qué eran ahora? ¿Qué quedaba de ellos?

Y a continuación pensó en la luminosidad del mundo superior, en los rayos de sol que caían a raudales, en la variedad infinita de sonidos. Pero también en los hombres cayendo del barco, muriendo, gritando por su vida. Y en los labios de él bajo los suyos, la suavidad. Se imaginó a sí misma con dos piernas, caminando hacia él. Su alma, que ya estaba dentro de Lenia (ella lo sabía), uniéndose a la suya. Un hombre sagrado los casaría, fundiría sus almas de manera que estarían juntos para siempre. Pensó en Margrethe rezando en el convento del acantilado. En el mar, Lenia moriría, se tornaría espuma, se convertiría en nada. Todo aquello que conocía tocaría a su fin. Pero con el príncipe podría vivir en el cielo para siempre.

—Hay una cosa más —anunció Sybil.

—¿Qué más?

—El precio. Así funciona la magia, Lenia. Lo que pides es de tanta magnitud que tú a cambio también tienes que renunciar a tu mayor bien. Todos los sirenios que pidieron esto anteriormente lo hicieron. Si no, la poción no surtirá efecto.

—Pero ¿qué más puedo dar, si estoy dispuesta a renunciar a mi hogar, a mi familia, al mar?

—Tu voz.

Lenia se llevó las manos a la garganta de forma automática.

—¿Mi voz?

—Tu hermosa voz.

—Pero... ¿cómo puedes llevarte eso?

Al responder, la expresión de Sybil era de dolor:

—Para hacerlo, mi niña, tendría que cortarte la lengua.

—¿La lengua?

—Sí. No podrás cantar ni hablar.

—La lengua —repitió Lenia—. ¿Y cómo podré hacer que me ame si no puedo hablar con él?

—Tendrás tu forma, tus hermosos movimientos, tus ojos expresivos. Tienes más dones de los que crees. Y en el mundo superior serán mucho más fuertes. Los humanos perciben que un sirenio tiene algo especial, aunque por supuesto no saben identificarlo.

A Lenia le daba vueltas la cabeza. ¿Cómo sería no tener voz? Su voz era una parte muy importante de ella, de quien era. Su canto, que con tanta facilidad podía llevar a sus prójimos a la desesperación o a la risa, era sencillamente un don, algo con lo que había nacido. Era una cosa que nunca le había importado demasiado, pero aun así, no podía imaginarse sin ella. Sin embargo, quizá fuera por eso mismo por lo que le había sido concedida, para renunciar a ella y conseguir aquello que tanto deseaba.

Sybil se inclinó hacia adelante y tomó a Lenia de la mano.

—No se trata de una decisión en la que puedas dar marcha atrás. No la tomes a la ligera. Date un tiempo para pensar en lo que implicará.

Lenia asintió con la cabeza.

—Y si decido hacerlo, ¿me prepararás una poción?

—Sí, puedo prepararte una poción y luego aceptar tu pago. Es la última parte del hechizo.

—Y después, ¿podría ir con él? ¿Enseguida?

—Sí.

Lenia estaba loca de emoción, de posibilidad. ¿De verdad podría dejarlo todo, todo lo que había conocido hasta entonces, renunciar a su voz? ¿Por él? ¿Todo eso por él?

Pensó en el príncipe, tan suave y cálido entre sus brazos. En una red de luz que pasaba de él a ella, expandiéndose, llenándola. Todo lo que siempre había querido estaba justo allí, a su alcance.

Capítulo Nueve

La Princesa

Cabalgaron durante todo el día y toda la noche, avanzando al son del continuo y pesado ritmo de los cascos de los caballos. Atravesaron bosques prístinos de pinos gigantescos ribeteados de nieve. Galoparon cruzando aldeas y ciudades amuralladas. Recorrieron a toda velocidad largas extensiones de campiña salpicada de chozas y granjas, cubiertas por el hielo y centelleando bajo el sol invernal.

Población tras población, los campesinos y comerciantes aparecían en las ventanas y en los umbrales de las casas para poder ver al rey, a su guardia real y a la princesa rescatada. La historia se había propagado como el fuego: que el príncipe enemigo se había introducido con sigilo en un convento donde la princesa estaba escondida, que había ido allí para asesinarla, y que el rey había llegado justo a tiempo de salvarla. La gente de todo el reino estaba enfurecida. El escudo de armas del rey estaba expuesto en las ventanas y en las puertas de los comercios. La gente salía a las calles y gritaba pidiendo sangre. El tiempo de paz había terminado.

Ir a la guerra era una cosa; entrar en la casa de Dios

con la intención de matar a una joven princesa, otra completamente distinta.

Margrethe, horrorizada, no podía hacer nada más que mantenerse al margen y ver cómo se desarrollaban las cosas. La furia de la gente en esas mismas poblaciones que habían quedado devastadas por los años de guerra, donde las casas y las tiendas aún estaban en ruinas y el sufrimiento era tan evidente que ella podía casi percibir su sabor y su olor. La noticia de la estancia del príncipe en el convento sólo había hecho que reafirmar el odio de su padre hacia el reino del Sur y aumentar las ansias de sangre de sus hombres, y ahora ella era la herida en torno a la que todos se concentraban. No sabía de dónde provenía aquel odio, aquella convicción de que la tierra les pertenecía a ellos y a los de su linaje, un linaje que era también el suyo, y que el rey del Sur y sus predecesores eran aspirantes a un trono que no les correspondía. Todo aquel odio y furia, que se remontaba muy atrás, era como una gran ola del océano ante la cual ella se reconocía impotente.

Cabalgaba a mujeriegas, y Edele montaba otro caballo justo detrás de ella. Ambas llevaban todavía los hábitos de novicia, aunque Margrethe hubiera podido cambiarse fácilmente y ponerse el vestido que había llevado pocos meses antes, el día en que la llevaron al convento por primera vez. Pero su padre había querido que el pueblo las viera, a ella y a su dama, vistiendo el atuendo sagrado, y que supieran que todos los rumores eran ciertos. Ella no había osado desafiarlo: ahora necesitaba elegir bien sus batallas.

Pieter iba sentado tras ella con las riendas en las manos, rodeándola con los brazos, manteniéndola en el sitio. Margrethe sabía que su padre había elegido a Pieter para que la llevara porque era el más fuerte del grupo y el jinete más hábil, pero sabía también que era uno de los principales defensores del esfuerzo de la guerra, el que sostenía que había llegado el momento de asestar el golpe decisivo. No hacía mucho tiempo había creído que podría casarse con alguien como él. Ahora le resultaba extraño e incorrecto ir apretada contra él cuando todavía sentía los labios del príncipe en sus manos.

El príncipe, ese mismo contra el que todos gritaban... Por primera vez, y a pesar de todo, sintió que había una oportunidad. En el jardín de aquel convento, por encima del mar misterioso e insondable, había hallado un nuevo tipo de belleza, la posibilidad de una nueva clase de mundo. ¿Dónde estaba él ahora?, se preguntaba. ¿Se acordaba? ¿Sabía quién era ella? Y entonces, mientras atravesaban veloces como el rayo la campiña, con el caballo bajo ella, con el frío dándole en la cara, las prendas sagradas protegiéndola y el recuerdo de la sirena muy vívido en su memoria, empezó a sentirse renacer, a sentirse preparada para cumplir un gran destino.

Llegaron al palacio del Norte tras cabalgar una noche y un día enteros, cuando el sol empezaba a ponerse de nuevo.

Se abrieron las puertas y al entrar fueron recibidos por aclamaciones y banderas ondeantes. Centenares de personas se habían congregado para celebrar el regreso de la princesa sana y salva.

Los jinetes aminoraron la marcha y la gente se abalanzó hacia Margrethe, inclinándose delante de ella, alargando las manos para tocar su hábito y luego haciendo una reverencia al rey, quien tan desinteresadamente había dejado de lado sus obligaciones para acudir al rescate de su hija.

Margrethe nunca se había sentido tan exhausta como entonces. Le dolía el cuerpo de estar tanto tiempo sentada en la misma posición. Finalmente, uno de los guardias la ayudó a bajar y sus pies volvieron a tocar el suelo. Los mozos de cuadra acudieron corriendo a llevarse los caballos y ella subió a toda prisa los escalones, atravesó la puerta principal y entró en el refugio del castillo.

Su padre permaneció fuera, y los demás se quedaron con él en tanto que empezaba a dirigirse al pueblo. Margrethe oyó gritos y vítores a su espalda, oyó a su padre pidiendo sangre y un justo castigo. Se detuvo a escuchar, consternada. Lens apareció a su lado y la tomó suavemente del brazo. «¡A la guerra!», gritaba la gente mientras su padre clamaba contra el joven príncipe y recordaba a su pueblo que, según la profecía, algún día Margrethe daría a luz a un gran gobernante para el reino.

Se apoyó en la pared para recuperar el aliento.

Lens se detuvo y la observó con atención.

—Habéis hecho un largo viaje, Su Alteza —le dijo—. Tal vez os gustaría descansar.

Ella asintió con la cabeza, agradecida.

Cuando entraron en el gran salón descubrieron que la corte casi al completo estaba allí reunida esperando para darle la bienvenida. Toda la más alta nobleza, todos los miembros del consejo real y las damas que una vez fueron amigas de su madre y que ahora competían por el corazón de su padre sin darse cuenta de que sus encantos no tenían ningún efecto en él, que su corazón se había convertido en piedra en el instante en que su esposa había muerto, todos ellos, se encontraban allí. Al verla entrar, los cortesanos se volvieron para darle la bienvenida, inclinándose y besándole la mano al pasar.

Sabía que tenía un aspecto descuidado con el hábito y el cabello suelto y enmarañado después de cabalgar. Tenía ganas de gritarles: «¡Estoy perfectamente bien! ¡En ningún momento corrí peligro alguno en manos de aquel gentil caballero, idiotas!»

En cambio, sonrió con gracia mientras ellos pasaban en fila, bendiciéndola. Tenía años de práctica negándose a sí misma, sofocando su verdadera naturaleza.

Al fin pudo retirarse a sus aposentos. La esperaba un fuego encendido, lleno de piñas ardiendo, y le estaban preparando un baño caliente. Aquello le parecía ahora un lujo increíble. El aroma a pino y a madera y el perfume del baño, la ropa de cama y los muebles suntuosos, los tapices colgados de las paredes. Sus doncellas la esperaban ataviadas con vestidos exquisitos, con el rostro maquillado y el cabello peinado estratégicamente. Después de pasar tanto tiempo en el convento, aquel despliegue de belleza le resultó casi escandaloso; sin embargo, al mismo tiempo todo su ser reaccionó con alivio.

Estaba en casa.

Las doncellas la despojaron de su hábito con suavidad, le soltaron el pelo. En medio de todo aquello, Margrethe casi se sorprendió al ver que el brillo de Lenia seguía allí, en su antebrazo.

—¿Veis esto? —le preguntó a Josephine, la dama a quien tenía más cariño después de Edele.

—¿El qué? —repuso Josephine.

—Una especie de... de chispa en la piel. ¿Lo veis?

—No.

—¡Qué raro! —comentó al mismo tiempo que se metía en el baño. Mientras la ayudaban a sentarse en el agua tibia, otra criada vertió más agua caliente de un hervidor que había estado calentándose sobre el fuego, y Josephine empezó a espolvorear el agua con hierbas secas de unos cestos que había colocado allí cerca. Margrethe se sentó y dejó que el agua la envolviera. El brazo le brillaba débilmente bajo el agua. Lo miró un momento y luego cerró los ojos e inhaló el aroma del vapor de hierbas.

Su otra doncella, Laura, se arrodilló a su lado. Recogió el grueso cabello de Margrethe y empezó a lavárselo a conciencia, frotándolo con hierbas y polvos.

—¡Nos alegra tanto que estéis a salvo! —comentó Laura—. ¡Qué aterrador pensar que el enemigo estuvo tan cerca de vos!

—No fue tan terrible —murmuró Margrethe—. Él era.... no era tan malo. —A pesar de sí misma, de su agotamiento, de su orgullo natural, notó que se ruborizaba y que un atisbo de sonrisa asomaba a las comisuras de sus labios.

—¡Vaya! ¿Os... gustó? —dijo Laura con los ojos muy abiertos—. ¡Os gustó! ¡Y es vuestro enemigo! ¿Es cierto? Hemos oído que es un hombre muy apuesto.

—Sí, sí que lo es —respondió Margrethe, que ya fue incapaz de reprimir una sonrisa—. Se sale de lo habitual. Edele os lo dirá también. Parece como salido de un cuento.

Las dos doncellas cruzaron una mirada cómplice y levantaron los brazos de Margrethe, una a cada lado, sumergieron unos paños en el agua y los apretaron para escurrirlos encima de sus hombros.

—Aquí se ha hablado mucho sobre él —le explicó Laura—. Dicen que es un gran guerrero. Dicen que lo enviaron para mataros. Pero da la impresión de que os hallabais en un peligro de otra clase.

—Estoy segura de que no lo enviaron para matarme —replicó Margrethe. «Conocí a una sirena. Estuvimos juntas en la playa», quería decir—. En cuanto al peligro que mencionáis, no estoy segura de saber a qué os estáis refiriendo.

Miró a Laura de soslayo y la joven rompió a reír.

—Pero estaba... Llegó al convento donde os encontrabais —dijo Josephine—. ¿Para qué si no lo habrían enviado allí?

—No lo enviaron allí —aclaró Margrethe—. Hubo una tormenta terrible, terrible. No tenía que haber estado allí en absoluto. Él... nadó hasta la orilla. Fui yo quien lo encontré en la playa, casi ahogado.

—¿Casi ahogado? —preguntó Josephine—. Dijeron que había aparecido a lomos de su caballo, con una espada reluciente al costado.

—No —dijo Margrethe, negándolo con la cabeza—. Un día el agua lo arrastró hasta la playa, empapado y temblando. Si no me hubiera encontrado con él cuando lo hice, habría muerto. Estaba solo. ¿Os parece un hombre enviado para matarme?

—Ya sabéis que aquí a todos les encanta contar estas historias —dijo Josephine—. Casi no han hablado de otra cosa.

—Lo sé —contestó Margrethe—. Pero no fue así. Fue... —La cabeza le daba vueltas mientras intentaba retroceder a aquellos momentos en la playa, en la enfermería y en el jardín—. Él pensó que era una novicia, ¿sabéis? No tenía ni idea de quién era yo. Era la chica que lo había encontrado en la playa. Me lo agradeció una y otra vez.

—¿Fue una coincidencia, entonces? —preguntó Laura.

—No —respondió Margrethe—. Fue el destino.

—El destino —repitió Laura con un suspiro—. Eso es muy romántico.

—Imaginad que supiera quién sois —comentó Josephine—. ¿Creéis que a estas alturas ya lo sabe?

—Es posible —dijo Margrethe, y se le cayó el alma a los pies. Había evitado pensar en ello: Christopher enterándose de que la joven novicia era en realidad una princesa, la hija del enemigo de su padre. ¿Cómo reaccionaría ante semejante noticia?

Margrethe no tenía ni idea de lo que pensaría. No tenía ni idea de lo que iba a sucederles a ninguno de los dos a partir de ahora.

Poco a poco salió de la bañera.

—Me hace falta dormir —anunció.

Permaneció callada mientras la secaban y le ponían el camisón. Entonces las despachó y se acurrucó en la cama, donde se quedó dormida casi al instante.

Se despertó en un mundo oscuro y silencioso preguntándose, una vez más, si lo había soñado todo. Si se encontraba unos meses atrás, cuando las mayores decisiones que le correspondía tomar eran qué vestido ponerse aquel día, qué manuscrito leer o en qué pasatiempos deliciosos participar. En aquellos días el mundo había parecido un lugar muy seguro. Había enemigos en el Sur, malvados y feroces, pero los hombres más valientes de su nación estaban listos para combatirlos y ella no había dudado que, llegado el momento, saldrían victoriosos, amados como eran por Dios.

Levantó el brazo; allí seguía el brillo en su piel, visible a la luz del fuego situado más abajo.

Edele estaba sentada cerca del hogar. Margrethe se

levantó, aturdida por el sueño, se acercó a ella y puso la mano en el hombro de su amiga.

—¿Ya os habéis recuperado? —preguntó Margrethe.

Edele levantó la mirada, sorprendida, y acto seguido sonrió. Por un momento Margrethe quedó impresionada por la belleza vibrante de la joven: su elaborado vestido de brocado verde que descendía por delante dejando al descubierto su piel pálida y su amplio escote, su mata de rizos pelirrojos y su rostro pecoso y franco. De vuelta a la normalidad, como si los últimos meses nunca hubieran tenido lugar. El fuego se reflejaba en su piel y la hacía relucir.

—Tengo la sensación de haber dormido durante días enteros —dijo Edele al tiempo que se ponía de pie—. Soy una mujer nueva. ¡Y vos! Debéis de estar muriéndoos de ganas de volver a vestir ropa civilizada. Se dirigió al guardarropa colocado contra la pared y empezó a rebuscar entre los lujosos vestidos colgados en él.

Margrethe se rió.

—Resulta extraño estar de vuelta, ¿verdad?

—Sí. Pero yo me siento muy aliviada. Echaba de menos estar aquí. No me gusta estar en un mundo sin hombres —se volvió a mirar a Margrethe y le guiñó un ojo.

—¡Edele! Hay otras cosas en el mundo aparte de los hombres.

—Nada de importancia, mi señora.

—Sois terrible. ¿Tanto lo aborrecíais, en serio?

—¡Sí! ¿Acaso había algo que no aborrecer? Levantarse a todas horas por la noche y no poder descansar nunca como es debido, vestir esos hábitos horribles, la cantidad de tiempo que pasábamos estropeándonos las manos en el telar, la comida espantosa. Y lo peor de todo, ni un solo hombre aparte de ese viejo obispo mezquino y del hijo de nuestro mayor enemigo. —Edele sacó un vestido de seda de un azul pálido—. Éste —dijo, y se dio la vuelta hacia Margrethe con el vestido en la mano—. ¿Vos no lo aborrecíais también? ¡Tanto tiempo sin poder hablar ni una sola vez tan abiertamente y en voz alta como lo hacemos ahora!

—Creo que yo encontré cierta belleza allí.

—Bueno. Eso sí que lo hicisteis.

Llamaron a la puerta y entró una sirvienta, seguida por Josephine y Laura, para anunciar que el rey esperaba a Margrethe para cenar.

—No tardaré —dijo Margrethe, asintiendo con la cabeza, mientras que Edele abrazaba a las demás y empezaba a entretenerlas con historias sobre los horrores del convento.

Todas iban de aquí para allá en torno a Margrethe, la vistieron con el vestido que Edele había elegido, peinaron su larga melena recogida en alto, la perfumaron con aceites exóticos. Margrethe cerró los ojos. No podía evitar saborear la sensación de volver a vestirse con estilo después de meses de ir vestida con sencillez, de llevar el cabello oscuro descubierto y a plena vista, elaboradamente adornado. Se acercó al espejo y se echó un vistazo, pasó las manos por la seda del vestido, admirando cómo le ceñía la cintura y lo espléndido que quedaba el pelo contra el azul pálido. Se sorprendió imaginándose, por un momento, que tenía delante al príncipe Christopher, viéndola así como estaba.

—Ahora vos también habéis regresado al mundo, mi princesa —dijo Edele—. Sé que hay muchos ojos caballerosos que han añorado veros.

Margrethe se sobresaltó y se sintió avergonzada, como si Edele hubiera estado leyéndole el pensamiento.

—No me importan mucho esas cosas —afirmó, tras lo cual alzó la cabeza y se volvió hacia las tres damas—. Ya estoy lista.

La acompañaron por los viejos y austeros pasillos en cuyas paredes se alineaban los retratos de los reyes anteriores. Desde el salón de banquetes le llegó el aroma a faisán asado y se le hizo la boca agua. Podía escuchar el sonido de voces ebrias de vino y el retumbo de los pasos sobre los viejos suelos de madera. Los placeres de la vida en la corte.

—Huele que alimenta —dijo Edele—. Ojalá no me hubiera apretado tanto el vestido...

Se echaron todas a reír, pero bajaron la voz al acercarse a la puerta. Las damas retrocedieron, según la costumbre, y Margrethe entró en el salón de banquetes delante de ellas. Toda la sala prorrumpió en vítores y ella sonrió y saludó serenamente con la cabeza, adoptando de inmediato el estilo de la corte. Era una princesa. Eso era lo que sabía hacer. Su padre estaba sentado a la cabecera de la mesa, vestido con capas de piel y flanqueado por Pieter y Gregor, en tanto que el resto de la corte ocupaba sus asientos a lo largo de la mesa cubierta de fuentes de faisán asado, sopa y pan. En las paredes ardían unas antorchas brillantes que reflejaban su luz en la plata y el oro que decoraban los servicios de todos los comensales.

El rey se puso de pie de inmediato y alzó su copa, y todo el mundo hizo lo mismo.

—¡Por la guerra! —exclamó con voz retumbante.

—¡Por Margrethe!

Ella hizo una reverencia, tal y como había hecho desde que era niña, aceptando el brindis de la corte con la gracia de una princesa. Pero se sintió invadida por la angustia. Recordó al niño que dibujaba una sirena en el suelo con un palo, viviendo en la miseria mientras que allí había tanta abundancia. ¿Cuánto más empeorarían las cosas para él? ¿Cuántos más niños como él había diseminados por todo el reino de su padre, que era también su reino? De repente el olor de la carne la asfixiaba.

—Bienvenida a casa, hija mía —dijo el rey, y se hizo el silencio en la sala—. Todos damos gracias a la gloria de Dios porque hayáis regresado sana y salva.

—Gracias, padre —respondió. Subió a la plataforma y esperó a que Gregor cambiara de silla y le cediera el lugar que a ella le correspondía, junto a su padre. Aparecía ante todos calmada y elegante, aunque todo su ser quería levantarse y gritar lo que había visto, lo que sabía.

Un sirviente colocó un espléndido plato frente a ella: carne asada, arroz con especias, pan grueso. Hacía apenas tres meses se hubiera sentido satisfecha de estar allí sentada y comer faisán y tarta, aceptar las atenciones de los jóvenes cortesanos, aplaudir cuando tocaban los músicos de la corte. La mención de la guerra la hubiera hecho sentirse fuerte y segura.

«Cuando yo gobierne este reino —pensó entonces, con el corazón martilleándole en el pecho— acontecerá un gran cambio.»

Apartó su plato mientras el rey continuaba hablando:

—Es solamente gracias a la gloria de Dios y a su amor por nosotros, su pueblo, que mi hija no ha sufrido ningún daño aun cuando estuvo al alcance del enemigo. No vamos a dejar que el Sur nos ponga en ridículo. No permitiremos que la falta de respeto del príncipe para con el Norte quede impune.

Todos los nobles de la sala alzaron sus copas y lanzaron vítores mientras los criados entraban y salían corriendo, trayendo más vino y más carne.

—¡Por la guerra!

Margrethe se obligó a no estremecerse, a no demostrar emoción alguna, cuando en realidad lo único que quería hacer era ponerse de pie y gritarles a todos.

Los hombres pateaban y hacían sonar los cubiertos de plata contra los platos.

—Marte —dijo Gregor en voz baja, utilizando el viejo apodo que le había puesto y tomándole la mano.

Margrethe se volvió a mirarlo, le agarró la mano agradecida y se sintió consolada al instante por su tacto. Era un hombre brillante, ducho en los asuntos del cielo y las estrellas, el océano y la tierra, la literatura y las artes. Había recibido educación en el Este, mucho tiempo atrás, y lo trajeron de una de las universidades para que instruyera a su padre siendo éste un niño. Cuando su padre se convirtió en un joven rey, mantuvo cerca a su viejo tutor y con frecuencia recurría a él en busca de consejo. Fue la difunta reina quien había insistido en que Gregor enseñara a Margrethe y, por la profecía que se realizó en su nacimiento, su padre había accedido a ello. Los recuerdos más felices de Margrethe eran de estar sentada con Gregor en la biblioteca, leyendo la poesía de los trovadores e historias de los antiguos. Cuando murió su madre, en todas las ocasiones que su padre se había marchado a la guerra... siempre había tenido la biblioteca para refugiarse en ella.

Para ella Gregor era como un ancla en medio de toda aquella confusión. Aparte de Edele, él era la persona en la que más confiaba en el mundo.

—Os he echado muchísimo de menos —le susurró. Apretó la mano de su viejo tutor, sintiéndose al borde de las lágrimas. A su lado, podía percibir la furia de su padre como si fuera un muro de piedra.

—¡Comamos! —dijo el rey, y toda la sala estalló una vez más en vítores y pataleos. A lo largo de toda la mesa, los miembros de la corte tomaron los cubiertos y se pusieron a comer de nuevo. Los músicos empezaron a tocar una pieza muy querida mientras caminaban de un lado a otro de la estancia. Desde la cocina, los criados traían fuentes llenas de tartas.

—¿No coméis, hija? —le preguntó su padre, que se volvió a mirarla al cabo de unos minutos.

Margrethe se sorprendió al ver que, a pesar de todo, se le veía más feliz, más apuesto incluso, de lo que lo había estado en una eternidad. Desde antes de que muriera su madre, tal vez. Sus ojos oscuros brillaban, de pronto sonreía y estaba relajado, cuando hacía un minuto parecía embargado por la ira. «Le gusta esto —se dio cuenta Margrethe—. Se crece con ello.»

Entonces se sintió invadida también por una oleada de culpabilidad y de amor. Hacía demasiado tiempo que no lo veía con un aspecto tan alegre.

—No me encuentro bien, padre —respondió—. Aún estoy cansada del viaje.

—No me extraña, hija —dijo él.

Y su padre alargó una mano grande y adornada con anillos y le acarició el rostro con ternura, tal como lo había hecho cuando era niña. El gesto la tomó por sorpresa y por un momento volvió a sentirse a punto de llorar.

Permaneció sentada en silencio durante el resto de la comida, empujando su carne en el plato, obligándose a tomar unos cuantos bocados de pan. La música se volvió más animada y algunos cortesanos se pusieron a cantar. Margrethe vio a Edele, sentada con un grupo de hombres y mujeres jóvenes de la nobleza, riendo con la cabeza echada hacia atrás, con el cabello cayéndole en cascada sobre los hombros. Deseó poder estar sentada con ellos, libre de preocupaciones.

—Margrethe, ¿acompañaríais a vuestro viejo maestro a dar un paseo por el jardín? —le preguntó Gregor cuando los criados les retiraron los platos.

—Por supuesto —respondió.

El hombre se alzó y le hizo un gesto al rey, quien asintió con la cabeza. Margrethe salió del salón detrás de Gregor y lo siguió a través de las puertas dobles que daban al jardín climatizado y con paredes de cristal de palacio, un proyecto de los últimos años de vida de su madre.

—Ha debido de ser muy traumático pasar por todo lo que os ha ocurrido —dijo el hombre, tomándola por el brazo. Empezaron a caminar por uno de los senderos que serpenteaban en torno a árboles exóticos traídos expresamente en barcos desde el sur del mundo—. Para mí es todo un alivio que estéis a salvo. Pero me doy cuenta de que hay algo que os preocupa —la miró con detenimiento—. ¿De qué se trata?

Ella lo miró, maravillándose de que siempre supiera lo que sentía, y entonces, unas lágrimas espontáneas acudieron a sus ojos y se deslizaron por sus mejillas, relucientes como cristales en la noche. Por encima de ellos se veía la luna llena y brillante a través del cristal.

—¿Qué es? —preguntó el hombre, que se detuvo y se volvió hacia ella—. ¿Os hizo daño? ¿Hay algo que no hayáis contado? Cuando recibimos un informe diciendo que el príncipe Christopher no solamente había estado cerca sino dentro de las mismas paredes... ¡Oh, vuestro padre! Que había estado a vuestro lado, más abajo en el pasillo... era inimaginable lo que podría haber ocurrido.

—No, no —replicó ella—. Es precisamente eso. Intenté contárselo a mi padre, Gregor, el día que acudió al convento. Que lo ha entendido todo mal. Todo el mundo lo ha entendido mal. Pero él no quiere escucharme y ahora hablan de guerra y es un error, Gregor, absolutamente todo es un error. Él no estaba allí para matarme.

—¿Qué estáis diciendo? ¿Por qué si no iba a estar allí?

—No estaba allí para herirme, en absoluto. Hablé con él, con el príncipe. En la enfermería del convento. Hablé con él, a solas.

—¿Los dos solos? ¿Sabía quién erais vos?

—¡No! Él no sabía nada. Y se mostró amable conmigo. Cree que me debe la vida. Bueno, no a mí exactamente, sino a la novicia que creía que era yo. Todo esto que se dice del justo castigo está basado en una coincidencia. Un golpe del destino. Es un error.

Se sintió aliviada al ver la expresión preocupada del rostro de Gregor. A pesar de su estrecha relación, Margrethe casi se había esperado que la desoyera igual que había hecho su padre.

—Tenéis que hablar con vuestro padre —le dijo con dulzura—. Cuando se marchó a buscaros... estaba fuera de sí. Aterrorizado de que pudiera haberos perdido, igual que perdió a vuestra madre. Ahora estáis a salvo y en casa, y puede que sea capaz de escuchar.

—Hace tiempo que mi padre dejó de escucharme, Gregor. —La idea de volver con su padre la hacía sentir mal. Nunca se había enfrentado a él salvo en aquellos breves momentos en medio del caos del convento. Pero tampoco nunca había tenido un motivo como el que tenía entonces.

—Debéis intentarlo. Es demasiado importante. Hay demasiadas vidas en juego.

Margrethe ladeó la cabeza y escudriñó el rostro curtido de su tutor, que tanto amaba, con sus pómulos altos y grietas profundas.

—¿Vos no sois un apasionado de la guerra tan fervoroso como mi padre, verdad?

—No —contestó—. Muchos de nosotros no lo somos.

Margrethe asintió moviendo lentamente la cabeza.

—Nunca pensé mucho en ello con anterioridad. Me figuraba que así eran las cosas, tal como se suponía que tenían que ser.

—Ahora habéis visto un poco del mundo.

—Intentaré hablar con él —dijo, y lo tomó del brazo. Continuaron andando por el sendero, junto a los árboles rebosantes de fruta y flores, mientras al otro lado de las paredes de cristal la nieve caía silenciosa al suelo. Frente a ellos había una fuente ornamentada por la que brotaban unos hilos de agua y desprendía un brillo gélido bajo la luz de la luna.

Margrethe esperó a la mañana siguiente para ir a ver a su padre, cuando sabía que estaría de mejor humor, tras la misa matutina y antes de la comida de mediodía.

Se irguió, alzó la barbilla y con un gesto de la cabeza indicó a los guardias que abrieran la puerta. Eso le hizo pensar en una noche de no hacía mucho tiempo, cuando se hallaba frente a la puerta de la enfermería del convento tan nerviosa como estaba en aquel instante.

Los guardias anunciaron su presencia y la llevaron ante su padre, que estaba junto a la ventana contemplando los terrenos.

Se volvió hacia ella y Margrethe vio que el hombre estaba de un humor sombrío y melancólico.

—Padre —lo saludó con una reverencia.

—Margrethe —repuso él—. Acercaos, hija. —La joven caminó hacia él tímidamente y dejó que la estrechara contra sí. Era un hombre tan corpulento que se sintió envuelta por él. De niña le encantaba trepar por encima de él tumbado en el suelo, y su madre se reía junto a ellos, le encantaba cuando la alzaba sobre sus piernas y la balanceaba en el aire. Ahora resultaba imposible imaginar que aquel hombre envejecido se hubiese comportado de ese modo alguna vez.

—Lamento que estuvierais tan preocupado por mí, padre —dijo—. Y agradezco que acudierais a toda prisa para ayudarme.

—Por supuesto —repuso él, retrocediendo para mirarla—. Sabéis que no hay nada que no hiciera para protegeros, hija. Lo único que me apena es haberos enviado a ese nido de víboras.

—Padre —terció ella—, no fue así. Las mujeres que viven allí son buenas y santas. La abadesa era amiga mía.

El hombre esbozó una sonrisa, le indicó que se sentara en un diván cercano y a continuación tomó asiento a su lado.

—Pensáis bien de aquellos que no se lo merecen, Margrethe. Sois un alma dulce, pero también tendréis que aprender severidad antes de que seáis reina.

—No es debilidad lo que me hace decir esto —aclaró—. Ni sobre las mujeres que conocí allí ni sobre... —vaciló y se obligó a continuar— el príncipe Christopher.

—¿Qué ocurre con el príncipe Christopher?

—Padre —dijo Margrethe, que respiró profundamente y se volvió a mirarlo—. No podéis volver a la guerra por esto. No podéis romper el acuerdo de paz por lo que ocurrió. Ha habido un terrible malentendido. El príncipe no estaba allí para hacerme daño. Os lo prometo. Pero aunque hubiera sido así... el precio de la guerra es demasiado alto.

La joven vio que su padre endurecía el semblante.

—Vos todavía no sabéis suficiente del mundo, hija —repuso él—, para hablar de estos asuntos.

—Yo creo que al príncipe lo enviaron allí con un propósito más grandioso. Las olas lo arrastraron hasta la playa, maltrecho y magullado, casi muerto, y fui yo quien lo vio, quien se aseguró de que estaba vivo. ¿Cómo explicáis eso, salvo como una señal de Dios?

—No debéis dejaros engañar por los trucos del Sur —afirmó—. Recordad el caballo que los griegos utilizaron para ganar la guerra de Troya. Esperaba que aprovecharais mejor vuestros estudios.

Se sobresaltó al oír la referencia de su padre al antiguo cuento y no pudo evitar alzar la voz.

—Fui yo quien lo encontró. ¡No me estaba engañando haciendo ver que se moría! Para empezar, yo no tendría que haber estado allí mirando el mar. En cualquier otro momento hubiera muerto allí, en las rocas. ¿Cómo si no podéis explicar lo ocurrido?

Para su sorpresa, la expresión de su padre se suavizó y sus ojos se llenaron de lágrimas. Resultó tan inesperado que Margrethe estuvo a punto de soltar un grito sofocado. Por un momento pensó que lo había convencido.

—¡A veces os parecéis tanto a vuestra madre! —le dijo.

—¿Sí? —le impresionó oírle hablar de ella.

Él sonrió y miró a lo lejos, recordando.

—Siempre era apasionada. Nunca tenía miedo de decirme lo que pensaba, incluso cuando casi nadie más se atrevía. Por eso confío en Gregor. Sé que él nunca teme decir la verdad.

Margrethe sonrió al escuchar lo que su padre rememoraba. Su madre había sido una mujer fuerte, aunque lo que tenía era una fortaleza callada. Eso la había convertido en una buena pareja para él.

—Lo único que espero es llegar a ser tan valiente como ella —dijo.

—No me cabe duda. Valentía y pasión, no son cosas de las que carezcáis, Margrethe.

—Gracias —contestó, y a ella también se le llenaron los ojos de lágrimas—. La echo mucho de menos.

—Yo también la echo de menos —afirmó su padre—. Y es por ella que debemos derrotar al Sur, a nuestro enemigo.

—Aguardad. No lo entiendo.

—¿Os acordáis de cuando vuestra madre cayó enferma? Insistió en visitar a su prima en el Sur. Cuando regresó, la enfermedad había entrado en ella. Eso sí que fue una señal de Dios. Ese territorio es nuestro, Margrethe. Nunca tendríamos que haber sido divididos.

—Pero ocurrió hace mucho tiempo, padre. ¿Por qué no podemos vivir pacíficamente, unos al lado de otros?

El hombre alzó la mano.

—Ya basta, Margrethe. No somos un reino débil. No voy a quedarme mirando cómo mi enemigo mata a mi reina e intenta matar a mi hija.

—¡Pero va a morir mucha gente!

—Morirán por su reino. Es la mejor razón para morir.

Capítulo Diez

La Sirena

Lenia se tomó tiempo para volver nadando a palacio, dejando que el agua la tranquilizara. Un banco de diminutos peces translúcidos pasó flotando y ella se quedó mirándolos, vio cómo atrapaban la luz de una medusa cercana que los hacía brillar como estrellas en el cielo nocturno. Como almas minúsculas. La euforia dio paso a la tristeza y después regresó. No sabía cómo podría abandonar a su familia, su mundo, su propio cuerpo y sin embargo, al mismo tiempo, ¿cómo iba a decir que no a lo que se le había ofrecido? Lamentó no poder llevar consigo a sus hermanas, y a sus padres, y a los hijos de sus hermanas. Deseaba poder llevárselos a todos con ella, a todas y cada una de las criaturas del mar, y así todas podrían tener almas que resplandecerían juntas eternamente.

Cuando regresó al palacio los demás estaban durmiendo ocultos contra las rocas, en el interior de conchas gigantes y entre la exuberante vegetación marina que crecía en el fondo del océano. Nadó hacia la cámara real y se asomó para ver a su madre y a su padre, enroscados sobre su cama de perlas, un regalo que su abuelo le hizo a su abuela hacía muchos años. Su madre tenía el cabello largo y ya blanco, pero era exactamente igual de hermosa que cuando la abuela de Lenia había dejado el trono, tal como haría la madre de Lenia algún día no muy lejano para que Thilla pudiera ocupar su lugar. Y su padre, el rey: mientras lo veía dormir pensó en todas las veces que se la había llevado a nadar con él cuando era niña, los dos cogidos de la mano, recordó la manera en que la arrojaba por el agua y descendía en picado para atraparla de nuevo, y que él le había mostrado todas las maravillas del océano mientras su madre permanecía en palacio y se ocupaba de la corte.

Se dio cuenta de que ya había tomado una decisión. Por supuesto que la había tomado, en cuanto Sybil le dijo que todo lo que siempre había querido era posible.

Se alejó de la puerta de sus padres y se dirigió al gran salón, donde los mejillones se abrían y cerraban, donde toda clase de luminosa vida marina se desplazaba por la oscuridad del agua. Nunca había tenido una sensación como aquélla: la de estar totalmente presente en un lugar que tal vez no volviera a ver jamás. Intentó memorizar todos y cada uno de los detalles. Pensó que lo recordaría todo en el futuro y de este modo nunca moriría. Si se marchaba, si dejaba que Sybil le quitara la lengua y le diera una poción que le partiría la cola para convertirla en piernas, se llevaría todo aquello consigo al cielo. Incluso los mejillones con las perlas en su interior y los peces diminutos que pasaban a toda prisa cuando las conchas se abrían.

Flotando lentamente cruzó el palacio y los jardines y observó a todas sus hermanas mientras dormían. Tocó los huevos en los que se estaban desarrollando los hijos de Thilla, unas cosas relucientes escondidas entre las rocas y las plantas, y les susurró unos consejos, para cuando crecieran, para cuando dejaran sus cáscaras y se adentraran en el mar.

Al día siguiente, en el banquete de palacio, Lenia cantó para su familia y la corte. Su voz resonó entre las olas hasta que aparecieron criaturas de todas clases. Los peces más maravillosos, nada parecido a lo que podía imaginarse en el mundo superior. Sus hermanas la observaban, hipnotizadas, y ninguna sospechaba lo que había en su corazón, que aquélla sería la última vez que oirían la voz que les hacía sentir cosas que de otro modo nunca hubieran sentido. La última vez que verían el collar que habían encontrado para ella y que ahora colgaba reluciente de su cuello. Sus bellas hermanas de rostro radiante, como flores que se abrían. Del cielo caían perlas, las conchas de los mejillones se abrían y cerraban y el brillo de un millar de criaturas marinas relucía por detrás de las paredes de ámbar.

Las últimas horas se le hicieron insoportables. Ya lo estaba viendo todo a través de la bruma del tiempo. Como si ya estuviera casada con el príncipe, tuviera ya una red de luz latiendo en su interior e hiciera tiempo que se hubiera olvidado de nadar y de respirar a través de branquias. Pensó en que, cuando fuera una anciana en el mundo superior, recordaría el otro mundo que había tenido una vez: el palacio de coral y sus hermanas de piel reluciente y cabelleras largas y hermosas que se extendían en torno a ellas como nubes revueltas en el agua, las criaturas larguiruchas y resplandecientes que nunca habían abandonado el fondo del mar. Las conchas, perlas y espinas, las zarzas de plantas marítimas que crecían por las cavernas y rocas dentadas. ¡Qué hermoso le parecería entonces todo!

Y entonces, por fin, volvió a ver a la bruja del mar. Atravesó el agua a toda velocidad, flexionando la cola, tratando de hacer caso omiso del vuelco que le daba el corazón. Pasó junto a la estatua de hojas que había fuera y entró en la caverna de la bruja. Dejó atrás las paredes de gemas negras con flores rojas brotando de ellas y entró en la habitación llena de plantas y enredaderas que se enroscaban.

Sybil la estaba esperando. Tenía frente a ella un caldero grande y humeante. Cuando levantó la vista hacia Lenia, su rostro tenía una expresión más triste y abatida incluso que el día anterior. Sus pestañas largas descendían hasta sus mejillas. Sus ojos centelleaban como si tuviera lágrimas en ellos.

—Has tomado tu decisión —le dijo.

—Sí —respondió Lenia, asintiendo con la cabeza—. Estoy lista.

—No tienes que hacerlo hoy, ¿sabes? —comentó Sybil—. Puedes tomarte más tiempo. No es una decisión que haya que tomar a la ligera.

—Lo sé —susurró Lenia, invadida por el temor—. Pero estoy lista.

—Muy bien —accedió Sybil con un suspiro, y salió nadando de detrás del caldero hasta el lugar en el que Lenia flotaba.

—Entonces, ¿qué hago... después?

—Te dirigirás a la parte más meridional del territorio. Allí encontrarás el castillo en el que vive. Lo sentirás. Ve allí y cuando llegues a tierra espera a que caiga la noche, cuando no haya nadie. En ese momento sal del agua. Asegúrate de que nadie te vea. Y entonces, sólo entonces, bébete esta poción. Si te crecen las piernas estando en el agua no podrás nadar y te ahogarás como se ahoga un humano. Tal y como te advertí, la transformación de tu cola en piernas te dolerá, pero cuando haya terminado serás como ellos, y nadie podrá pensar lo contrario.

Lenia asintió moviendo la cabeza, incapaz de hablar. En su interior, muy en el fondo, oía una vocecilla débil, un sentimiento casi imperceptible pero persistente que le decía que debía marcharse en aquel mismo instante, regresar al palacio, volver con Falke y con sus hermanas, olvidarse de todo aquello. Lenia cerró los ojos y deseó con todas sus fuerzas que la voz se silenciara. Deseó poder saltarse lo que ocurriría a continuación, parpadear y despertarse en brazos del príncipe.

—Estoy dispuesta —dijo en tono más alto, intentando evitar que le temblara la voz. Le impresionó la idea de que aquéllas podrían ser las últimas palabras que pronunciara.

—Entonces debo aceptar tu pago ahora.

—¡Espera!

Sybil abrió mucho los ojos, esperanzada.

—¿Puedes explicar a mis hermanas lo que he hecho? Van a venir aquí, al menos Vela vendrá. Dile, por favor, que ésta fue mi voluntad y que soy feliz.

Sybil asintió.

—Claro.

—Y que las quiero a todas. Por favor.

—Sí.

—Estoy preparada. —Lenia tragó saliva y se quedó inmóvil. Sybil alargó la mano hacia la planta que tenía a su lado y sacó un cuchillo largo de plata. Lenia abrió la boca. Gritó involuntariamente. Se dio cuenta de que estaba temblando.

—¿Estás segura? —susurró Sybil.

Lenia dijo que sí moviendo la cabeza. Cerró los ojos y se imaginó redes de luz.

La voz de Sybil era suave, cariñosa, como una mano que le acariciara el pelo.

—Abre la boca todo lo que puedas.

Lenia abrió la boca, mantuvo los ojos cerrados y se le tensó todo el cuerpo de antemano. Entonces notó cómo los dedos de Sybil le agarraban la lengua y le echaban la cabeza más atrás, y sintió toda la tristeza de la bruja, como si fuera ese dolor y no el cuchillo lo que estuviera a punto de cortarla. Pero al sentir la hoja afilada, Lenia sólo pensó en la piel suave del hombre, en su corazón latiendo bajo la palma de su mano, en el cielo al que irían al morir.

Sintió dolor cuando la hoja le cortó la lengua, dolor de verdad, un dolor punzante y físico de un modo que nunca había experimentado antes. Apretó los puños y gritó, tirando la cabeza hacia atrás de forma involuntaria, pero Sybil no le soltó la lengua y, al cabo de un momento, Lenia quedó libre y retrocedió en el agua, abrió los ojos y vio a Sybil allí flotando con una lengua ensangrentada en las manos. Lenia empezó a dar vueltas de dolor, cayendo, hasta que se golpeó contra la pared negra. Notaba el dolor por toda la espina dorsal, hasta las puntas de la cola. La boca se convirtió en una herida, apretó los labios y tragó sangre. Se apretó contra la pared como si pudiera desaparecer en su interior.

Las paredes cambiaron y adquirieron un tono gris como de humo. Con los ojos entrecerrados, como si se hallara a una enorme distancia, Lenia vio que Sybil tomaba la lengua —roja, como un pez pulposo y sangrante— y la echaba al caldero. A continuación, Sybil acercó el cuchillo a la palma de su mano y se hizo un corte que apretó para dejar caer su propia sangre en la olla.

—¿Qué estás...? —empezó a preguntar Lenia, pero no surgió ningún sonido. Se tapó la boca con la mano y al retirarla vio que la tenía llena de sangre.

Sybil la miró.

—A mí también me cuesta algo siempre. Pero mi sangre es lo de menos.

Entonces Lenia supo, no estaba segura de cómo, que Sybil había estado en el mundo superior y que eso no le había reportado más que dolor y pena. Lo vio de algún modo en la magia que se creó entre ellas, en su sangre mezclada. Pero pensó que Sybil no se había enamorado del príncipe, que no lo había salvado en mitad de una tormenta nocturna y lo había llevado a tierra. Para ella sería distinto.

Sybil sacó una botella pequeña, la hundió en el caldero y la llenó con la poción. Un remolino de pequeñas burbujas se alzó de la botella a través del agua. Mientras Lenia la miraba, el dolor empezó a aliviarse, quedó amortiguado y latente.

Pensó que podría hacerlo.

—Espero que encuentres lo que estás buscando —le dijo Sybil, que tapó la botella y se la entregó. Lenia la cogió y la bruja se inclinó hacia adelante y le acarició el rostro con una mirada rebosante de sentimiento—. Recuerda todo lo que te he dicho.

Lenia asintió, tragó sangre. Todo estaba empezando. Ya no había forma de volver atrás.

—Ahora vete —dijo Sybil—. Ve al otro mundo, con él.

Con la botella firmemente agarrada, Lenia dejó la caverna de la bruja del mar y empezó a nadar. El dolor la entumecía y no hizo más que flexionar el cuerpo y atravesar el agua con rapidez intentando no pensar ni sentir nada en absoluto.

Tenía que recorrer un largo camino y poco a poco, cuando su cuerpo se calmó, pudo relajarse. Ahora ya sabía mejor lo que podía esperar, el dolor que tendría que soportar. Pronto le dolerían las piernas igual que le dolía la boca, pero ahora, en ese momento, su cuerpo era fuerte y perfecto. Extendía la cola por detrás de ella, estiraba los brazos y pasaba rozando peces, ballenas, tiburones, calamares y rayas.

Aquélla era la última vez que nadaría de ese modo. Se deleitó con el poder de su cola, con la facilidad con la que se movía por el agua, con el placer que surgía de lo más profundo de su interior a pesar del dolor que sentía en la boca.

A medida que viajaba hacia el sur, las aguas empezaron a cambiar y se hicieron más verdes que azules. Se alejó de las profundidades y nadó más cerca de la superficie para poder observar así, fascinada, el paisaje que mutaba de un blanco gélido a marrón y, después, a un verde intenso y exuberante. Incluso con su piel gruesa y sus escamas notaba que el aire estaba cambiando de frío a cálido. Se había acostumbrado a pensar en el mundo superior como un lugar blanco, gris y plateado, todo de hielo y nieve, pero ahora, allí, parecía tan lozano y brillante como el océano. Las flores eran tan variadas como en el mar, la hierba, el agua y las playas tenían los colores de los peces de las profundidades. ¡Ah, y el sol! Caía de lleno, pleno y completo, bañándolo todo con una luz tan intensa que le sorprendió que el mundo no estuviera en llamas.

Comió un poco de pescado, alargando la mano para

atrapar uno o dos de los bancos de peces que pasaban nadando junto a ella. Los cogió pequeños para poder tragarlos evitando irritarse la boca que aún se estaba curando. Pero al comer, la herida se resentía y el dolor se avivaba de nuevo. En varias ocasiones tuvo ganas de descansar, de descender nadando hasta un arrecife de coral o una cueva y acurrucarse allí. Pero se obligó a seguir adelante. No le gustaba aquel estado intermedio, la soledad insoportable que conllevaba. Ya no formaba parte del mar y sin embargo todavía seguía inmersa en él, aún no estaba preparada para la tierra. Agarraba la poción con firmeza porque le aterrorizaba perderla y quedar atrapada para siempre en aquella situación.

Podía sentirlo, tal como Sybil le había dicho, sentía al príncipe, a su alma. Sentía que se estaba acercando a él.

Y entonces, por fin, cuando habían pasado dos días con sus noches, llegó al castillo del rey del Sur.

Se alzaba imponente frente a ella, por encima del agua, al final de unos senderos que llegaban a él desde el puerto. Una mole de remolinos y torres de piedra que sobresalían apuntando al cielo. Parecía sacado del mar más profundo, una estructura formada de roca y agua a lo largo de miles de años. En lo alto ondeaban unas banderas verdes y doradas. Por las ventanas asomaban unas flores grandes, por encima de unos enrejados dorados y de árboles cargados de fruta. Barcos y botes flotaban en el puerto, como ballenas gigantes que hubieran salido a la superficie del océano. Y todo ello, tan vívido y lleno de color, se extendía ante sus ojos como un banquete magnífico.

Se olvidó de todo su dolor.

Fue nadando poco a poco hacia la costa, manteniendo la cabeza y el cuerpo bajo la superficie y observando el castillo a través del agua. Cuando las olas avanzaban con fuerza, Lenia reunía la espuma y velaba con ella su rostro. Tuvo mucho cuidado de que no la viera nadie cuando sacó la cabeza del agua.

Había gente paseando por allí, de un lado a otro de la playa. Había soldados patrullando que iban y venían de un gran barco anclado cuya proa se alzaba hacia el aire como si estuviera a punto de emprender el vuelo. En unos botes pequeños atados a los muelles, unos hombres cobraban redes llenas de peces relucientes. Había unos cuantos grupos de personas sentadas en torno a unas mesas. Había música, unos sonidos que hendían el aire y que ella nunca había oído. En lo alto, un pájaro blanco con alas de gran envergadura planeaba por el cielo.

Apenas estaba empezando a bajar el sol, y Lenia sabía que debía esperar a que cayera la noche para salir del agua. Alzó la pócima a la luz y vio que adquiría un extraño tono rojizo; observó también cómo el sol se reflejaba en su propia piel. Cerró los ojos para tratar de recordar la sensación de aquel preciso instante, el final de un mundo y el comienzo de otro. Sus últimos momentos en aquel cuerpo de sirena, con la cola que se extendía tras ella, lista para impulsarla al fondo del mar. ¿Recordaría aquel momento algún día y lamentaría lo acontecido después? Resultaba imposible saber con la misma certeza con la que lo sabía en el mar qué era lo que le deparaba el futuro allí.

Se volvió de nuevo y contempló a los humanos que se ocupaban de su trabajo y sus placeres. No tardaría en caminar entre ellos, con sus propias piernas. Quizá llegaría a conocer a esa mujer que había allí, una con el cabello peinado en lo alto y adornado con flores, de pie con las manos en las caderas junto a un grupo de soldados. Lenia miró cómo la mujer se ponía de puntillas para susurrar algo al oído de uno de los hombres, casi dejando que su mejilla y su cuello desnudo lo rozaran. Se imaginó a sí misma estando allí, vestida tal y como iba aquella mujer, con su cabello húmedo y rebelde seco y enroscado en lo alto de la cabeza.

¿Y si la rechazaban? ¿Cómo iba a vivir entonces? ¿Y si no podía acercarse al príncipe? Lenia tocó el collar que llevaba en torno al cuello como si fuera un talismán mientras escudriñaba los rostros de las personas que tenía delante, intentando concentrarse e imaginar cómo sería ser uno de ellos. Lo sabría muy pronto.

Intentó ver más allá del puerto, al otro lado de las puertas, dentro del castillo. Él estaba allí. Lenia lo percibía. Y de detrás de las ventanas vio aparecer luces que, una a una, iluminaban la vida del interior. Nunca había visto fuego salvo en el cielo y ahora había pequeños resplandores por todas partes, y las personas quedaban iluminadas por su luz mientras reían y se movían.

Dentro veía damas hermosas y hombres apuestos, o imaginaba que podía verlos. La escena podría estar sacada de las historias que había oído contar alguna vez a su abuela. Estaba segura de que al otro lado de algunas de las ventanas veía a gente bailando. Hombres que hacían girar a las mujeres, que las atraían hacia sí y luego las soltaban. ¿Bailaría así ella también? ¿Sería una de esas damas sonrientes, que avanzaban y retrocedían por el suelo, adelante y atrás, entrando y saliendo de los brazos de sus amados?

Apretó la poción con fuerza, cerró los ojos y, por primera vez en su vida, intentó rezar.

Aquella noche, ya tarde, cuando el puerto quedó casi vacío y las luces del interior del castillo se apagaron, Lenia salió a la orilla. Lo hizo lejos de los muelles, al otro extremo del castillo, allí donde un grupo de árboles se mecía con el leve viento, ocultándola de los guardias que permanecían junto a las puertas del castillo.

Una luna gigantesca brillaba en lo alto y el cielo centelleaba y relucía, completamente despejado. Se recostó y observó. Dejó que la brisa la acariciara, que le ondulara el cabello. El aire traía consigo un débil aroma a flores, aunque Lenia no reconoció de qué se trataba. Perfume. Extraño y maravilloso.

Alzó la mirada a las estrellas. Allí estaba ella, sobre el agua, en nuevo mundo sobre el cual, a su vez, había otro distinto.

Dejó la poción en el suelo, a su lado.

Ya estaba. Inspiró profundamente. Sabía que aquél era el momento más importante de su vida. El momento en el que tomaba una decisión. Toda su vida había sido Lenia, la hija de la reina del mar. Tenía una bella cola, una voz hermosa, el pelo del color de la luna... Se miró la cola, observó las escamas que brillaban y destellaban bajo la luz de la luna. Extendió el brazo y miró su piel. Como diamantes.

No obstante, había elegido otra cosa. ¿Cuántos de nosotros podemos elegir dejar atrás lo que siempre hemos sido, nuestro mundo, para abrazar otro, uno mejor?

Tomó dos puñados de arena y dejó que se le deslizara entre los dedos. Era granulosa, a diferencia de la arena del fondo del mar. Le gustó el tacto que tenía.

«Yo elijo esto», pensó.

Echó otro vistazo al mar. En aquellos momentos estaba en calma, con todos sus secretos ocultos. Y entonces se incorporó, cogió la poción con cuidado y la destapó.

Un humo de olor fuerte y acre salió de la botella. Lenia tosió.

«Ámame, por favor», musitó al viento.

Y entonces inspiró profundamente, soltó aire y bebió.

Fue como beber fuego. Peor que el líquido ámbar que había encontrado en el naufragio. Peor que cualquier cosa que hubiera consumido o sentido alguna vez, peor incluso que el dolor de la lengua al ser cortada. La poción le pasó ardiente por la garganta, atravesó su cuerpo y bajó por toda la longitud de la cola.

Gritó, pero no emitía ningún sonido.

Sintió un ardor horrible en la cola y a continuación una sensación de desgarro que penetraba en ella. ¡Era tan rápido! Alargó las manos para agarrarse, para sujetarse la cola que se estaba rasgando. Bajo las palmas de las manos notaba cómo su cuerpo se partía. Era el dolor más horroroso que había sentido nunca. Pensó que era imposible que pudiera sentir un dolor más intenso que aquél. Las escamas se le agrietaban, se disolvían, y la cola se partía por la mitad. Gritó y se retorció en el suelo. Y entonces la piel empezó a caérsele a pedazos por todo el cuerpo. No había nada que pudiera hacer, por mucho que se revolviera, ninguna posición aliviaba el dolor, y lo único que podía pensar era que Sybil la había engañado, que la poción era un veneno, un castigo, que no podría estar más cerca de la tierra de lo que lo estaba entonces, y tuvo la seguridad de que, entre los sonidos de sus roturas y desgarros, podía oír cómo se le partía el corazón, cómo todas las esperanzas que había albergado se desmoronaban convirtiéndose en polvo y espuma.

Ante sus ojos pasaron visiones parpadeantes que se emborronaban y confundían: los brazos plateados de Thilla, el corazón del príncipe latiendo por debajo del suyo, la nieve derritiéndose al caer en el agua, el cielo oscuro salpicado de pizcas de fuego estrellado, la piel de la chica humana convirtiéndose en piedras preciosas al tacto de su mano. Todo lo que había visto, todas las emociones que había sentido, cada segundo de su vida arrollado en aquel dolor enorme que la estaba consumiendo, que recorría punzante su cuerpo de arriba abajo.

Y cuando creía que aquello era más de lo que podría soportar, el mundo, afortunada y repentinamente, se oscureció.

Capítulo Once

La Princesa

El ejército se reunió a lo largo de los días subsiguientes. Todos los nobles guerreros que durante los últimos meses habían permanecido en casa esperando, atendiendo sus haciendas a sabiendas de que el rey se estaba preparando para llamarlos a las armas, empezaron a dirigirse al castillo. Los caminos de todo el reino se llenaron de viajeros. Las palomas volaban por lo alto transportando mensajes cifrados. En el castillo se iban congregando cada vez más nobles mientras que sus sirvientes atestaban los campos en torno a las murallas de la ciudad y los mensajeros iban a toda prisa de una finca a otra. En cuestión de días se levantó una ciudad entera de tiendas en los terrenos que circundaban el castillo. La excitación se percibía por todas partes, una sensación de que algo nuevo, algo mejor, estaba a punto de nacer.

Margrethe caminaba de un lado a otro de su aposento, loca de frustración. Oía los rumores que circulaban por el palacio: que el príncipe del Sur había encantado a la joven princesa, que se había servido de la magia negra para someterla a su hechizo.

No soportaba que la consideraran una idiota. Y además, detestaba saber que nada de lo que dijera (sobre sirenas, príncipes enemigos que abrían su corazón, campesinos que sufrían y la posibilidad de que hubiera paz, una paz verdadera) los convencería en lo más mínimo. Trató de quedarse en su habitación tanto tiempo como le fue posible, sentada a solas junto al fuego de piñas. Pero todas las noches debía acudíar al gran salón, que cada día estaba más lleno de gente y de ruido. Se dispusieron más mesas, allí y también en otro salón adyacente y más pequeño que se vació de su mobiliario habitual. Sus doncellas estaban locas de emoción, y Margrethe las dispensó de sus obligaciones hacia ella para que así pudieran coquetear con los jóvenes y apuestos soldados que valientemente se brindaban a su rey.

Y para poder estar sola, para pensar.

Veía las mismas imágenes una y otra vez: el niño enfermo, la figura dibujada en la tierra, las aldeas devastadas y la sirena ofreciéndole al príncipe enemigo.

«Sálvalo. Vamos, ven.»

Tenía que haber algo que pudiera hacer. Algún significado para todo lo que había sucedido.

«Sálvalo.»

Su padre iba a ir a la guerra, estaba utilizando lo ocurrido para concentrar a los hombres más fuertes del reino y ella no podía hacer nada para convencerlo de lo contrario. Margrethe sabía que hablaban de ella, que se imaginaban lo cerca que había estado del peligro, la hermosa princesa sobre la cual descansaban todos sus destinos vestida con hábitos de novicia mientras el traicionero príncipe enemigo acechaba el convento con una espada reluciente al costado. Era una historia demasiado seductora para que a nadie le importara la verdad.

Aquél no era su destino. No, desde luego que no.

Cada vez que cerraba los ojos aparecía él. La curva de

sus hombros, sus ojos del color de las algas, la forma en la que la había esperado en el jardín. Recordaba la primera vez que lo había visto: desplomado en la playa, casi ahogado, con la sirena inclinada sobre él rozándole la frente con los labios mientras el cabello mojado le caía serpenteante sobre los brazos, pechos y vientre desnudos. Estas imágenes la perseguían en sueños y hacían que se despertara enredada en las sábanas, angustiada, incapaz de volver a conciliar el sueño.

Una noche, una semana después de haber llegado de vuelta al castillo, se despertó con la sensación de los labios del príncipe sobre los suyos. Fue una sensación tan real que tuvo que mirar por la habitación para asegurarse de que el joven no se hubiera deslizado a través de sus sueños y estuviera en la cama, a su lado. Estaba temblando, tenía todo el cuerpo ruborizado y relajado. ¿Qué le estaba pasando? Se revolvió en la cama hasta que, frustrada, echó a un lado las pieles y fue a sentarse junto al fuego mortecino.

Estaba mirando las llamas fijamente cuando descubrió que sí sabía qué hacer. Era lo único que podía hacer como mujer, incluso como hija del rey.

Casarse con él.

A la mañana siguiente mandó un mensaje a Gregor pidiéndole que se reuniera con ella en la biblioteca aquella tarde, mientras el rey y un grupo de soldados salían de caza.

Se vistió cuidadosamente y Laura la ayudó ciñéndole uno de sus mejores vestidos. Se lavó aprisa en la jofaina al lado del fuego y luego se dirigió a la biblioteca apresuradamente.

Había decidido contárselo todo y rezar para que él la

ayudara. Sabía que su padre preparaba una pronta invasión. Pieter rara vez se separaba de él y a menudo se les unían los más grandes guerreros del reino. La estrategia para la batalla estaba en marcha.

Gregor la estaba esperando en la misma mesa en la que se habían reunido para sus clases, detrás de un estante lleno de valiosos manuscritos.

—Marte —le dijo al tiempo que se ponía de pie—. ¿Cómo estáis?

—Estoy bien, amigo mío —respondió ella con una sonrisa afectuosa. Recordó las incontables horas que había pasado allí mismo, inclinada sobre manuscritos de griego y latín, antiguas historias de guerreros viajeros y dioses enojados, de chicas jóvenes que se convertían en árboles, palomas y arañas.

—Tengo entendido que la conversación que tuvisteis con vuestro padre no fue tal y como habíais deseado. Lamenté oírlo.

—Gracias —repuso Margrethe, asintiendo con la cabeza. Se inclinó hacia adelante—. ¿Hay algún peligro en que hablemos aquí abiertamente, Gregor?

La expresión del hombre se volvió seria, entonces se levantó y cerró la puerta con llave.

—Si alguien pregunta diremos que estamos dando clase para refrescar vuestro griego —dijo.

—Sí, de acuerdo —respondió ella—. Necesito que me ayudéis.

—Por supuesto.

—Primero... tengo que contaros que hay algo más, algo que no le he contado a nadie. Que no puedo contarle a nadie, ni siquiera a Edele. La conozco demasiado bien y no podría guardárselo para ella. Sois el único a quien confío esta información.

—¿De qué se trata, Marte?

—El príncipe: el agua no lo arrastró a la playa. Lo llevaron hasta allí. Yo lo vi. Estaba en el jardín, contemplando el mar, cuando vi a una criatura propia de un mito. Una sirena. Lo llevaba en brazos.

—¿Una sirena? —repitió el hombre.

—Sí. Lo salvó cuando su barco quedó atrapado en una tormenta terrible. Estaba inconsciente, prácticamente ahogado, y yo nunca... —se atoró por la emoción y se le llenaron los ojos de lágrimas—. Fue algo bellísimo. Me encontraba allí, en el acantilado, todo era gris, vacío y helado en derredor, y entonces apareció ella con el hombre en brazos. Yo no tenía ni idea de quién era él. Deberíais haber visto el rostro de la sirena, la forma en que lo miraba. Era éxtasis. Por eso sé que él no había ido allí para hacerme daño. Fue ella quien lo trajo a mí. Precisamente a mí. Por algún motivo.

Para sorpresa de Margrethe, el hombre no se rió de ella; sus palabras parecían conmoverlo.

—Una sirena —susurró—. Asombroso.

—Sí. Por eso estoy tan segura de que mi padre se equivoca. Pero a él no podría contarle esto. No se lo puedo contar a nadie más que a vos.

—Tenéis razón —repuso él—. Hemos perdido estas creencias. Vuestro padre pensaría que estáis loca.

—¿Y vos?

La expresión de su rostro dejó traslucir cuánto necesitaba su aserción, cuánto necesitaba que creyera que lo que estaba diciendo era cierto. Para asombro de Margrethe, el hombre parecía estar tan conmovido como ella. De pronto dio la impresión de que su rostro se derrumbaba, y se llevó las manos a los ojos para tapárselos.

—¿Gregor? ¿Qué ocurre? —Margrethe se levantó de

un salto, alarmada. Nunca, en todos los años que hacía que lo conocía, había visto al anciano de esa manera—. ¡Gregor!

El hombre retiró las manos. Él también tenía lágrimas en los ojos. Los tenía enrojecidos y húmedos, la boca abierta, y por un momento la joven creyó que estaba sufriendo alguna especie de ataque.

—Sentaos, por favor —le dijo con voz ronca, extraña—. Lo que ocurre es... El destino, querida mía, es muy curioso.

—No lo entiendo.

—Dejadme que os cuente una historia —le pidió. Inspiró larga y profundamente y aguardó a que ella se sentara otra vez. Entonces empezó a hablar con lentitud, rememorando—. Cuando era muy pequeño mis padres me llevaron al mar por primera vez. Fuimos al sur, pocos años antes de que el viejo rey muriera y nuestro reino se dividiera en dos. Yo iba recogiendo conchas y me alejé. Mi madre estaba distraída y me perdió de vista. Me adentré en el agua atraído por una medusa que había visto. La marea subía con más fuerza y, no sé cómo, resbalé y el mar me arrastró. Caí al agua. No sabía nadar. Me hubiera ahogado de no ser por la mujer que acudió en mi ayuda en aquel momento. Apareció de la nada y me llevó en sus brazos, cantándome todo el tiempo. Más tarde mis padres me encontraron empapado hasta los huesos pero durmiendo tranquilamente en la playa, acurrucado en una cómoda formación rocosa, protegido del embate del viento. A medida que voy envejeciendo cada vez pienso en ello con más frecuencia. Fue el momento más extraordinario de toda mi vida.

—¿Era una sirena?

Gregor asintió con la cabeza.

—Posteriormente averigüé que en aquella zona se habían visto sirenas muchas veces. Los habitantes del lugar contaban historias sobre ella, sobre aquella hermosa mujer de cabellos rosados que salía del mar. Pero, que yo sepa, nunca salvó a nadie como me salvó a mí. Nadie afirmó nunca haberla visto de cerca, tal como yo la vi.

—¿Y te... te marcó de alguna forma? —preguntó Margrethe.

—Siempre me ha hecho sentir como si tuviera un cometido especial —respondió—. Siempre. Lo mismo que sientes tú ahora.

—Me refiero a si te dejó alguna marca en la piel. Como ésta.

Se remangó el vestido y extendió el antebrazo para que le diera la luz. Al girar la muñeca de un lado a otro el brazo le brillaba, aunque le pareció que lo hacía más débilmente que antes.

El anciano sonrió abiertamente, con los ojos relucientes.

—¡Sí! Ya lo creo. Durante mucho tiempo, sí, también tuve este brillo en la piel, allí por donde ella me había sostenido. Según la tradición, el tacto de la sirena nos cambia. No todo el mundo lo ve, ¿sabéis?

Margrethe asintió moviendo la cabeza con entusiasmo.

—Ya me lo figuraba. Mis doncellas no lo veían. Él también tiene el brillo en la piel, Gregor. El príncipe. Nos ha ocurrido a los tres.

Su viejo tutor la observaba como si no la hubiese visto del todo hasta entonces. Margrethe nunca había visto en su rostro la expresión que tenía ahora, como si hubiera rejuvenecido, su rostro iluminado por una sorpresa y un asombro infantiles. Desvió la mirada del rostro al brazo de la joven y alargó la mano para recorrer con los dedos la piel que Lenia había tocado.

—Sé que lo trajo a mí por algún motivo, Gregor. Sé que no es un ángel, pero tengo la sensación de que Dios estaba actuando a través de ella. Yo no sabía quién era, no tenía ni idea de que era el príncipe Christopher, y él tampoco sabía quién era yo, os lo prometo. Dijo que estaría en deuda conmigo para siempre, por haberle salvado. Cree que fui yo la que lo llevó a la playa.

—¡Qué maravilla ver cómo empieza a revelarse vuestro destino! —exclamó el anciano—. Y ver cómo se desvela también el mío, después de tantos años.

Ella sonrió y se enjugó las lágrimas. Hasta aquel momento no había sido consciente de cuánto necesitaba compartir aquello con alguien, con alguien que la tomara en serio. De pronto sintió que había vuelto a conectar con aquel mundo de magia, como si volviera a ser tangible ahora que lo había compartido con él.

Inspiró profundamente y dijo:

—Gregor, ahora sé cuál es mi destino. Sé lo que tengo que hacer.

El hombre asintió y aguardó. Margrethe oía su propia respiración, los latidos de su corazón.

—Mi padre está decidido a combatir. Sé que no puedo convencerle de lo contrario. Y sé que no está bien. Aunque sea mi padre y mi rey, se equivoca. No es el camino de Dios, este sufrimiento, esta violencia...

Gregor meneó la cabeza en señal de afirmación.

—Tenía la esperanza de que vos pudierais convencerlo, pero a vuestro padre no le importa lo que es cierto y lo que no. Él sólo quiere la guerra. La guerra es la forma en que vuestro padre exorciza sus propios demonios, su dolor. Él siempre ha sido así, cosa que hizo de él un gran guerrero en el pasado —se detuvo un instante y adoptó un aire melancólico—. ¿Sabéis? Hubo un tiempo en el que todos vivíamos juntos y en paz, en el que todos éramos hermanos y hermanas y compartíamos la misma sangre. Pero cuando murió el viejo rey...

—Lo sé —terció Margrethe—. Resulta extraño, Gregor. La sirena... ella también me contó que una vez estábamos todos unidos, pero ella hablaba de humanos y sirenios. De que hubo un tiempo en el que todos vivíamos en el mar.

—Volver a encontrar aquello que era preciado y que se ha perdido es, al parecer, un sueño recurrente para todo el mundo. Unos cuantos de nosotros llevamos mucho, mucho tiempo abogando por la paz. Incluso hemos tenido éxito en algunas ocasiones —sonrió, pero la expresión de su rostro era la más grave que la joven había visto nunca—. Vuestro padre estaba dispuesto a combatir cuando vuestra madre murió, pero conseguí razonar con él. Sin embargo, el rey cada vez está menos dispuesto a escuchar a aquellos de nosotros que lo advertimos; él escucha cada vez más a Pieter y a sus hombres. Llevan mucho tiempo reponiendo el ejército, Marte, y ahora tienen la excusa que todos han estado esperando. No tardaremos en estar de nuevo en guerra. Tal vez menos de dos semanas, a juzgar por las apariencias.

—Sé qué tengo que hacer, Gregor. No puedo hacer mucho en este mundo, ni siquiera siendo la hija del rey. Pero puedo casarme. Eso es lo que puedo hacer.

—No os sigo.

Margrethe tragó saliva.

—Quiero casarme con el príncipe.

—¿El príncipe?

—Quiero casarme con el príncipe Christopher. —La

joven vio la sorpresa del anciano y siguió hablando apresuradamente—. Mi padre está planeando hacer la guerra al Sur por un delito que no cometieron. Ahora mismo el Norte y el Sur tienen un tratado de paz que el Sur ha respetado, ¿verdad? A pesar de todos los rumores de que estaban urdiendo un ataque, ¿no?

—Sí —respondió él, moviendo la cabeza con lentitud—. Sí. El Sur está harto de la guerra. Muchos de nosotros dudamos de la validez de esos rumores de que el Sur se estaba preparando para la batalla. Pero incluso yo creí que la llegada del príncipe al convento demostraba que eran ciertos.

—No son ciertos —dijo la joven—. Serán la excusa de mi padre, pero no son ciertos.

—Sí.

—Pero ¿y si me ofrezco a ir allí? ¿Y si fuera allí y me casara con el príncipe? Mi padre tendría que reconocer el matrimonio y acceder a mantener la paz, o de lo contrario tendría que renegar de mí, ¿no es cierto?

—Sí —repitió Gregor, mirándola fijamente como si le estuvieran brotando astas de la cabeza—. Es algo que incluso se ha mencionado con anterioridad. Una alianza mediante el matrimonio, para hacer que nuestra sangre vuelva a ser una sola. Pero nadie ha osado jamás sugerir tal cosa en serio. Hay demasiado odio. Y vos sois demasiado importante, Marte. Sois el futuro de este reino.

—Pero ¿qué creéis que haría mi padre si lo desafiara?

—Vuestro padre os quiere mucho más de lo que imagináis, y cree en la profecía. Me cuesta pensar que os abandonara al Sur. Son la pasión y el dolor lo que lo mueven a seguir luchando. Podría ser que su amor por vos lo hicieran parar.

Margrethe asintió con la cabeza.

—Él lo consideraría una gran traición, pero...

—Sería un riesgo muy grande, Marte. No hay duda. Incluso hablar de esto, como estamos haciendo ahora, es alta traición. Vuestro padre ha dado muerte a mucha gente por menos que esto.

—Pero es lo correcto. Sabéis que es lo correcto.

El hombre la observó, negándose a contestar. La joven podía intuir la lucha que se libraba en su interior. Para ella, desde su punto de vista, era sencillo. pero ¡cuán difícil debía resultar para él sopesar la idea de oponer su vida a las vidas de todo su pueblo! Sabía lo que ella significaba para Gregor, para todos ellos, y lo quería por ello, pero el peso y la importancia de su destino, el significado de la misión que se le había encomendado desde su nacimiento la convertía en la única persona del reino capaz de hacer lo que en aquellos momentos se proponía.

Y aparte de todo esto, por supuesto, lo amaba. A Christopher.

—¿Podemos hacerlo, Gregor? ¿Podemos enviar un mensaje al rey del Sur? ¿Podéis ayudarme? Podemos hacer la oferta y si el Sur está de acuerdo, iré.

—Sois una chica valiente, querida —repuso él meneando la cabeza. Pero Margrethe sabía que estaba de acuerdo con ella.

—Vos haríais lo mismo si fuerais yo.

—Sed consciente de que vuestro padre debe aprobar este matrimonio antes de que tenga lugar. Tendríais que poneros bajo la protección del Sur. Si vuestro padre decide abandonaros y continuar la guerra, no hay forma de saber lo que podría haceros el rey del Sur. Estaríais en su castillo, bajo su tutela. No soporto pensar en lo que podría ocurriros si decide retirar dicha protección. A través de vos tendría la forma perfecta de atacar a vuestro padre.

Ella se encogió de hombros.

—Ése es el riesgo, Gregor.

El hombre suspiró.

—Ojalá pudiera hacer retroceder el tiempo a cuando vuestra madre vivía, Marte, cuando todos éramos felices. Ojalá pudiera obligaros a permanecer aquí, a vivir la vida que se suponía que teníais que llevar. Un buen matrimonio con un hombre importante. Hijos, un hogar. Vos y vuestra descendencia herederos de uno de los reinos más grandes y antiguos del mundo.

—Pero si pudiera elegir mi propio camino, pensando sólo en mí misma, nunca elegiría una vida semejante.

Le sonrió. Le encantaba su rostro anciano bajo aquella luz suave. Por animada que pudiera ser la vida en la corte, con la música y la danza, los grandes banquetes, los momentos más felices siempre los había vivido con él, aprendiendo de él todas las formas distintas que había de vivir en el mundo. Los demás miembros de la corte nunca parecían pensar en nada más allá del castillo y construían sus vidas en torno a los caprichos del rey y sus favoritos.

—¿Qué es lo que vos querríais, Margrethe?

La joven lo consideró un momento.

—Me gustaría leer, y estudiar tal como siempre hicimos juntos. Me gustaría ser una erudita. Pero sé cuál es mi lugar en el mundo. Imaginad cómo podría ser nuestro reino si tuviéramos éxito, si pudiera volver a unir al Norte y al Sur. Puedo hacerlo. Tengo la capacidad de hacerlo, de instaurar la paz entre nosotros.

El anciano se recostó en su asiento y la joven se dio cuenta de que lo había conmovido, le había hecho tener esperanza en algo que antes no se había atrevido a esperar.

—Sois convincente —comentó—. Ahora lamento haberos enseñado retórica.

—Así pues, debemos escribir una carta al rey del Sur y esperar respuesta. ¿Sí?

—Sí.

—Podéis enviar a un mensajero, ¿verdad? A alguien en quien confiéis, ¿no?

El hombre asintió con la cabeza.

—Sí, puedo arreglarlo sin muchos problemas. Lo que va a resultar más complicado será llevaros hasta allí sana y salva.

—No me pasará nada —replicó ella con un poco de falsa bravuconería, incitada por la emoción—. Puedo montar un caballo y llevar un disfraz tan bien como cualquiera.

El anciano se rió.

—¡Sois tan joven y tan llena de confianza! —Y Margrethe detectó un atisbo de nostalgia, incluso de envidia, en su voz—. Recuerdo haber tenido esta confianza cuando era joven.

—Tal vez esto os dé una razón para volver a tener seguridad, Gregor —dijo ella.

—Eso espero, querida niña —repuso él.

Margrethe sonrió y se sintió invadida por una nueva clase de energía. Por primera vez tuvo la sensación de que la profecía que rodeaba su nacimiento era algo que formaba parte de ella.

De quien era.

Margrethe se sentía una persona nueva cuando entró en el vestíbulo, todavía abrumada por lo que acababa de decidir.

Se dirigiría al Sur para casarse con el príncipe Christopher. Su padre reconocería la unión y reinaría la paz. Un solo reino. El fin de aquella guerra.

De repente se sintió mareada, se detuvo y se apoyó en la pared.

La sensación de que las cosas tenían que ser así era tan fuerte que era como si ya estuvieran casados. Las profecías, la sirena, el propio pasado de Gregor, el convento, el príncipe maltrecho y casi ahogado en la playa, allí, en el fin del mundo, la forma en que la había mirado cuando estuvieron juntos en el jardín... todo ello encajó entonces de una manera perfecta, y supo que su vida tenía un propósito que iba más allá de ella misma.

Era lo que sentían las monjas cuando se levantaban en mitad de la noche para el oficio de maitines.

En aquel preciso momento Pieter dobló la esquina proveniente del salón de banquetes. Iba con Lens y otro guardia.

—¿Margrethe? —preguntó al tiempo que corría a su lado—. ¿Os encontráis mal?

—No —contestó ella. Se aclaró la garganta e intentó recuperar la compostura.

—Estáis muy colorada.

—Sólo estoy un poco cansada, Pieter. Iba a salir para tomar un poco el aire.

—Estabais con Gregor, ¿verdad? —dijo, y la joven se dio cuenta de que su mirada no era amistosa.

—Sí —respondió—. Estábamos repasando un poco de griego.

Pieter le dirigió una sonrisa tensa.

—No he conocido a ninguna otra dama tan instruida como vos.

Ella lo miró fijamente, atónita por su insolencia.

—Era el deseo de mi madre —le dijo—, como bien sabéis.

—Perdonadme, mi señora —contestó al tiempo que le hacía una reverencia—. No era mi intención faltaros al respeto.

La joven pasó junto a él rápidamente y siguió por el pasillo con el corazón latiéndole con fuerza en el pecho.

Margrethe pensó en su madre, se la imaginó con su cabello negro, sonriendo con dulzura. Ya casi nunca se permitía el lujo de pensar en ella, pero en aquellos momentos se sintió embargada por la añoranza y la echó de menos con la misma crudeza que cuando murió.

Se detuvo en el pasillo, abrumada. Había dejado de visitar los aposentos de su madre poco después de su muerte, hacía dos años, más o menos cuando el rey había prohibido toda mención o recuerdo de la reina en el castillo, exceptuando sus habitaciones perfectamente conservadas en las que se suponía que no debía entrar nadie aparte de las criadas. De ese modo había resultado más fácil para todo el mundo.

En aquellos momentos, fortalecida por la sensación de tener un nuevo rumbo en la vida, buscó una antorcha y se dirigió con determinación a los antiguos aposentos de la reina: cruzó por el gran salón, pasó junto a los guardias, que se quedaron mirándola y se volvieron para susurrar cuando se alejó, dejó atrás los despachos de su padre y entró en el ala sur, silenciosa como una tumba. Caminó más despacio, recordando los rumores de que el ala sur estaba embrujada y tratando de quitárselos de la cabeza. Eran las habitaciones de su querida madre, nada más. Sin embargo, cuando vio fugazmente su reflejo en una madera encerada se sobresaltó y dejó escapar un grito. La mujer alta y delgada de larga cabellera oscura, de piel pálida a la luz parpadeante de la antorcha era ella, por supuesto, pero no se había dado cuenta de hasta qué punto se había convertido en la viva imagen de su madre.

Aguardó un momento para calmar su acelerado corazón antes de empujar la pesada puerta, abrirla y entrar en la antecámara de los aposentos de su madre, el salón en el que las amigas de la reina solían pasarse horas hablando, escuchando sus historias, trabajando en sus bordados, jugando partidas de algún juego y bebiendo vino. Margrethe recorrió entonces el salón en toda su longitud, sonriendo al recordar todo el tiempo que había pasado allí de niña, sentada al lado de su madre y viéndola reír, observando sus manos gráciles al enfatizar sus palabras o al mover una aguja con destreza a través de la tela. Por aquel entonces a Margrethe sus manos le habían parecido mágicas, capaces de conjurar escenas completas a partir de casi nada en absoluto.

Al entrar en el dormitorio privado de su madre fue como si un velo de pena cayera sobre Margrethe, que recordó la mañana en que su madre se negó a despertar. Se acercó a la antigua cama, tocó las mismas sábanas en las que su madre había dormido aquel último día, la misma almohada en la que había descansado su cabeza. Recordó que, tras oír a su niñera susurrando a otra sirvienta, había corrido por todo el castillo y había entrado en el dormitorio de la reina, donde encontró al rey de pie a su lado y al médico que recogía sus cosas, y allí estaba su madre, más hermosa que nunca, con su cabello oscuro extendido sobre la almohada, dormida tranquilamente en su cama. Margrethe nunca había visto a su padre abrumado por el dolor, y eso lo hizo todo aún más horrible: el hecho de que aquel hombre impenetrable pudiera venirse abajo por un simple golpe del destino. Nadie supo nunca la causa de la muerte. Y Margrethe seguía sin comprender por qué todo el mundo (su niñera, su padre, los sirvientes) la habían obligado a salir de la habitación antes de que pudiera llegar a la cama de su madre para despedirse. Sintió una nueva punzada de dolor al recordarlo.

Se estiró en la cama, en el último lugar en el que había visto a su madre, y se imaginó que aún podía notar la marca que había dejado su cuerpo. Cerró los ojos y sintió que el agotamiento la invadía; se quedó dormida y soñó con su madre en el fondo del mar, su piel cubierta de diamantes y sus piernas juntas, curvadas para formar una larga cola plateada. Esperando, como un ángel, a que Margrethe fuera con ella.

—¿Ya os encontráis mejor, Margrethe? —le preguntó su padre cuando la joven entró en el gran salón aquella noche.

—Sí, señor —le respondió con una inclinación.

El rey se puso de pie y alzó un vaso hacia ella. Se le encogió un poco el corazón cuando tomó asiento a su lado y rezó para que su plan funcionara, para que él, al final, estuviera de acuerdo con ella y pensara que había tenido razón.

Miró a Gregor, que estaba sentado junto a otro de los consejeros más afines a su padre, el cual también la observaba con atención y hablaba en voz baja con su viejo tutor. Pieter se hallaba de pie a un lado y los miraba alternativamente a Gregor y a ella. Margrethe tomó aire bruscamente. ¡Estaban pasando tantas cosas a su alrededor! Nunca había visto algo semejante.

Después de la comida los músicos de la corte se pusieron a tocar y algunos de los hombres y mujeres se levantaron para bailar. Gregor fue a sentarse a su lado mientras ella observaba la danza.

—Tengo algo para vos —le dijo, sonriéndole como si estuvieran hablando de la cacería de aquella jornada.

—¿Ya?

Margrethe se sacó de la manga una carta doblada y la dejó caer en el regazo del hombre con despreocupación.

—Sí —dijo—. Si os parece apropiada, quizá podamos enviarla enseguida.

—Estupendo —repuso el anciano—. Durante estos próximos días debemos tener mucho cuidado y actuar como si no estuviera pasando nada fuera de lo habitual.

—¡Ay, Gregor! Ya estoy muy acostumbrada a ello, como sabéis.

Él sonrió.

—Bien. Ahora todo está en manos de Dios.

Aquella misma noche, ya tarde, de vuelta al silencio de su habitación, Margrethe despachó a sus doncellas. Quería saborear aquel momento, la forma en que se sentía. Si su plan fracasaba, quizá nunca volviera a tener esa sensación de potencialidad, de que cualquier cosa podía ocurrir. Se acercó a la ventana, la abrió y contempló la nieve y las estrellas. Se preguntó si él estaría mirando las mismas estrellas en aquel mismo instante, pensando en ella.

Se echó en la cama. Cerró los ojos e intentó evocarlo ante ella. La habitación oscura del convento en la que él yacía herido. Su piel brillando bajo la pálida luz del fuego. Sus ojos de un castaño amarillento, como algas.

Suspiró y se relajó sobre el colchón.

Se lo imaginó en el jardín, besándole no sólo la mano sino también el cabello, los párpados, las mejillas. Sus labios apretados contra ella, la nieve cayendo alrededor de ambos, los dos introduciéndose en el agua, sus piernas cubiertas de escamas, sus pechos perfectos expuestos al aire al inclinarse sobre él.

Se sintió embargada por el anhelo. La idea era escandalosa, excitante.

Estar en el agua sin ropa, solamente con una cola larga, lustrosa y plateada brillando a partir de su bajo vientre y descendiendo curvada hasta terminar en una aleta. Tenerlo entre sus brazos, piel con piel, su boca abierta, cálida y suave.

Se dio la vuelta boca abajo, se apretó contra la cama. Podía oler el mar, la piel del príncipe, sentir cómo deslizaba la palma de la mano por su espalda. Se frotó contra las sábanas con las piernas muy apretadas. Un profundo deseo se extendió desde el centro de su cuerpo, hasta que se entregó y todo pareció sumirse en un sueño.

Entonces se incorporó y se tapó la boca, horrorizada por lo que había hecho. Acto seguido se arrodilló junto a la cama y rezó para implorar perdón.

Capítulo Doce

La Sirena

Cuando Lenia abrió los ojos, una anciana se hallaba frente a ella, mirándola. El sol brillaba por detrás del rostro arrugado de la mujer.

—¿Estáis herida? —le preguntó—. ¿Podéis incorporaros?

Lenia abrió la boca para hablar, pero no tenía palabras, no tenía lengua. Notaba que las rocas le cortaban la piel debajo de la espalda. ¿Estaba soñando? La sensación del aire en la piel resultaba extraña, no se parecía a nada de lo que hubiera sentido antes. Tenía... frío. Nunca había tenido frío en su vida.

—¿Sois de la corte?

Lenia se limitó a mirar a la mujer con un parpadeo.

—¿Habéis venido de visita? ¿Podéis incorporaros?

La mujer se inclinó y le tocó el brazo. El tacto de aquella mano parecía como un hierro candente sobre su piel. Lenia se incorporó y retrocedió automáticamente al sentir el dolor. La arena pareció moverse bajo ella, raspando su piel desnuda.

Y entonces tuvo una sensación de lo más extraño, la sensación de las rocas y la tierra en el extremo de su cuerpo, allí donde debería estar su cola.

Bajó la mirada y profirió un grito ahogado.

Piernas. Tenía piernas humanas.

Miró nuevamente a la mujer, como loca, y miró el mundo que se extendía en derredor, y entonces cayó en la cuenta de todo. A cierta distancia, a un lado, apoyada contra una roca, estaba la botella que había contenido la poción.

¡El sol era tan brillante! Antes no había brillado de ese modo. Le ardía en los ojos, hacía que todo pareciera a punto de estallar en llamas en cualquier instante.

Se oyeron más voces a cierta distancia y la mujer los llamó:

—¡Ayudadnos! —exclamó—. Aquí hay una mujer herida.

Miró de nuevo a Lenia.

—Tomad, tapaos, querida. Son soldados del castillo del rey. —Se despojó de la tela que envolvía sus hombros y se la dio a Lenia. Como ésta no reaccionó, la mujer se arrodilló y con cuidado cubrió el torso de la joven con el chal, atándolo para que le tapara los pechos.

—¡Qué collar más extraño lleváis! —comentó—. Parece valioso.

Para sorpresa de Lenia, la tela parecía calmarle la piel. Recordó que Margrethe iba envuelta en pieles para protegerse del frío.

—¿Podéis levantaros?

Lenia desvió la mirada de la mujer hacia su propio cuerpo.

Bajó la vista de nuevo, a sus piernas. Su piel lisa y suave, sus pies arqueados, las pantorrillas curvas, las rodillas, y los muslos que se unían en el centro de su cuerpo. Todo le dolía. Lo sentía todo. Su piel y escamas se habían desprendido y ahora toda ella era sangre y hueso, carne viva.

Como una almeja o un mejillón que hubieran perdido su concha.

—Estáis temblando —dijo la mujer, que se acuclilló a su lado—. ¿Qué os ocurrió?

La mujer llevaba un cesto de pan. El olor de la levadura, del huevo era tan intenso que Lenia casi tuvo arcadas. Olía la tela del vestido de la mujer, la sal húmeda del mar, el perfume de las flores en la brisa. Los olores se arremolinaban a su alrededor, entrando y saliendo unos de otros. Aquel cuerpo nuevo era muy débil y ella no podía hacer nada para detener lo que lo agredía.

Se oyeron unos pasos que se acercaban. Dos hombres humanos, vestidos de la cabeza a los pies con unos uniformes a juego de color verde y dorado, aparecieron delante de ella.

—La encontré aquí tendida —explicó la mujer—. Parece confusa. Creo que quizá se haya alejado del castillo. Debe de ser rica... mirad el collar.

Los hombres la examinaron con atención y asintieron.

—El rey y la reina tienen algunos visitantes del Este. Debe de tratarse de una de ellos —dijo el hombre más moreno de los dos. Se dirigió a Lenia y en voz alta, pronunciando cada palabra en exceso, le preguntó—: ¿Podéis levantaros?

—Me encantaría haber asistido a la fiesta en la que fuera que estuvo anoche —comentó el otro con más grosería. Paseó la mirada desde sus piernas hasta el centro de su torso—. ¡Dios mío, nunca he visto mujer más hermosa!

La anciana carraspeó con desaprobación.

—Tal vez podríais dejarle vuestra casaca.

—Por supuesto —repuso el primer soldado, que se despojó de su prenda y se la dio a la mujer para que la sostuviera. Se volvió hacia Lenia—. Voy a rodearos con el brazo para ayudaros, ¿de acuerdo?

Lenia asintió con la cabeza.

—Así pues, ¿me entendéis pero no podéis hablar? —preguntó el hombre.

Ella volvió a asentir.

—Creo que le han hecho daño —opinó la mujer—. Creo que a esta chica le ha ocurrido algo terrible. Debéis llevarla al castillo para que alguien pueda atenderla.

—La llevaremos al mayordomo mayor.

Los dos soldados se situaron uno a cada lado de Lenia y la levantaron del suelo. Las piernas se le estiraron, se extendieron, y fue como si unas hojas afiladas la atravesaran con fuerza. Intentó poner un pie delante del otro y fue una tortura, tal como la bruja del mar le había prometido.

Le corría agua por las mejillas y se dio cuenta de que estaba llorando. A través de la bruma del dolor le sobrevino una imagen fugaz: Margrethe, con lágrimas en el rostro cuando estaban las dos sentadas en la playa.

Poco a poco, los soldados ayudaron a Lenia a ponerse la casaca y se sorprendieron de su torpeza, como si no comprendiera dónde tenía que poner los brazos. Entonces la condujeron, llevándola casi en brazos, al castillo. Intentó poner los pies en el suelo, caminar a trompicones en tanto que ellos avanzaban a su lado, sujetándola por debajo de los brazos. La arena cortaba sus pies descalzos. En aquellos momentos todo era borroso: el dolor, los olores, la luz cegadora, los sonidos que acudían a ella desde todas direcciones. Se concentró en los movimientos de su cuerpo para intentar acostumbrarse a la sensación de estar absolutamente expuesta, sangre, músculo y hueso toda ella.

El castillo estaba tranquilo y todos los caminos que conducían hasta él estaban vacíos. Sólo había unos cuantos guardias andando de un lado a otro frente a la entrada.

—Es pronto. Puede que todavía estén en misa —comentó la mujer.

En aquel preciso momento, salió una hermosa chica de cabellos de un castaño rojizo, vestida de blanco y con un instrumento de cuerda de madera y un arco en una mano. Se detuvo y se quedó mirando la escena que tenía delante.

—¿Quién es ésta? —preguntó con una voz aguda y cantarina. Tras ella rondaban tranquilamente unas cuantas chicas más, todas las cuales llevaban instrumentos.

La anciana hizo una profunda reverencia a la joven.

—Princesa Katrina —dijo uno de los soldados, que también se inclinó—. Nos hemos encontrado a esta mujer en la playa. Pensamos que tal vez podría ser una amiga de vuestra familia.

—¿Por qué habláis de ella como si no estuviera aquí?

—Parece incapaz de hablar, Su Alteza. Creemos que está herida.

—¡Qué raro! —comentó Katrina, que se acercó directamente a Lenia y la miró a la cara—. ¿No podéis hablar?

Lenia miró a la chica, asustada. Vio al príncipe en sus rasgos: los mismos labios y ojos de un verde amarillento. Dijo que no con la cabeza.

—¿Sabéis escribir?

Lenia volvió a negarlo.

La mirada de Katrina descendió al cuello de Lenia. Se sobresaltó visiblemente.

—¿Cómo...? —Katrina alargó la mano y tocó el collar

de Lenia, rozándole la piel con las yemas de los dedos, provocándole un hormigueo—. ¿Dónde conseguisteis este collar? Lo conozco.

Lenia se esforzó en proyectar sus pensamientos con todas sus fuerzas. «Porque tenía que estar aquí, con él. Porque encontré vuestros tesoros en el fondo del mar.»

Katrina volvió a mirar a Lenia y así se quedaron las dos, observándose mutuamente. Por un momento Lenia se preguntó si la joven la habría entendido.

—¿Conocéis a mi familia? —preguntó Katrina por fin—. ¿Sois pariente? Me resultáis familiar, no sé por qué.

—¿No estaba aquí con los demás invitados? —preguntó uno de los soldados.

—Es la primera vez que la veo —contestó Katrina—. En cualquier caso, aquí no estaba. Aunque me pregunto si no la habré visto en alguna otra corte. ¿No os resulta familiar? —se volvió, dirigiendo la pregunta a sus tres doncellas que estaban tras ella. Al darles pie, las tres se acercaron a los escalones, rodeándola.

—Oh, sí, desde luego que sí —dijo una de ellas—. Podría ser que la hubiera visto en otra ocasión. De hecho, estoy prácticamente segura de que la he visto, cuando viajaba por el Este —miró a Katrina con una sonrisa y un aleteo de sus largas pestañas.

Katrina volvió a alargar la mano hacia Lenia y pasó los dedos por el oro de su collar.

—¿Necesita ayuda? —preguntó otra de las damas.

—Sí —afirmó Katrina, con un movimiento de la cabeza. Se dio la vuelta y le hizo una seña a la doncella—. Llevadla a la habitación que hay junto a la mía, Pauline; de momento vos tendréis que ocupar uno de los apartamentos de fuera. —La chica de las pestañas largas soltó un sonoro suspiro en tanto que Katrina se volvió de nuevo a mirar a Lenia—. Bueno, vamos a vestiros como es debido y quizá alguien pueda hacerse una idea de dónde venís.

La anciana que había encontrado a Lenia se escabulló sin dejar de hacer reverencias.

—¡Qué interesante tener a alguien nuevo por aquí! —exclamó entonces Katrina, que no correspondió en modo alguno a la mujer, sino que se dio la vuelta hacia la puerta—. ¡Últimamente las cosas han sido tan aburridas!

Una de las damas tomó a Lenia del brazo para que no perdiera el equilibrio y la condujeron a los aposentos de la princesa, en el extremo oeste del castillo. Mientras caminaban, Lenia miró a su alrededor llena de asombro: los enormes tapices que colgaban de las paredes de piedra, las estatuas de plata de dioses y diosas, las antorchas parpadeantes. Algunos objetos eran similares a cosas que había visto en los naufragios, aunque ella sólo los había visto oscurecidos por el mar y la descomposición y allí todo estaba inmaculado, con una apariencia casi irreal. Lenia buscó al príncipe en todos los pasillos y habitaciones por las que pasaban. Se cruzaron con toda clase de hombres y mujeres, algunos de ellos vestidos con elegancia y ociosos, otros atareados con su trabajo, limpiando, cocinando o acarreando provisiones, todos los cuales observaban a Lenia y saludaban con una inclinación a la princesa, que tenía la costumbre de ladear la cabeza y enarcar sus finas cejas pelirrojas ante los hombres apuestos, haciendo caso omiso del resto de personas. Las otras damas seguían su ejemplo.

Lenia se detuvo frente a una habitación y estuvo a punto de soltar un grito ahogado al ver la figura de un hombre bello que sangraba y colgaba de una cruz en la pared. La misma forma de cruz que había visto en lo alto del edificio junto al mar helado, donde había conocido a Margrethe. ¿Quién era aquel hombre?

—¿Queréis ver al sacerdote? —preguntó Katrina al percatarse de la expresión de Lenia.

Lenia meneó la cabeza para decir que no, avergonzada, y continuaron por el pasillo, subieron por un tramo de escaleras curvas que conducían a una galería con una serie de habitaciones y se detuvieron ante la que sin duda era la más esplendida de todas, una habitación grande llena de objetos femeninos: largos collares de oro y valiosos perfumes, polvos y tocados, todos esparcidos sobre una cómoda, y vestidos con incrustaciones de piedras preciosas que colgaban de un ropero abierto con motivos grabados en los bordes. En el centro de la habitación había una cama grande con cortinas de seda oscura que pendían de todos lados. Lenia había visto algo parecido con anterioridad, aunque en aquella ocasión estaba rota, podrida y acunaba a dos cadáveres en descomposición.

—Sentaos aquí —dijo Katrina, que la condujo hasta la cama y retiró la cortina reluciente. Dejó el instrumento y el arco que llevaba sobre el colchón.

Lenia se dejó caer en la cama. Nunca había sentido nada tan blando y, a pesar de todo, se estremeció de placer. Cruzó las piernas y, por primera vez, encontró cierto alivio.

—Os están calentando agua —la informó Katrina—. Así podréis tomar un baño. Da la sensación de que hace tiempo que no os bañáis. Después ya será hora de comer, cosa que también os hará bien.

—Me pregunto qué pasó con su ropa —comentó una de las damas—. Seguro que antes llevaba una ropa muy hermosa. Imaginad el vestido que llevaríais con un collar como éste.

—Lo sé —dijo Katrina—. ¿Creéis que era una reina? —tomó su instrumento—. ¿Tocamos?

Todas cogieron sus respectivos instrumentos y tomaron asiento con gracia en unos divanes situados al fondo de la estancia.

Unos sonidos de lo más extraño y lastimero atravesaron el aire. Lenia alzó la cabeza de golpe y se quedó observando al grupo de mujeres que movían los arcos por los pequeños instrumentos que descansaban sobre sus hombros. Podía sentir todas y cada una de las notas vibrando en su interior, como si las estuvieran tocando en su propio cuerpo.

Se oyeron unos golpes en la puerta.

—Vuestro baño está listo, Su Alteza —dijo una criada.

—Id con ella —dijo Katrina señalando con un gesto a la sirvienta, a la que a continuación indicó—: Procurad vestirla con algo que haga resaltar el collar —se volvió de nuevo hacia las doncellas—. A mi madre le va a encantar —comentó, y algo en su tono de voz puso nerviosa a Lenia.

—Ya sé a quién le va a encantar aún más —replicó otra.

—Esperemos que sí.

Lenia oyó que las chicas se ponían a reír tontamente mientras la puerta se cerraba tras ella al salir. La criada llevó a Lenia a una habitación más pequeña donde la aguardaba una tina enorme llena de agua humeante, así como otra criada. Al principio Lenia sólo miraba la tina. Nunca había visto agua de esa forma. No era agua de mar, sino agua apagada, sin peces, sal ni plantas. Sin pensarlo siquiera, retrocedió.

Una de las criadas le quitó la casaca y el chal con delicadeza y le indicó con un gesto que entrara en el agua.

—Sólo vamos a bañaros —dijo la criada—. Vamos, meteos dentro.

Lenia tomó aire. Extendió la pierna y quedó tan deslumbrada al ver su pie desnudo que estuvo a punto de perder el equilibrio y tuvo que agarrarse a un lado de la tina para no caer. Se rió de lo ridícula que era, y se rió más todavía cuando alzó la mirada y vio los rostros desconcertados de las criadas.

Carraspeó, cobró ánimo y metió el pie, sumergiéndolo en el agua del baño. Se sorprendió de lo caliente que estaba, de la sensación tan agradable que proporcionaba. Meneó los dedos de los pies y movió la pierna arriba y abajo. Cuando la criada se lo indicó, Lenia se metió en la tina y se sentó en el agua, dejando que le llegara hasta el cuello.

Se sorprendió de lo mucho que el agua la calmaba. Los músculos de su cuerpo se aflojaron, dichosamente, hasta que las piernas casi no le dolieron. Echó la cabeza hacia atrás y la apoyó en la tina. No se parecía en nada a estar en el océano. Era algo totalmente nuevo, no muy distinto a la sensación de la tela que la anciana le había echado encima. Aquella piel nueva era muy sensible. Incluso el dolor de la boca se amortiguó con el vapor que subía.

Las criadas le lavaron el pelo y la piel, cruzando miradas de desconcierto al ver cómo aquella hermosa y muda desconocida se deleitaba en todas y cada una de las sensaciones. No sabían qué pensar de ella. La forma en que se reía con los chapoteos y cuando el sonido resonaba contra las paredes... parecía como si nunca se hubiera bañado, como si nunca hubiera oído salpicar el agua del baño.

Después las criadas la secaron, le frotaron la piel con aceite y le pusieron un vestido largo de color rojo rubí que se ataba a la espalda. Le peinaron y secaron el pelo (Lenia nunca había sentido el cabello seco y acariciaba su textura sedosa con las palmas de las manos, pasando los dedos entre los mechones) y entrelazaron flores blancas en él. Lenia permaneció inmóvil todo el tiempo, dejando que todas las sensaciones nuevas la recorrieran: cada toque, cada tirón de pelo, cada pedacito de tela que caía sobre su piel o la rozaba. Al cabo de un rato fue capaz de contenerse, al menos lo justo para que las sirvientas no pensaran que estaba completamente loca. «Tal vez sólo medio loca», pensó Lenia, sonriéndose.

Al terminar, la condujeron junto a un cristal pesado que había en un rincón de la habitación.

Se asustó al ver su propio rostro que la miraba. De inmediato pensó en el cristal que había en el palacio de su madre y por un instante, por una fracción de segundo, sintió añoranza de su hogar.

Pero el sentimiento se desvaneció con la misma rapidez con la que había aparecido.

Parecía... humana, como una chica humana de verdad. Ya no parecía ella misma, aunque tenía el mismo rostro, los mismos ojos azules y los cabellos de color de luna ahora enroscados en lo alto y cayendo luego en forma de zarcillos relucientes y bamboleantes a los lados de su cara. Pero su piel era suave y lisa, de una especie de color beis. Tenía el aspecto que había pensado que podría tener el día después de su decimoctavo cumpleaños. Le quedaba bien aquella piel humana. ¿La reconocerían sus hermanas si la vieran ahora? Se imaginó a Thilla así, con piernas y piel humana, y la idea le hizo tanta gracia que profirió un gritito ahogado. Decidió que no. Sólo la reconocerían si sabían mirar. Ojalá pudiera verlas una vez más, sólo para mostrárselo.

¿Y qué dirían del vestido rojo que le tapaba el pecho y los brazos, que conjuntaba estupendamente con el collar haciendo relucir la brillante piedra roja y que caía con vuelo hasta sus pies pálidos y perfectos? Las criadas le habían calzado los pies con unas sandalias que le dejaban los dedos al descubierto. ¡Los dedos! No podía dejar de mirarlos y moverlos.

Dejó de pensar en sus hermanas y se concentró en él, en el príncipe, que en aquel mismo instante se encontraba allí, en algún lugar entre aquellas paredes. ¿Qué pensaría él cuando la viera? Por primera vez sintió una punzada de nerviosismo. ¿La encontraría hermosa con aquella forma humana? ¿La recordaría, la amaría?

Cuando por fin las perplejas criadas devolvieron a Lenia a la princesa y sus damas, Katrina aplaudió y gritó con regocijo. Se mostraron más atolondradas entonces.

—Teníais razón sobre mi hermano —dijo dirigiéndose a las demás—. Tal vez nuestra nueva amiga sea justo lo que le hace falta. Echo de menos como era antes. Aquí ya nadie es divertido.

—Todas lo echamos de menos —comentó una de las damas, fingiendo que se desmayaba—. Y todo el mundo habla de lo mucho que ha cambiado.

—Me temo que con vos ya se divirtió —replicó Katrina, y Lenia se fijó en que la chica hacía una leve mueca. Notó la punzada de dolor como si se hubiera disparado una flecha en la habitación—. Pero a ésta no podrá resistirse. Miradla.

—¿Y por qué no puede hablar, a todo esto? —quiso saber una de las otras.

—Me encantaría descubrirlo —contestó Katrina con

los ojos centelleantes mientras miraba a Lenia durante tanto rato que ésta acabó por apartar la mirada y notó que se ruborizaba por primera vez.

Cuando entraron en el comedor para la merienda, todas las miradas se volvieron hacia Lenia. Por un momento fue presa del pánico, el corazón se le aceleró en el pecho como si estuviera delante de todos con su cola de pez expuesta. Bajó la vista a sus manos, a su piel, para asegurarse.

El rey, la reina y algunos otros nobles estaban sentados en una plataforma elevada que presidía la larga sala. El resto de las mesas se extendían por toda la estancia y estaban prácticamente llenas.

Lenia nunca había visto tantos humanos juntos, no desde el naufragio de la noche de su cumpleaños. Todos estaban vivos, bellos, su piel relucía a la luz de las velas y los rostros que se volvieron a mirarla mostraban más interés que otra cosa. Paseó rápidamente la mirada por la habitación buscando al príncipe, aterrorizada de pronto por si no lo reconocía aun cuando había pensado en él todos los días desde su cumpleaños, del que habían pasado unas semanas.

Katrina le indicó con un gesto que se sentara con los demás mientras que ella ocupaba su lugar en la mesa del rey. Lenia se dirigió a uno de los bancos, rodeada por jóvenes que se ponían de pie y hacían reverencias.

A Lenia le llegó el olor de la carne. Experimentó por primera vez el hambre humana que punzaba en su interior. El aroma de carne cocinada le resultó repulsivo, pero su cuerpo reaccionó con tanta fuerza que casi perdió el equilibrio mientras maniobraba para sentarse en el banco. ¡Qué cosa más extraña era aquel cuerpo que se alteraba con cada nuevo sabor y olor!

«Algún día todo esto será normal —pensó—, y el mar me resultará tan raro como me resultan ahora todas estas cosas.»

Un sirviente depositó un plato de carne y pan frente a ella y otro le sirvió vino. Lenia tomó un sorbo largo e hizo una mueca cuando el líquido tocó su boca dolorida. Pero cuando le bajó por la garganta, la joven se encontró con que no le importaba lo áspero que fuera ni la forma en que notaba cómo se movía en el centro de su cuerpo.

La gente hablaba y reía a su alrededor. Unos músicos entraron en la sala y de ellos brotó una cacofonía de sonido. Eran tantas cosas al mismo tiempo que Lenia no podía concentrarse en nada más que en el vino, la carne, la extraña e intensa forma en que aquel cuerpo experimentaba el hambre, en cómo podría comerse aquello sin lengua. Observó cómo los demás se llevaban la carne a la boca y masticaban y Lenia tomó un pedacito y se lo llevó también a los labios. El sabor apartó de su mente todo lo demás. Le pareció horrible y delicioso al mismo tiempo y dejó que sus dientes se hundieran en la carne. Masticó y tuvo que usar los dedos para ayudar a que los bocados le bajaran por la garganta.

Aunque estaba concentrada en comer aquella carne animal cocinada, adaptando su boca sin lengua, Lenia supo al instante que el príncipe acababa de entrar en el salón. Todos sus temores habían sido infundados. Lo notó en todas y cada una de las células de su cuerpo.

Alzó la mirada y allí estaba él, el mismo hombre al que había visto ahogándose en el agua, tan indefenso y asustado mientras sus hombres morían en torno a él. Pero ahora tenía un aspecto fuerte y feroz. Era alto, con un cuerpo lleno y musculoso, la piel y el pelo dorados por el sol. En aquellos momentos no había ni una pizca de miedo en él, ni una pizca de muerte. Parecía el hijo de un rey.

Cualquier resquicio de mar que quedara en ella, todo lo que era ahora y todo lo que había sido... todo ello se volvió hacia el príncipe. «¿Te acuerdas de mí? —pensó—. ¿En el agua? ¿Te acuerdas? Soy yo. He venido aquí por ti.»

El príncipe dirigió la mirada hacia ella de inmediato y se detuvo, se quedó inmóvil. Iba vestido con ropa de caza y llevaba el pelo enmarañado. Lenia vio en su piel el brillo que le había dejado. Apenas se veía ya, pero pudo distinguirlo allí donde lo había besado, allí donde lo rozó con la palma de la mano.

Todo el mundo se volvió a mirar al príncipe que permanecía allí sin moverse. Tras un largo momento pareció tomar conciencia, de repente, de lo incómodo que parecía y de lo mucho que estaba llamando la atención.

Se rió para quitarle importancia:

—¿Y quién es esta nueva dama misteriosa que tanto me ha cautivado con sólo una mirada? —preguntó dirigiéndose a toda la habitación.

—¡Ah, hermano, no esperaba menos! —exclamó Katrina, que dejó la mesa del rey y fue a recibirlo—. Ésta es mi nueva amiga. No puede hablar, ¿sabéis? Lo cual la hace perfecta para alguien tan pródigo en palabras como vos.

El rey se echó a reír y todo el mundo lo imitó.

—Da la impresión de que vuestra hermana sabe de vos y de vuestras necesidades más que el rey y la reina.

Lenia observó mientras Katrina tomaba a Christopher del brazo y lo llevaba hacia ella.

—Y ésta es... Bueno, como no puede hablar no puede

decirnos su nombre. Si es que tiene uno. ¿Cómo vamos a llamarla?

Christopher se rió con los demás, con cordialidad.

—Es como si hubierais salido de lo más profundo de mi corazón —le dijo el príncipe a Lenia con aire exagerado, siguiendo el juego, a medida que se aproximaba a ella—. Estoy seguro de haberos soñado.

«Sí», pensó Lenia. ¿Acaso no lo había hecho?

Él la miró con la cabeza ladeada.

—¿Os gustaría que os llamara «Oh, la de cabellos claros»?

Ella sonrió y asintió con la cabeza. «Sí.» Sin pensarlo siquiera, le tendió las manos y él sonrió, sorprendido por su atrevimiento, las tomó y se arrodilló junto a la mesa.

—Yo digo que la llamemos Astrid —dijo—. Porque es tan rubia y hermosa.

—Perfecto —asintió Katrina—. Pues que sea Astrid.

«Astrid», repitió Lenia para sus adentros, dando vueltas al nombre en su cabeza.

El tacto de la piel del príncipe contra la suya era eléctrico, mágico, hacía que todo su cuerpo se concentrara en el punto justo de contacto para expandirse después a medida que la sensación la recorría. El torrente de excitación y de amor. Y por su alegría, por las risas de su entorno, por su sonrisa radiante, Lenia se dio cuenta de que él se acordaba. Quizá no de forma consciente, pero algo en su interior le aseguraba que se habían visto antes.

«¿Te acuerdas cuando te llevé por el agua? ¿Lo fuerte que era entonces?»

—¿Es cierto que no podéis hablar? —le preguntó. Su voz adquirió entonces un tono suave.

Lenia asintió con la cabeza, sobrecogida. Incluso estar enamorada resultaba distinto ahora. La sensación de las manos del príncipe en las suyas... Él ya no era abrumadoramente suave, cálido y frágil. Ahora era fuerte, bello, vivo. Lenia podía olerlo, sentirlo. Su cuerpo reaccionó ante él de la misma forma en que lo había hecho ante el festín, con una necesidad que nunca hubiera podido imaginar en su forma de sirena.

—¿Os gustaría dar un paseo conmigo? —le preguntó—. Cancelaré la cacería de esta tarde y me quedaré con vos. ¿Os gustaría?

Lenia levantó la mirada y la cruzó con Katrina y algunos otros. Todos sonreían, escuchando atentamente, aunque para entonces algunos de los otros comensales ya habían vuelto a su comida y el rey parecía haberse olvidado completamente de ellos.

—Id —dijo Katrina—. No os sintáis obligada a quedaros con nosotras. Mi hermano se ocupará muy bien de vos.

Lenia sonrió, eufórica. Asintió con la cabeza. «Sí.» Lo tenía allí delante, junto a ella, mirándola con asombro y deleite. Fue tan fácil como había creído que sería. Ya era suyo. Su alma era la suya.

¡Y aquel cuerpo! Los sentimientos que lo recorrían. Era como estar tumbada en el agua y observar el cielo mientras las nubes se movían por él cambiando de forma constantemente. Preparando tormentas, desatándolas sobre la tierra, calmándose luego como si nada hubiera ocurrido.

En aquellos instantes su cuerpo se estaba abriendo y las tormentas avanzaban por él.

Cuando terminó la comida y todo el mundo se dispersó, Christopher condujo a Lenia por una escalera en espiral que subía a los recovecos del castillo. Caminando por los pasillos de piedra tenuemente iluminados por antorchas, Lenia se sintió como si estuviera nadando por cuevas marinas. Para entonces tenía las piernas casi entumecidas, el dolor era una constante que estaba aprendiendo a ignorar. Las antorchas hacían que sus sombras parpadearan en las paredes como peces silenciosos.

—Lo cierto es que tengo la sensación de haberos visto antes—comentó el príncipe—. Sin embargo, sé que nunca he puesto los ojos en una mujer como vos.

Se detuvo y alargó la mano para tocarle la cara. La mantuvo contra su mejilla y se la acarició con la palma.

Ahora ella estaba a merced de aquel cuerpo extraño. Todo contacto hacía que tuviera ganas de desaparecer en él. Su respiración se tornó agitada y no pudo soportar que retirara la mano.

Ella se la tomó de nuevo y la llevó a su cuello. Él la miró, desconcertado.

—Os gusta que os toquen —susurró perplejo, y extendió la palma lenta, suavemente, sobre su cuello, la llevó hasta su mentón y la hizo descender de nuevo hasta su clavícula. Movía la cadena de su collar de un lado a otro sobre su piel—. No os da miedo. —Movió los dedos hacia atrás, hacia su cabello, y los deslizó por él. Su tacto provocó un estremecimiento en Lenia. Era maravilloso. Ella se movió contra su mano, automáticamente.

«Cásate conmigo», pensó.

El príncipe posó los labios contra los suyos y Lenia abrió la boca para dejar que él se moviera en su interior, que la llenara con su alma. Él se apartó sorprendido.

—No tenéis lengua. —Al ver que ella no respondía, le preguntó—. ¿Es por eso que no podéis hablar?

Lenia asintió con la cabeza al tiempo que le recorría el

pecho con las manos y las extendía hacia su espalda, su cuello y sus cabellos. No podía detenerse, sentía que aquel nuevo ser en el que se había convertido era ahora un recipiente para él. No podía hacer nada al respecto. Había renunciado a todo por él. Se había hecho de nuevo para él, en todos los sentidos posibles.

Tuvo la sensación de que el príncipe quería hacer más preguntas pero que ya no era capaz de concentrarse en sus pensamientos.

—Sois... —empezó a decir. Lenia se daba cuenta de que lo estaba conmocionando, pero no le importaba—. La mayoría de mujeres no son como vos.

Le pasó el brazo por la cintura y la condujo al final del pasillo, pasando junto a un grupo de guardias, hasta que al final la hizo entrar en una habitación con unas ventanas altas en forma de diamante que daban al mar.

El príncipe estaba ruborizado y sus ojos se habían oscurecido, como si se estuviera ahogando. Abrió la boca, le pasó la lengua por los labios y Lenia se inclinó hacia adelante. Los labios del joven se posaron en su cuello y su mano trazó el recorrido hasta sus pechos.

—Sois una diosa —decía una y otra vez—. Vuestro pelo, vuestra piel. Nunca he visto a nadie como vos.

Lenia tenía la sensación de que su cuerpo se abría. Él le introdujo los dedos en la boca, palpando en busca de su lengua.

—Sí —dijo—. Alguien os quitó la lengua. —Y entonces la besó con más intensidad, con una boca cálida que le provocaba estremecimientos por todo el cuerpo.

Las manos del príncipe se movían por su espalda desatándole y quitándole el vestido. Al despojarse de él, Lenia pensó en lo delicioso que era librarse de aquella capa innecesaria; estaba feliz de tener piel y no escamas, y su cuerpo blando como el de un mejillón no se le antojaba ni siquiera ahora del todo desnudo. Él se despojó de la camisa y los calzones, hasta que lo único que Lenia pudo notar fue la piel desnuda del hombre contra la suya mientras la abrazaba, movía las manos sobre ella, la llevaba hasta su cama y la tendía bajo él.

Toda ella, todo su poder y belleza, había quedado reducido a aquel único y perfecto sentimiento humano, y se apretó contra él, con la sensación de que no podía llegar a estar lo bastante cerca. Abrió sus extrañas piernas, revelando su punto más débil, y entonces él empujó en su interior. Lenia sintió cómo la invadía una punzada dolorosa, pero todo el dolor que atravesaba su cuerpo humano, sus piernas, valía la pena por él, por aquello; y entonces todo aquello, absolutamente todo, le encantó.

«¡Te amo, te amo! —era lo único que podía pensar—. Tu alma, mi alma.»

Se tumbaron en la cama y el cuerpo del príncipe se convirtió en una concha mientras ella lo abrazaba. Notaba mucho calor, pero era una sensación maravillosa: la fina capa de sudor que la cubría, el tacto del cuerpo húmedo del hombre en el suyo. Al cabo de un rato la besó en la mejilla y en la frente.

—Ahora debemos separarnos —le dijo—. Tengo que reunirme con algunos de los consejeros de mi padre. Diré a un sirviente que os acompañe de vuelta a vuestra habitación.

Ella lo miró, preocupada, y aunque él le sonreía y le acariciaba el pelo, había algo que no le daba una buena sensación.

Cuando se quiso dar cuenta ya estaba caminando de

vuelta por los pasillos con el vestido descompuesto, el cuerpo maltrecho, con la sensación de estar toda ella magullada, cortada. Y en el centro de su cuerpo, una herida terrible. La sangre bajándole por las piernas.

Cuando llegó a su habitación y el sirviente la dejó sola, se acercó a la ventana y contempló el mar. El sol se había puesto mientras estaba con el príncipe. Sintió un dolor en su interior... no allí donde él la había tocado, sino en alguna otra parte. Las lágrimas corrieron por su rostro y cubrieron su piel de sal.

No comprendía por qué se sentía tan vacía ahora. Debería haberse sentido llena, más llena de lo que se había sentido nunca. Aquello era todo lo que quería. El príncipe estaba enamorado de ella, era humana y tendría una vida inmortal.

La luz de la luna caía sobre el agua y la rompía en miles de astillas de luz.

Capítulo Trece

La Princesa

Margrethe aguardó junto a la ventana de su habitación, envuelta en pieles y con el vestido que más abrigaba desatado, con un par de calzones de lana de hombre debajo. A su lado tenía una bolsa pequeña. Edele estaba con ella, vestida de la misma forma. Josephine y Laura caminaban de un lado a otro frente al fuego. Habían transcurrido casi seis semanas desde que había vuelto al castillo de su padre y ahora, por fin, todo estaba organizado. Margrethe se había pasado los tres últimos días loca de expectación en tanto que su padre continuaba preparando a sus hombres para la batalla. Entonces, tras lo que pareció una eternidad (cuando en realidad fue tan sólo un poco más del tiempo que tardó un mensajero en realizar un viaje de ida y vuelta al Sur), el rey del Sur accedió a que su hijo Christopher contrajera matrimonio con Margrethe para formar una nueva alianza. Margrethe y Edele irían juntas al Sur, acompañadas por dos guardias que serían recompensados por sus servicios. Margrethe y Gregor habían planeado la ruta y él había organizado las cosas para que pudieran alojarse con varios simpatizantes durante el camino. Entretendrían al rey y a su corte dejando una nota de Margrethe en la que explicaba que había huido al convento porque allí había encontrado su verdadera vocación. El rey enviaría a unos hombres a buscarla de inmediato, de eso no había duda, pero lo más probable era que para entonces, antes de que se dieran cuenta de lo ocurrido, ella ya se encontraría bajo la protección del rey del Sur, o al menos muy cerca.

Margrethe pensó que no se alejaba demasiado de la verdad, aunque se sentía culpable por mentir a Josephine y a Laura que, desde que tenía uso de razón, siempre habían sido como hermanas para ella. Pero no podía ponerlas en peligro sometiéndolas a la furia de su padre. En cuanto a Edele, Margrethe se había sorprendido de la celeridad con la que su amiga había accedido a aquella nueva aventura. Claro que Edele era, cuanto menos, una chica animada, pero aun así... Margrethe había esperado que, como mínimo, su amiga tuviera cierto temor ante la perspectiva de cometer alta traición y arriesgar la vida.

Sin embargo, Edele a duras penas podía mantener la calma de tan emocionada como estaba.

En realidad, reconoció Margrethe para sus adentros, para ella también era una gran aventura; la mayor que había vivido nunca, y, probablemente, la mayor que viviría jamás.

Fuera, el paisaje cubierto de nieve se extendía en todas direcciones, interminable, reluciendo gélido bajo la luna como si lo hubiesen rociado de estrellas. En cualquier momento le llegaría la señal desde abajo y los caballos estarían preparados.

El corazón le latía con fuerza, como anticipando lo que estaba por ocurrir. En cierto modo, era como si, en efecto, estuviera regresando al convento. Como si en realidad hubiera sentido la vocación. Al fin y al cabo iba a regresar a la magia y la belleza que había descubierto allí, y estaría sirviendo a Dios al traer la paz a su reino.

Parpadeó y apartó de su mente los pensamientos sobre la sirena, mientras le embargaba la nostalgia. Se dio cuenta de que aquel instante, sentada en la playa con la sirena, dándose cuenta de que existía una belleza tan impresionante en el mundo, había sido, probablemente, uno de los más felices que hubiera sentido jamás..

«Habrá más —pensó—. Si todo sale como espero que salga, habrá más belleza por todas partes.»

—Rezaré para que tengáis un buen viaje —dijo Josephine.

—Gracias —repuso Margrethe, inspirando profundamente y volviéndose de espaldas a la ventana—. Recordad que mañana, en misa, tenéis que decir que estoy enferma. Después os mostraréis tan sorprendidas como los demás cuando encuentren mi nota y se den cuenta de que nos hemos marchado.

—¡Habéis estado tan poco tiempo de vuelta, mi señora! —exclamó Laura—. Lamento que las dos os marchéis tan pronto.

—Sí, pero también nos alegramos por ambas —se apresuró a añadir Josephine—. Es todo un regalo sentir la llamada de la vocación.

—Pero ¿estáis segura de que allí estaréis a salvo? —preguntó Laura.

—Estaré bien —contestó Margrethe. Le puso la mano en el hombro a Laura—. Todo va bien. Ahora estaré bien protegida.

—Lo único que quiero es vuestra felicidad, mi señora.

—Ya lo sé. Es hora de que regrese. Mi lugar está allí. Ahora mi padre no lo entenderá, pero espero que lo haga, con el tiempo. Que vea que mis motivos eran puros.

—Estará muy orgulloso de vos, mi señora.
—Espero que así sea —dijo ella—. Con el tiempo.
Se oyó un silbido flojo y débil desde abajo.
—Debemos marcharnos —anunció Edele, y cogió su bolsa. Hizo ademán de ir a coger también la de Margrethe, pero la princesa la detuvo.
—Ya la llevaré yo —le dijo.
—Dejad que os ayude —se ofreció Laura, y se precipitó hacia ellas.
—No. Tenéis que quedaros aquí —le ordenó Margrethe, posando la mano con suavidad en el brazo de la joven—. No podemos llamar la atención más de lo imprescindible.
Laura asintió con la cabeza y retrocedió.
Margrethe y Edele besaron y abrazaron a sus amigas con lágrimas en los ojos y se despidieron. A continuación se cubrieron la cabeza con la capucha de sus capas, salieron a la antecámara y luego al pasillo, bajaron a la parte oeste del castillo y se dirigieron a la puerta lateral que conducía a los establos. Era tarde e incluso la mayoría de los criados estaban durmiendo ya. Se habían extinguido todos los fuegos salvo uno pequeño en el centro de la cocina que atendía un viejo sirviente. El hombre ni siquiera alzó la mirada cuando las dos figuras pasaron por allí deslizándose como sombras silenciosas contra la pared.
Haciendo el menor ruido posible, Margrethe empujó la puerta para salir. Justo al otro lado había dos guardias esperando con los caballos, que permanecían calmados junto a ellos, inmóviles como árboles.
Los guardias las saludaron con una reverencia, tomaron sus bolsas y ayudaron a Margrethe y Edele a subir a los caballos. Las dos chicas se remangaron las faldas de-

jando al descubierto los calzones masculinos que llevaban debajo, y montaron tal y como lo hacían los hombres, a horcajadas. Margrethe había considerado, para gran deleite de Edele, que la velocidad y la seguridad eran más importantes que el decoro.

Condujeron los caballos al paso y cruzaron despacio por el césped hacia el puente levadizo del castillo, con los dos guardias guiándolas en silencio por la nieve. Margrethe inspiró el aire nocturno, el olor a hielo, humo y madera. Era una sensación refrescante, vigorizante, el mundo que se había limpiado y estaba a punto de ser reformado. Sintió una punzada de emoción al pensar en la gran aventura que les esperaba y casi soltó una carcajada. El cielo estaba más despejado que nunca. Se volvió a mirar el castillo, donde dormía su padre. La luna brillaba sobre él y sobre todos los montones de nieve de alrededor. Miró a Edele, que tenía el rostro radiante de ilusión. Margrethe sonrió. En aquel momento se sentía increíblemente pequeña, barrida por las fuerzas de la historia. Pensó que todo aquello era la voluntad de Dios. Confiaría en Él.

Cuando se hubieron alejado a bastante distancia, dejando bien atrás el puente levadizo, y se encontraron donde ya nadie podía verles ni oírles, los dos guardias montaron en los caballos detrás de las chicas, las rodearon con los brazos para tomar las riendas y empezaron a cabalgar. Se adentraron los cuatro en la noche. El mundo adquirió velocidad en torno a ellos. La adrenalina corría por sus venas.

Cabalgaron a través del bosque, rodeados por gruesos pinos verdes que parecían tan altos como el cielo, como monstruos antiguos. Margrethe pensó que era muy distinto a su anterior huida. Esta vez ella era como una flecha. Sabía exactamente adónde se dirigía y por qué. La sensación de tener un rumbo en la vida. El deseo. El poder sobre su propio destino.

Tal como lo habían planeado, el viaje duraría siete días. Cabalgaron durante la primera noche y durante todo el día y la noche siguientes, deteniéndose sólo para descansar brevemente en los bosques y, casi treinta y seis horas después de haberse escabullido por el patio del castillo, se encontraron en el camino con un señor y su criado, quienes los acompañaron hasta una extensa finca rural.

Rompía el alba en la campiña cuando se acercaron a la gran casa señorial de piedra.

A Margrethe y Edele las llevaron a través de la cocina, con la cabeza cubierta, y las hospedaron en secreto en una habitación sencilla lejos del ajetreo del gran salón. A los guardias los alojaron cerca de allí. Un mismo sirviente de confianza ofreció vino y comida caliente a los cuatro viajeros, tras lo cual los dejaron solos para que durmieran durante el día. Nadie más en todo el señorío sospechaba quiénes eran aquellos huéspedes; la mayoría de criados, caballeros e invitados de la aristocracia ni siquiera se dieron cuenta de que los recién llegados estaban allí. Los pocos criados que sí se percataron de que salía comida de más de la cocina, de que se enviaban sábanas extra a la lavandería o de que había más caballos de la cuenta que almohazar en los establos, se figuraron sencillamente que el díscolo hijo del señor había regresado de su última juerga, probablemente con algunas desventuradas doncellas a la zaga.

A la noche siguiente, Margrethe y sus compañeros volvieron a salir con sigilo; los caballos habían comido, bebido y descansado. Edele y ella cruzaron la mirada, sonriendo con excitación, y los caballos avanzaron a toda velocidad, hacia una nueva vida, tan rápido que el mundo parecía desdibujarse a su alrededor. En efecto, era una gran aventura. No importaba cuán agotadora o peligrosa. Y no hizo ningún daño a nadie que Edele encontrara a su jinete lo bastante apuesto como para flirtear con él mientras se apretaba a su cuerpo durante horas.

Continuaron haciendo esto: atravesando poblaciones y bosques a toda prisa hasta que llegaban a destinos acordados de antemano y en los que unos sirvientes o guardias aparecían de la nada como espectros para conducirlos a una gran casa señorial en la que un señor o señora les aguardaban, honrados de prestar ayuda a la princesa y a la facción pacífica del Norte en una misión tan encomiable.

Margrethe estaba exhausta. Daba igual lo bien que durmiera, le dolía todo el cuerpo por las largas noches de cabalgada y cada vez con más frecuencia se limitaba a apoyarse contra el guardia que la llevaba mientras el caballo avanzaba a toda prisa, cerraba los ojos y se permitía pensar en Christopher y en cómo sería verle de nuevo, en cómo reaccionaría él al verla. Imaginaba que la reconocería al instante, a pesar del gran cambio en la vestimenta, y que su semblante de guerrero se suavizaría al tiempo que caminaría hacia ella y la tomaría en sus brazos. Y a medida que se sumergía más profundamente en la fantasía, su piel adquiriría el brillo de la sirena, su cuerpo se empapaba y se veía inclinada sobre él, apretando los labios contra los suyos.

Siempre ponía fin a eso y se reprendía por pensar cosas semejantes, y se obligaba a mirar de nuevo el mundo que pasaba por su lado, el paisaje que poco a poco se iba volviendo cada vez más verde a medida que se aproximaban a la cordillera montañosa que dividía su propio reino de la zona sur del territorio, y que de alguna manera atrapaba el frío y lo apresaba en el Norte.

La cuarta noche empezaron a ascender por las montañas y a la tarde siguiente, cuando el sol se estaba poniendo, llegaron a la finca de otra familia noble, abrigada por los abetos en lo alto de una cumbre. Allí les aguardaba un gran banquete. El señor en persona salió a caballo a recibirles, vestido de terciopelo suntuoso. Saltó de su corcel y les hizo una profunda reverencia, besando la mano a las dos mujeres.

—Soy lord Adeler, y estoy humildemente a vuestro servicio —dijo—. No podemos expresar, Su Alteza, lo agradecidos que os estamos por esto, por lo que estáis haciendo por todos nosotros.

—Espero que contribuya a un gran cambio —repuso Margrethe con un leve titubeo, desconcertada por la intensidad emotiva de aquel hombre.

—Hace mucho tiempo que deseamos la paz —continuó diciendo él—. Pasé casi toda mi niñez en el Sur. Mi madre solía contarme historias de cuando ella era pequeña, de cómo era nuestro reino años atrás, antes de que yo naciera. He pasado gran parte de mi vida trabajando para traer de vuelta ese mundo.

—Ése es también mi gran deseo —afirmó Margrethe.

—Es un honor teneros en mi casa, y si no estáis demasiado cansada, tenemos un banquete aguardándoos, el cual espero que os alimente ahora que os aproximáis al final de vuestro largo viaje. He garantizado vuestra seguridad a Gregor, mi viejo amigo, y en mi casa no sufriréis daño alguno.

—Gracias —dijo ella—. Eso suena maravilloso.

Lord Adeler montó su corcel y los condujo a un pequeño castillo de piedra en las montañas, en lo alto de un sendero bordeado de hierba y de árboles verdes y florecientes. En el interior les aguardaba un conjunto de habitaciones y baños calientes, y Margrethe se sumergió en el agua dejando que el agotamiento abandonara su cuerpo. Después, ella y Edele se vistieron con unos vestidos que les prestó la esposa del señor y las llevaron a una habitación pequeña llena de velas parpadeantes.

El señor se puso de pie y presentó a Margrethe y Edele a su esposa y a sus dos hijos, ambos muy apuestos, altos, con el cabello rubio y rasgos marcados. Margrethe notó que Edele se movía a su lado y tuvo que reprimirse para no sonreír. Edele, por supuesto, no dejaría escapar la oportunidad de coquetear y encontrar el amor, ni siquiera en medio de un viaje peligroso como aquél.

—Por razones de seguridad pensé que sería mejor que tuviéramos una cena especial aquí en lugar de hacerlo con mi corte, por mucho que ame y confíe en mi pequeño estado. Además, es estupendo llegar a conocer a nuevos amigos en un entorno tan íntimo como éste.

—Gracias —contestó Margrethe—. Es un honor ser vuestra invitada.

Todos tomaron asiento a la mesa y los sirvientes les trajeron fuentes con pescado y faisán y cuencos de arroz cocinado con arándanos, todo ello muy especiado.

—Tiene un aspecto delicioso —comentó Margrethe.

—Todos estamos rezando por vos, Su Alteza, y por la felicidad y la seguridad de vuestro inminente matrimonio.

—El príncipe es un hombre magnífico —añadió Rainer, el hijo mayor—. Nos educamos juntos, cuando era pequeño.

—¡Ah! —dijo ella—. ¿Y cómo era?

—Prácticamente igual que, según tengo entendido, es ahora. Listo, valiente.

—Querido por las mujeres ya entonces, ¿no es verdad? —preguntó la señora de la casa, interrumpiéndole.

—Eso también, sí —contestó Rainer con una sonrisa.

—Bueno, pues sólo nos queda esperar que sus encantos influyan en la princesa tanto como en vuestras amigas de niñez —terció Edele, coqueteando con él. El joven respondió con una sonrisa dulce.

—Nosotros nos encontramos justo en la frontera —explicó el señor—. Somos más del Sur que del Norte, lo cual nos ha causado muchas dificultades en algunas ocasiones.

—Vos fuisteis amigo de mi padre, ¿no es cierto? —preguntó Margrethe.

—Sí. Cuando era joven pasé mucho tiempo en su corte. Asistí a su boda, a la boda de vuestra madre.

Margrethe tomó aire.

—¿Asististeis?

—Sí, ya lo creo.

—¿Cómo fue? —quiso saber. Por un momento se transformó en una niña pequeña a punto de abrir un regalo, los ojos le centellearon y un esbozo de sonrisa asomó a sus labios—. Mi madre, ¿cómo era entonces?

—Vuestra madre era asombrosa. Una mujer inteligente, llena de energía. Parecía llevarse bien con todo el mundo, sin importar lo infames o insulsos que fueran. ¡Y cómo se reía! Su risa podía cambiar por completo la temperatura de una habitación.

—En el castillo no está permitido que nadie hable de ella —dijo Margrethe—. Es como si nunca hubiera estado allí.

—Oh, bueno, debe de haber sido muy duro para

vuestro padre. Él estaba muy enamorado de vuestra madre, ¿sabéis?, muchísimo.

—Espero estar así de enamorada algún día —comentó Edele.

Margrethe le dio un golpe por debajo de la mesa.

—Yo espero eso mismo para todos nosotros —dijo Rainer sonriéndole a Edele y alzando su copa hacia la mesa—. Y para vos, Su Alteza. Me sentiría honrado de asistir a vuestra boda con mi viejo amigo el príncipe Christopher, y espero que vuestro amor sea tan legendario como el de vuestros padres.

—Gracias —le contestó Margrethe alzando también su copa, tratando de ocultar el rubor que asomaba a sus mejillas.

Capítulo Catorce

La Sirena

El sol que entraba a raudales en la habitación calentaba la piel de Lenia. Las olas rompiendo en la orilla, el ruido del agua contra los barcos del muelle, voces apenas perceptibles, gaviotas, pasos fuera en el pasillo... todos los sonidos del mundo superior vibraban en sus oídos. Se puso de lado. Le dolía la boca y notaba el cuerpo aún más irritado que antes.

Se incorporó dolorosamente y las sábanas se le enroscaron. Fue como si unos cuchillos le apretaran las pantorrillas y los muslos.

Unas motas de polvo flotaban iluminadas por el sol. Las observó un momento, fascinada, luego pasó la mano por el aire y vio cómo se dispersaban.

Aún sentía la boca de él sobre la suya.

Echó las sábanas a un lado y al levantarse profirió un grito ahogado de dolor. Parecía como si las plantas de los pies fueran heridas abiertas. El día anterior habían empezado a entumecerse y casi se había acostumbrado al daño que le hacían, pero ahora tenía que aclimatarse otra vez.

Dio un paso, y luego otro. Lentamente se acercó a la ventana y se miró a sí misma en el pesado cristal que había al lado. Para su sorpresa, no tenía aspecto de tener ningún tipo de molestia, en absoluto. Se alejó del cristal y volvió a acercarse a él. Su cuerpo se movía con gracia, perfectamente, tal como Sybil había dicho que ocurriría, a pesar del dolor que la invadía a cada paso que daba.

Abrió la boca, cálida y roja. El muñón de la lengua era rosado, como una flor. Al verlo, la boca le dolió aún más, aunque apenas había pensado en ella hasta entonces, probablemente porque el dolor de las piernas era mucho más intenso. Bajó la mirada a sus pechos, a la zona vellosa entre las piernas, la sangre seca de los muslos, las piernas largas y torneadas, los pies arqueados.

En cierto sentido, su cuerpo era horroroso. Sin pensar, deslizó la palma de la mano izquierda por el borde del cristal y observó cómo la sangre goteaba de la fina herida y le bajaba por la muñeca. Su piel era lisa y muy suave. Pasó los dedos por la herida, frotó la sangre húmeda entre las yemas y dejó que le escociera.

Oyó voces al otro lado de la puerta. Se quedó inmóvil, con la cabeza ladeada, con la esperanza de oír la voz del príncipe entre ellas. Pero era la voz de Katrina, y otras que no reconoció.

Torpemente, tomó uno de los vestidos que colgaban del guardarropa que Katrina le había hecho llegar. Se metió dentro, trató de ponérselo y quedó consternada al ver que la sangre goteaba encima de él.

Entonces llamaron a la puerta y se sobresaltó, asustada por aquel sonido. Al cabo de un momento entró una sirvienta.

—Dejadme que os ayude a ponéroslo —le dijo, y se colocó detrás de Lenia para atarle el vestido a la espalda—. La princesa quiere que hoy vayáis con ella a la cacería.

Lenia asintió con la cabeza mientras la chica le sujetaba bien el vestido en el torso. Se puso las manos en los costados y notó la forma en que el vestido le ceñía la cintura. Cuando retiró las manos el vestido estaba manchado de sangre.

—¡Estáis herida! —exclamó la chica.

Lenia miró horrorizada la marca roja de su vestido.

—¿Ocurre algo? —preguntó otra criada que apareció en la puerta.

—Sí, está sangrando.

La criada hizo una reverencia y salió a toda prisa a la vez que Katrina entraba en la habitación espléndidamente ataviada con un vestido rosado y joyas del mismo color colgando del cuello.

—¿Qué ha pasado? —preguntó, y entonces vio la sangre antes de que su doncella pudiera responder—. ¡Oh! —se dio la vuelta y se llevó la mano a la cabeza—. ¿Habéis llamado al médico?

—Sí —contestó la doncella—. Está de camino.

—Bien —dijo, y se dirigió de nuevo hacia la puerta—. Necesito echarme un momento.

—No puede soportar la sangre —susurró la doncella a Lenia después de que la princesa se marchara.

Al cabo de unos minutos entró un hombre con un aspecto muy oficial que llevaba una bolsa, seguido de varias sirvientas que ayudaron a Lenia a tumbarse en la cama.

—Se ha cortado —dijo al examinarle la mano—. No es nada grave. Sólo hay que vendarlo. —Hizo una pausa y ejerció presión sobre el abdomen de Lenia. Ella abrió la boca, como si gritara de dolor. El centro de su cuerpo le dolía con punzadas penetrantes—. Ah —dijo el hombre—. Aquí también hay sangrado. Esto parece ser... una cuestión femenina.

—¿Queréis que llame a la sanadora? —preguntó una de las doncellas.

—Sí, creo que ella será de más ayuda con esto —respondió, y asintió brevemente con la cabeza. Entonces se marchó y una criada se acercó con unas tiras de tela y empezó a vendarle la mano izquierda a Lenia.

Poco después llamaron otra vez a la puerta. Entró una mujer mayor, baja y corpulenta, de caderas anchas y redondas. Tenía una cabellera larga de un oscuro color plateado, ojos pálidos y llevaba una falda holgada. Unos brazaletes tintineaban en sus muñecas.

Se centró directamente en Lenia.

—Ahora dejadnos —dijo con un gesto a las criadas y damas que permanecían en la habitación. Su voz era suave, una voz acostumbrada a estar entre enfermos, y sus movimientos eran sorprendentemente ágiles.

Las sirvientas salieron silenciosamente de la habitación. La mujer se acercó a la cama y miró a Lenia. Llevaba un cesto tapado con una tela que desprendía un olor extraño, de hierbas. Lenia pensó inmediatamente en Sybil.

—Dicen que alguien os encontró en la playa —comentó—. Que no podéis hablar. ¿Es cierto?

Lenia asintió con la cabeza.

—¿Y no sabéis escribir?

«No.»

—¿Queréis abrir la boca para que la vea? —le pregunto la mujer con delicadeza, señalándola con un movimiento de la cabeza.

Lenia abrió la boca, dejó que la mujer mirara en su interior y observó el gesto de sorpresa que cruzó su semblante.

—Alguien os cortó la lengua.

Lenia asintió.

—Debíais tener algo que decir en su momento, ¿no es así? Pobre chica. Alguien quería haceros daño, ¿verdad?

Lenia meneó la cabeza en señal de negación, concentrándose en la mujer.

«Fue mi elección —dijo—. Fue el precio que pagué para venir aquí. Vine aquí para estar con él y vivir para siempre.»

Para sorpresa de Lenia, la mujer se echó hacia atrás y la miró fijamente con los ojos muy abiertos.

—¿Habéis dicho algo? —le preguntó. Escudriñó a Lenia un momento, después le tomó la mano y le dio la vuelta para examinar su palma.

—¡Qué extraña criatura sois! —comentó—. Nunca he visto una palma con una línea de la vida como la vuestra. Tenéis la línea de la vida de un niño.

Lenia retiró la mano, avergonzada.

La mujer la miró.

—Lo único que quiero decir es que veo que sois muy especial —le dijo—. Perdonadme. Me llamo Agnes. Soy una amiga.

Tomó la otra mano de Lenia y le retiró los vendajes con cuidado. A continuación le aplicó un bálsamo en la palma y le cerró los dedos encima.

Levantó el vestido de Lenia y colocó la mano contra su abdomen, palpó entre sus piernas.

—Relajaos —le dijo—. No voy a haceros daño.

Lenia cerró los ojos, crispando el rostro de dolor. ¡Qué extraño resultaba tener un cuerpo como aquél, que se podía abrir a la fuerza! Fue completamente distinto que con el príncipe, cuando su cuerpo se había abierto naturalmente.

—Ah, estáis bien —declaró Agnes, retirando la mano

manchada de sangre y volviendo a bajarle el vestido a Lenia—. Os han roto la feminidad, ¿no es cierto?

«Roto.»

—Yacer con hombres es un tema doloroso —explicó—. No permitáis que abusen de vos. ¿Me comprendéis?

Lenia dijo que sí con la cabeza.

«Necesito que se enamore de mí. Ayúdame, por favor.»

—A un hombre como él, si queréis que os ame, no podéis ponérselo demasiado fácil. ¿Lo sabéis?.

Lenia se limitó a devolverle la mirada. Agnes bajó la vista, meneó levemente la cabeza y dejó escapar una risita.

—Por lo visto me he convertido en una lectora del pensamiento —comentó.

«Sí.»

Agnes arrugó la frente.

—Ahora voy a arreglar las cosas para que os laven. Si necesitáis cualquier cosa vivo cerca del castillo, en una casita al otro lado de la iglesia. Podéis reconocer mi casa por la milenrama seca que hay en la puerta. Enviad a por mí o venid vos, cuando queráis. Os dejaré este bálsamo hecho de corteza. Podéis utilizarlo para aliviar dolores.

«Para las piernas, los pies.»

—Sí —dijo Agnes. Volvió a mirar fijamente a Lenia a los ojos—. Estáis tratando de decirme algo, ¿verdad?

Lenia sonrió y asintió. Señaló sus piernas.

Agnes le devolvió la sonrisa.

—El bálsamo. Os ayudará con el dolor de las piernas.

«Gracias.»

Agnes ladeó la cabeza, como si intentara oír a Lenia; alargó la mano y tocó la de la joven.

—¡Qué rara sois! Tened cuidado aquí.

Lenia dijo que sí y se quedó mirándola mientras la mujer se marchaba. Luego dirigió la mirada a la mano herida, que ya estaba lisa y perfecta. Pálida como una perla.

Más tarde entró Katrina y se sentó en la cama a su lado.

—Creo que tal vez... os acostasteis con mi hermano ayer, ¿no? —dijo mientras le acariciaba el pelo a Lenia—. Sabía que os encontraría agradable. No se ha encaprichado de nadie desde que regresó de su última hazaña. No era nada propio de él. No me gusta cuando la gente cambia de ese modo.

La mano de Katrina se notaba suave contra la suya y la princesa olía a flores. Un olor agradable. Lenia la miró fijamente tratando de leer sus pensamientos. ¿Se daría cuenta Katrina de que había algo extraño en ella? ¿De que había venido del mar?

«Ayúdame», pensó.

—Hoy hay una cacería —dijo Katrina alegremente—. ¿Vendréis, Astrid? Sería maravilloso.

Lenia la miró, le gustaba cómo sonaba el nombre que le habían puesto. Dijo que sí con la cabeza.

—A mi hermano le encanta cazar.

Aquella tarde hubo mucha agitación en torno al castillo. Hombres y mujeres de la nobleza, y el rey y la reina en persona, se reunieron en los prados, donde estaban conduciendo también a los caballos y se congregaban los cazadores y los perros.

Lenia miraba impresionada aquellas enormes criaturas negras de cuello largo y delgado, cabezas que se movían arriba y abajo como si estuvieran flotando en el agua. Sus ojos negros a ambos lados, mirando. «Como en un pez», pensó, tomando aire. Observó a un mozo de cuadra que ayudaba a Katrina a subir a una de las bestias, vio que ella se acomodaba y cogía las riendas, con sus talones delicados apoyados contra el costado musculoso y reluciente del animal. Al otro lado del prado, más cerca del bosque, Lenia vio al príncipe que, preparado para la cacería, consultaba con otros hombres y nobles, todos ellos con cuernos y armas sujetas con correas en el costado. Una multitud de perros se amontonaban a sus pies, aullando. El bosque se agitó a lo lejos cuando, uno a uno, los cazadores empezaron a desaparecer en su interior.

Un mozo de cuadra le trajo uno de los caballos. El animal, que descollaba sobre ella, inclinó su larga cabeza hacia el cuello de la joven. Ella notó su aliento, el cosquilleo en la piel allí donde la acariciaba con el hocico. Entonces notó las pestañas largas del animal junto a su cara, rozándole las mejillas.

Le puso la mano en el cuello y lo miró con asombro. Por un momento se olvidó del príncipe, del vestido largo que notaba incómodo y pesado sobre su cuerpo, del dolor que le recorría punzante las piernas, se olvidó de todo lo que no fuera aquella criatura cálida que tenía delante y cuyo corazón parecía latir en las yemas de sus dedos y recorrer su propia piel.

—Permitidme que os ayude, mi señora —dijo el mozo de cuadra, y ella no se resistió cuando la ayudó a poner el pie en los estribos y colocarse sobre el caballo, con ambas piernas a un lado, tal como había visto que montaban las otras mujeres. Lenia se tambaleó y tuvo la sensación de que resbalaba, pero el caballo se movió con ella y entonces quedó equilibrada.

Resultó extraño bajar la mirada y comprobar lo lejos que quedaba el suelo y lo pronunciada que sería desde ahí la caída, con su frágil cuerpo humano.

—¿Cómo está? —oyó que preguntaba Katrina.

Lenia alzó la vista y vio que Katrina y varias damas más la miraban sonriendo, con el sol iluminándolas por detrás. Todas ellas guapísimas. ¡La hierba era tan verde y el sol tan brillante a sus espaldas!

Empezaron a moverse, dirigiéndose hacia el bosque, que se extendía como agua, mientras que el mar bordeaba el lado opuesto del castillo.

Lenia se balanceaba en lo alto del animal con las riendas agarradas. Podía notar la sangre corriendo por el caballo, su corazón palpitante. Sentía que con cada paso que daban iba adaptándose más al cuerpo de su montura.

Soltaron a los perros, una jauría de animales que echaron a correr por delante de ellos, y todo el grupo los siguió. El caballo de Lenia empezó a galopar y ella no tuvo miedo, sino que se sintió como una parte de él. Se inclinó hacia su corcel y movió el cuerpo para que pudieran ir cada vez más rápido, riéndose sin emitir sonido alguno en tanto que los perros corrían por delante y el caballo se apresuraba a seguirlos. El viento se deslizaba por su piel como si fuera agua. Delante de ella los hombres salieron a la carga encabezados por el príncipe, que llevaba su arma alzada.

Lenia surcó el viento, más deprisa que nadie. Era maravilloso sentir aquella bestia poderosa bajo ella, transportándola a través del bosque como si estuviera nadando, como si fuera impulsada por su fuerte cola de sirena. A lomos de aquel animal se sentía menos torpe, más libre. No se había dado cuenta de hasta qué punto formaba parte de ella aquel poder que provenía del hecho de haber habitado un cuerpo de sirena, de haber tenido aquella cola fuerte que la empujaba a través del agua. Allí, en aquel momento, casi lo recuperó. Casi, pero no del todo. Y por un instante echó de menos la libertad y el poder de antaño, lo echó de menos con todas las fibras de su ser.

El aroma del bosque, la humedad y la putrefacción, resultaba abrumador, pero ahora lo aceptaba. Casi se estaba acostumbrando a que la agredieran los olores, aunque no siempre le gustaban. En la distancia divisó un animal con una cornamenta enorme y brillante que, dando saltos, aparecía y desaparecía de la luz que se filtraba a través de los árboles.

Por delante de ellos, los perros corrían y aullaban.

Y de pronto se encontró cabalgando junto al príncipe. Él tenía la cabeza inclinada hacia adelante, el cabello un poco largo, su capa roja ondeando al viento. Lenia se volvió a mirarlo, eufórica, mientras él montaba a su lado, mirando fijamente al frente, inclinado sobre su caballo de reluciente pelaje negro, concentrado en el animal que corría por delante de ellos, a lo lejos. Entonces volvió la mirada y la vio.

Se echó a reír sorprendido.

Se desconcentró y se rezagó. Uno de los otros nobles se adelantó a toda velocidad y, mientras el animal aparecía y desaparecía de la vista, se oyó un fuerte zumbido y una flecha salió volando por el aire.

El príncipe aminoró la marcha y observó cómo la flecha alcanzaba al animal.

Se volvió a mirarla de nuevo y le gritó:

—¡Nunca había visto a una mujer montar así! Pensé que ibais volando.

Lenia miró en derredor y vio que estaba rodeada de

hombres. Todas las damas se encontraban muy por detrás, montando con delicadeza por el bosque, aproximándose a la escena de la matanza. De pronto se sintió cohibida y temerosa. ¿Se habría delatado?

Miró de nuevo al príncipe, pero él ya se había adelantado y se dirigía a un pequeño claro, allí donde el animal se tambaleaba rodeado por el resto de los hombres. Lenia vio que era una bestia muy ligera, mucho más que aquéllas en las que iban montados.

Todo el mundo aplaudía y reía en tanto que la criatura se desplomaba con el sol cayendo sobre ella como mantequilla. Profería unos gemidos terribles y miraba a su alrededor con unos ojos negros y aterrorizados, y el bosque olía a sangre y a muerte. De pronto Lenia se acordó de su cumpleaños, de los humanos que gritaban y lloraban mientras el barco se partía, de los hombres en el agua tratando de salir a la superficie a toda costa.

Apartó la mirada y vio que Chirstopher la estaba observando. Ya no estaba a lomos de su caballo. Sin dejar de mirarla a los ojos se acercó a ella eufórico, radiante, lleno de vida en la misma medida que el animal lo estaba de muerte, y Lenia se sintió entusiasmada y horrorizada por todo aquello, por todo a la vez.

«Por esto estoy aquí —pensó—. Por él.»

Se concentró en él, en sus ojos del color de las algas, y todo se desvaneció, el olor de la sangre, la muerte y el miedo, la escandalosa celebración.

El príncipe le tendió la mano y la ayudó a bajar de su caballo.

—No os gusta ver morir a un animal, ¿verdad? —le preguntó.

Lenia le dijo que no con la cabeza. Aquello no era en absoluto como el océano, donde no había esa caza, esas heridas, esa muerte lenta y sangrienta. El animal parecía casi humano.

—Yo me he criado en torno a estos bosques. He vivido aquí toda mi vida. Ojalá pudierais decirme de dónde venís vos, dónde es que no estáis acostumbrada a estas cosas.

Le dirigió una señal con la cabeza a un guardia, el cual se la devolvió, y se alejó con ella de la cacería, conduciéndola hacia el interior del bosque. De pronto no había nadie más. Las hojas y la broza crujían bajo sus pies.

Tras un corto paseo llegaron a un río. Lenia avanzó hacia él corriendo y miró dentro, buscando peces, sirenas, conchas y perlas. «Un océano diminuto», pensó. Entusiasmada, se quitó los zapatos, se remangó el vestido y se metió en el río. El agua estaba fría, helada, pero se deleitó en la sensación de hundir los pies en el barro, el agua turbia, los peces minúsculos que pasaban ondulándose. Se rió sin voz, alargó la mano, atrapó un pececillo entre los dedos y estuvo a punto de metérselo en la boca, pero se dio cuenta de su error a tiempo. Abrió la mano y lo soltó.

Soplaba una brisa que rizaba el agua y los pájaros se abatían desde lo alto con las alas extendidas a ambos lados. Lenia los observó mientras las lágrimas corrían por sus mejillas. Los pájaros eran como los peces, y si cerraba los ojos era capaz de creer que estaba en el fondo del océano, con los peces descendiendo en picado desde arriba y el tacto de la arena debajo de ella.

Todas aquellas emociones la embargaron de golpe, abrumándola, mientras él seguía allí, mirándola sin perder detalle.

La miró a los ojos, y Lenia salió del agua y se le acercó. Él le dio la vuelta, de cara al agua otra vez, y empezó a desatarle el vestido. Posó la boca en su nuca e hizo que todo su cuerpo se estremeciera.

«Me ama, me ama.»

Hizo que se tendiera en la hierba y Lenia le puso la mano sobre el corazón mientras se quitaba el vestido. Se deleitó con ello, con aquel sentimiento humano; sentirse tan suave, tan sensible, desnuda en la hierba, con la brisa revoloteando sobre su piel, con los dedos del príncipe sobre ella. ¡Las cosas que podía sentir aquella piel!

Y entonces él la estrechó entre sus brazos hasta que Lenia ya no pudo sentir nada más salvo su boca y esa necesidad en el centro de su cuerpo, un dolor que no era un dolor, en un lugar que nunca antes había sentido hasta llegar a este mundo, un lugar cálido y vehemente, húmedo, que se apretaba contra él; y entonces le dio la vuelta y se puso encima, entró en ella, llenándola, y su cuerpo, el poco cuerpo que le quedaba, pareció disolverse, hasta que ya no había nada más que él llenándola, y desde lo más profundo de su interior surgió un grito, una exclamación ahogada, y hubo calor y agua. Entonces estuvo segura de que se había curado.

Temblaba, tenía el cuerpo enrojecido, tenía calor, nunca había tenido tanto calor. En aquel momento su propio cuerpo parecía el océano.

Y por un momento experimentó un vacío grande y dichoso.

Él estaba tumbado a su lado y le acariciaba el pelo.

—Me recordáis a alguien —dijo—. Me resultáis muy familiar. Sé que ya lo he dicho antes, pero es que no puedo desprenderme de esta extraña sensación que tengo con vos.

Ella lo miró, radiante.

El príncipe se inclinó hacia ella y le abrió la boca.

—Sois tan perfecta, tan hermosa, y sin embargo no tenéis lengua. Sois como una criatura salida de un sueño, enviada aquí sólo para mí. ¿Verdad? Puedo contaros lo que sea y vos os limitáis a mirarme con esos bellos ojos, como si lo comprendierais todo.

Lenia alargó la mano y le acarició el rostro.

—Últimamente me he sentido muy raro —comentó él.

«Alma mía —pensó Lenia—. Cuéntamelo todo».

Él se recostó de nuevo y la atrajo hacia sí.

—Estuve a punto de morir —explicó—, hace no mucho. Vi morir a todos mis hombres, a mis amigos. Fue horrible. Antes amaba la mar, pero ella se lo llevó todo. La mar, quiero decir.

«Cuéntamelo.»

—Íbamos en una expedición náutica, yo y los hombres de la tripulación. Quería ver el fin del mundo. Dicen que hay un fin, más allá del hielo y la nieve, un lugar en el que el mundo se termina. Más allá de las islas del Norte, dicen, aunque nadie sabe a ciencia cierta si se encuentran allí en realidad. ¿Podéis entenderlo? ¿Que quisiera ver el fin del mundo?

Lenia asintió con la cabeza. «Sí.» Su voz tenía algo, cierta suavidad, algo insoportablemente dulce, que le hizo desear abrazarlo y acariciarle el pelo, besarle la frente una y otra vez.

—No he sido capaz de hablar de esto con nadie más, de lo que me ocurrió. De lo que vi.

«Mi alma. Cuéntamelo.»

¡Estaba tan abierta! Como un recipiente para contenerlo.

—Mis hombres pensaban que me había vuelto loco, pero los convencí de que nos reportaría mucho honor, y dije que les recompensaría con oro y piedras preciosas. Yo quiero explorar, ver el mundo. Este reino es muy pequeño, pero cuando miro al cielo o al mar son vastos e interminables. Así pues, mis hombres y yo zarpamos con un cofre de tesoros, preparados para lo que fuera que pudiéramos encontrar. Lo cierto es que vuestro collar —pasó la mano por la piedra roja que pendía del cuello de Lenia, cayéndole hasta el pecho— me recuerda a las joyas que llevamos.

La joven sonrió con el rostro pegado contra la camisa del príncipe mientras él continuaba hablando.

—Entonces, una noche nos sorprendió una tormenta y mis hombres murieron. Yo tendría que haber muerto con ellos, pero tuve una visión, una visión de lo más hermosa, un ángel en el agua.

Lenia se incorporó de repente y lo miró con los ojos muy abiertos. Él apenas se dio cuenta, sumido en el recuerdo que estaba describiendo. Sus manos acariciaban automáticamente la línea de su espina dorsal.

—Ella me llamaba, me alejó del naufragio y me llevó a la orilla. Sólo tengo un vago recuerdo de esto, de estar mirando al cielo, que nunca había visto tan despejado.

¡Se acordaba! Sin duda sabía quién era ella. Seguro que era por eso por lo que la había llevado hasta allí.

—Ella estaba cantando y su voz... ¡Aquella voz! Nunca he oído nada igual.

Lenia sonrió y le acarició la cara con lágrimas en los ojos. La palma de la mano del príncipe sobre su piel. La hierba bajo sus piernas. La brisa acariciándola. Todas aquellas sensaciones brotando desde el centro de su cuerpo. Su fuerte cola había desaparecido y en su lugar tenía aquellas piernas frágiles, aquella gran herida, y aquella sensación maravillosa, porque él lo sabía.

Daba la impresión de que tenía que arrancar de su boca cada palabra que pronunciaba.

—No puedo describir lo que sentí. Lo asombroso que

fue. Creí que había muerto, que el mar me había arrastrado a mí también y que Dios había enviado a un ángel para que me llevara a casa, y pensé que no sabía que morir pudiera ser tan hermoso como aquello, y pensé en mi familia, en mis amigos, y supe que todo iría bien, pasara lo que pasara.

»Y cuando me quise dar cuenta estaba en una playa, helado de frío, y abrí los ojos y ella estaba arrodillada junto a mí, aquella criatura. ¡Era tan hermosa! ¡Dios mío! Su cabello y sus ojos oscuros, su piel blanca. Y por fin pude fijarme en su rostro.

La brisa cambió y de pronto Lenia la notó fría sobre su piel desnuda.

«Espera. Fui yo. Fui yo.»

—Pero aquella mujer... ¿Puedo contarte esto? Veo que puedo contarte cualquier cosa. No tengo ni idea de quién era esta mujer. Podría ser cualquier mujer, de cualquier lugar, que se había entregado a Dios. Una mujer de Dios. Casada con Él. Y sentí todo eso derramándose sobre mí.

«No, no fue ella. Yo te salvé. Yo te elegí.» Lenia meneó la cabeza y empezó a hacer gestos. «¡No!» El corazón se le retorcía en el pecho. «No fue ella, fui yo. Es a mí a quien debes amar.»

Él prosiguió, ajeno a todo.

—Fue un milagro la forma en que se me apareció en el agua. No hay otra explicación. Un milagro de Dios. Él la envió a mí.

Entonces se incorporó, junto a Lenia, y la miró con una expresión llena de amor y melancolía.

—Vos me recordáis a ella, Astrid. Sois tan hermosa... como un ángel. Como ella.

Capítulo Quince

La Princesa

El castillo apareció, reluciente, en la distancia. Vieron torreones, torres, las banderas del Sur con sus brillantes verdes y dorados, los colores del antiguo rey. Debajo, unas figuras diminutas se movían de un lado a otro. El castillo se hallaba rodeado de unas tierras verdes y ricas, como una esmeralda fulgurante y mojada, y al otro lado de todo aquello estaba el mar, un mar resplandeciente y azul salpicado de diamantes y cristal.

Se encontraban en un claro del bosque, en lo alto de una colina.

—Es aquí donde tienen que venir a nuestro encuentro —dijo uno de los guardias—. Aquí es donde tenemos que esperar.

Margrethe miró abajo, todo su futuro se extendía ante ellos, lleno de secretos y misterio. Se volvió a mirar a Edele, cuyo rostro pecoso se había iluminado de la emoción. Bajo la luz del sol, su cabello era prácticamente anaranjado. Margrethe, embargada de un repentino afecto, pensó que su amiga era una chica muy extraña. No sabía cómo podría haber realizado el viaje sin Edele.

—¡Al fin! —exclamó Edele—. Ahora ya podemos descansar.

—Sí —dijo Margrethe al tiempo que se dejaba caer pesadamente contra su jinete, el cual se rió con incomodidad. Estaba muerta de agotamiento. El guardia desmontó y la ayudó a bajar a la hierba. Su paso era vacilante tras casi siete días seguidos cabalgando. Tenía las piernas entumecidas y la espalda dolorida. Sería estupendo llegar a él, a aquella nueva vida, y descansar. Margrethe se dijo que una vez consiguiera su objetivo podría dormir durante días enteros.

Edele también estaba radiante, feliz por el tiempo que había pasado con Rainer, quien le había prometido verla en la boda de Margrethe y Christopher, cuando volviera a ser seguro para todo el mundo pasar del Norte al Sur. Anduvo correteando por allí, canturreando y recogiendo flores. Margrethe le sonrió, soñolienta, y apoyó la espalda contra un árbol.

—¿Necesitáis alguna cosa, Su Alteza? —le preguntó uno de los guardias pese a que él también estaba exhausto.

—Estoy bien, gracias.

Ya se estaba quedando dormida. Oía a medias a Edele, que tarareaba, charlaba y reía con los guardias, oía el tono grave de las voces de ellos al responder.

Se quedó dormida durante lo que podría haber sido tanto unos minutos como unas horas y de pronto se oyó el estruendo de unos cascos que atravesaban el bosque en dirección al claro. Un grupo de soldados salieron apresuradamente de entre los árboles, con armadura, vestidos de verde y dorado. Rápidamente, Margrethe contó a diez de ellos.

Sus dos guardias alzaron sendos arcos de forma automática y por un momento dio la impresión de que podía suceder cualquier cosa.

—Hemos venido a hacernos cargo de la princesa Margrethe, por orden del rey —anunció uno de los soldados del Sur.

—Dejadnos ver la prueba —dijo Margrethe, que se puso de pie y se acercó erguida y con paso firme al soldado. Notaba que le temblaban las manos y las llevó rápidamente a los costados.

Por algún motivo se había esperado que Christopher fuera a recibirla, que la levantara en brazos y la mirara a los ojos tal como había hecho en el jardín. Los hombres que había allí eran guerreros de un rey enemigo y sabían exactamente quién era ella.

El soldado que iba en cabeza desmontó del caballo, hizo una reverencia y le entregó una carta sellada a Margrethe.

—Es del rey —le dijo.

Ella abrió la carta y la leyó detenidamente. El rey le daba la bienvenida y le ofrecía su hospitalidad, garantizando su seguridad de camino al castillo y durante su estancia en él.

—Estáis en buenas manos —le dijo el soldado del Sur—. Todos estamos dispuestos a dar la vida para garantizar vuestra seguridad.

Margrethe observó a los soldados del Sur, sus expresiones duras mezclándose con otras más cordiales. Tuvo la clara sensación de que no todos aquellos hombres tenían sentimientos positivos en cuanto a hacerse cargo de la princesa del Norte. Seguro que todos ellos sabían que el Norte estaba planeando lanzar nuevos ataques en cualquier momento (había demasiados espías como para que nadie informara de una puesta en escena tan magnífica como la de su padre) y estaba claro que aquellos soldados no confiaban del todo en los recién llegados.

Margrethe asintió con la cabeza y tragó saliva.

—Estamos listas —dijo con altivez, decidida a no dejar traslucir su inquietud. A su orden, los dos jinetes trasladaron las bolsas y pieles de las chicas de sus caballos a los que habían traído los soldados del Sur.

—Gracias por todo lo que habéis hecho —dijo Margrethe a los guardias que habían viajado hasta allí con ellas—. Que Dios os acompañe.

Aquellos dos hombres obtendrían ricas recompensas por su servicio. No podían regresar al Norte, donde los matarían por su traición al rey, de modo que Margrethe había arreglado las cosas para que obtuvieran un cuantioso pago, cuya última y mayor parte recibirían ahora que ella y Edele habían sido entregadas sin ningún percance, para que pudieran establecerse en el Sur.

Margrethe los envidió cuando los vio marchar, libres para empezar una nueva vida.

Los soldados del Sur ayudaron a Margrethe y a Edele a montar en los dos caballos, esta vez a mujeriegas, como las damas, lo cual resultó extraño después de tantos días cabalgando como hombres. Margrethe agarró las riendas y se pusieron en marcha. El corazón le palpitaba en el pecho cuando salieron del claro y se adentraron en el bosque.

El sol se filtraba a raudales a su alrededor, a través de las hojas. Unas hojas grandes, de un verde intenso y en forma de corazón caían de los árboles. Los pájaros graznaban en lo alto y se podía oler y oír el mar, allí a lo lejos.

La corta cabalgada hasta el castillo pareció interminable. Margrethe y Edele cabalgaban cogidas de la mano, los hombres en silencio a su alrededor. Margrethe se concentró en el sello que había visto con sus propios ojos y se recordó que no corrían peligro. Aun cuando a alguno de los hombres de aquel grupo que las rodeaba le hubiera gustado verlas muertas, lo que importaba era el rey y sus deseos.

De todos modos, no era exactamente la bienvenida que había esperado.

Se aproximaron a las puertas del castillo. Fuera había gente vendiendo distintos artículos, personas reunidas para mirar los cuencos, la ropa y el pescado. Había una pequeña banda tocando y con un trovador al frente que cantaba una canción de amor.

El castillo era el más grande y más elaborado de los que ella había visto jamás. Parecía tener al menos el doble del tamaño que el de su padre, que era grueso y cerrado para proteger del frío a sus ocupantes.

La gente las miró con curiosidad, dos mujeres nobles andrajosas rodeadas por los soldados del rey, mientras atravesaban las puertas.

Siguiendo las órdenes del soldado que iba en cabeza, casi todos los demás se separaron tras haber cumplido con su obligación, y unos cuantos inclinaron la cabeza o presentaron sus respetos de algún otro modo a la princesa extranjera.

Los soldados que se quedaron llevaron a Margrethe y a Edele hacia una torre en la que fueron recibidas por un guardia y una sirvienta.

El soldado que iba en cabeza se volvió hacia las dos mujeres.

—El rey tiene la sensación de que estaréis más segura aquí, en la torre. Estaréis bien protegida.

—Hemos intentado hacerlo confortable para vos, Su Alteza —dijo la sirvienta dando un paso al frente.

El guardia tomó las cosas de las dos jóvenes y condujo a Margrethe y Edele por una larga escalera. En lo alto se encontraron con una puerta de madera que se abría a un dormitorio espacioso. La criada iba detrás.

Entraron. De la cama colgaban unas cortinas de seda reluciente. Una ventana daba al mar. Había una chimenea pequeña, sin encender, un ropero y una mesa con sillas y un arcón grande a los pies de la cama.

La criada empezó a sacar las cosas de su equipaje y a ponerlo todo en su sitio. Entró una mujer con una jarra de vino y dos copas, un plato de pan y pescado.

—El rey ha dicho que tenéis que descansar —dijo el guardia—, y luego vendrá alguien a buscaros para llevaros ante su presencia. Yo estaré frente a vuestra puerta durante toda vuestra estancia, por si necesitáis cualquier cosa.

—Gracias —respondió Margrethe, y entonces ella y Edele se quedaron solas.

—Esto es como una prisión —comentó Edele, que se dejó caer en la cama—, muy hermosa, pero una prisión de todos modos.

Margrethe se sentó a su lado conteniendo el impulso de echarse a llorar.

—Descansemos, amiga mía —dijo Edele a Margrethe al tiempo que le pasaba el brazo por los hombros—. Todo parecerá mejor de lo que es cuando hayamos descansado.

Margrethe asintió con la cabeza.

—No era esto lo que me esperaba. Pero probablemente fui una ingenua al esperarme otra cosa. Esto es la guerra, y soy la hija del rey enemigo.

—Esperabais que él estuviera aquí para recibiros.

—Sí.

—Ya lo sé, yo también lo esperaba —Edele suspiró, se levantó y se puso a caminar por la habitación—. El mar es hermoso, sin embargo. Mucho más que en ese convento horrible y sombrío.

—Ya os dije que a mí me gustaba —le dijo Margrethe con una sonrisa.

Edele se estremeció.

—Tal vez si yo hubiera conocido allí a Rainer me gustaría más, y estaría pensando en las musarañas como hacéis vos.

—Yo no estoy pensando en las musarañas.

—Estáis tan loca por este príncipe que no veis con claridad. Lo estáis arriesgando todo para estar con él. Es como si creyerais que os encontráis en algún antiguo poema.

—Edele, ya sabéis todo lo que hay en juego por nuestro reino. Es eso lo que me preocupa.

—Sí, lo que decís ya lo sé —replicó Edele haciendo una mueca bobalicona, tras lo cual le hincó el dedo en el costado a Margrethe—. Pero también sé lo que dice vuestro corazón, amiga mía.

Margrethe suspiró y se tumbó en la cama.

—Estoy harta de discutir con vos, Edele. Y sois aún peor cuando estáis enamorada, ¿lo sabíais? Creo que deberíamos descansar un poco. Sobre todo vos. Dudo que hayáis dormido nada estos últimos dos días.

—Los habitantes del Sur son increíblemente apuestos —comentó Edele, que todavía estaba junto a la ventana.

—No me lo puedo creer —dijo Margrethe—. Estáis locamente enamorada y tan sólo llevamos dos minutos aquí y ya estáis mirando a otros hombres.

—No es un hombre. Es una mujer, caminando junto al agua. Tiene un cabello tan rubio que es prácticamente blanco.

—Echaos a dormir —repuso Margrethe alzando los ojos al cielo—. Me agotáis.

Al cabo de unas horas llamaron a la puerta. Unas sirvientas entraron con paso suave para bañar a Margrethe y Edele en agua caliente y perfumada y ataviarlas con unos espléndidos vestidos de seda. Cuando el guardia las condujo por la escalera para reunirse con el rey y la reina, Margrethe temblaba de nerviosismo, pero mantuvo la cabeza alta. Pasaron por varias habitaciones, atravesaron el gran salón y subieron por otra escalera hasta el lugar en el que el rey y la reina ocupaban sus tronos para escuchar los asuntos relativos al reino. Frente a la puerta había una multitud de personas que esperaban para conseguir audiencia con el rey. La misma habitación en la que se encontraba el monarca estaba llena de bancos y guardias.

Nada más poner el pie en la sala, Margrethe buscó al príncipe con la mirada. Al ver que no estaba allí, intentó disimular su decepción antes de centrar toda su atención en el rey y la reina, sonriendo del modo más gentil posible.

El rey era mayor, pero tenía una apariencia mucho más afable que la de su padre. Incluso con su elaborada corona y el cetro adornado con piedras preciosas en la mano, su aspecto, más que regio, parecía el de un abuelo, con su cabello y su barba largos y grises. Junto a él, la reina parecía mucho más distinguida, imponente, con el cabello teñido de un negro intenso, los labios rojos y vestiduras de un vivo color púrpura. Iba cargada de joyas, desde la frente hasta el cuello pasando por las orejas.

El rey volvió la mirada hacia Margrethe de inmediato, hizo un solo movimiento con la cabeza y la habitación se vació en lo que parecieron segundos.

—Princesa Margrethe —dijo entonces. La joven quedó sorprendida por la calidez con que la recibió—. Sois tan hermosa como había oído decir. Y lady Edele, es un placer. Sois una gran amiga de vuestra señora aquí presente para acompañarla en tan arduo viaje y por una causa tan noble.

La reina las miró de arriba abajo mientras su esposo hablaba. Margrethe intuyó en ella el mismo sentimiento incómodo que había percibido en algunos de los soldados, y se dio cuenta de inmediato de que el rey y la reina no compartían la misma opinión.

—Gracias, señor —dijo ella con una reverencia. A su lado, Edele hizo lo mismo—. Me alegra estar aquí.

—Ha sido nada menos que la divina providencia lo que os ha conducido hasta aquí. Durante mucho tiempo he pensado que Dios me hablaba y que quería que muriera teniendo garantizados mis herederos y a mi pueblo satisfecho, no asolado por la guerra como ha sido el caso. Por lo visto me he vuelto más filosófico con la edad.

La joven sonrió.

—Rezo para que mi padre siga vuestro ejemplo —dijo—. Lamento haber tenido que desobedecerlo viniendo aquí.

—Sois una joven valiente —repuso él asintiendo con la cabeza.

—Pensaba que tal vez vería aquí a vuestro hijo —comentó entonces—. Mi prometido.

El rey volvió la mirada hacia la reina y luego de nuevo hacia Margrethe.

—Siento que no esté aquí para recibiros. Pero... lo cierto es que él todavía no sabe nada de nuestro acuerdo.

—No sabe absolutamente nada de vos —terció la reina con brusquedad.

Margrethe sintió que se le caía el alma a los pies.

—Mi hijo es un joven testarudo —explicó el rey—. Con ideas propias. Ha sido necesario esperar a que estuvierais aquí en persona para presentaros a él. Para asegurar tanto vuestra seguridad como su cooperación.

Margrethe estaba confusa, no sabía qué decir. ¿Él no sabía que iba a venir?

—No os preocupéis —añadió el rey—. Aquí os encontráis a salvo, entre amigos. Ahora lo principal es enviar un mensaje a vuestro padre. Tengo entendido que envió hombres al norte a buscaros, pero a estas alturas ya deben de haber regresado hace días. No sé si ya sospecha que vinisteis aquí.

—¿Ya le habéis enviado un mensaje a mi padre? —preguntó.

—Acabo de mandar a mis hombres —respondió—. Debéis acomodaros lo más posible aquí, en mi reino, hasta que todo se haya arreglado. Intuyo que vuestro padre no se tomará muy bien una oferta de paz, pero cambiará de opinión. Es lo mejor para todos nosotros y para nuestros herederos.

—Sí, Su Alteza —dijo ella, y volvió a inclinarse con un nudo en la garganta.

Entonces, por primera vez, se le ocurrió pensar que podría ser que el príncipe no la quisiera allí. Podría ser que no la quisiera en absoluto.

Capítulo Dieciséis

La Sirena

*L*enia estaba de pie sobre un pequeño taburete en medio de su habitación. La silla que había junto a la ventana estaba cubierta de telas suntuosas, cada una con un tacto y color distintos: la suavidad afelpada del terciopelo, la lisa frialdad de la seda, la dureza arremolinada del brocado. Lavandas junto a verdes pino y a los amarillos más pálidos y delicados. Llevaba puesto un vestido precioso de satén azul marino salpicado de rosas rojas. Dos modistas estaban de rodillas a sus pies, hablando entre ellas y cosiendo el dobladillo de la falda que caía con soltura desde su cintura.

—Vais a tener mejores vestidos que nadie del castillo —le dijo una de las modistas mirándola desde abajo con una sonrisa— y seréis la mujer más hermosa de la corte.

—No si la princesa Katrina puede evitarlo —comentó la otra, y se echó a reír.

Lenia sonrió con educación. Sabía que el príncipe, y el resto de la corte, la encontrarían atractiva con aquellos vestidos nuevos que el príncipe había ordenado que le hicieran, pero ella aún no se había acostumbrado a la carga de la tela que notaba fría y pesada contra la piel. La cintura ceñida, los pechos encerrados y elevados, las mangas apretadas contra los brazos. Incluso bajo la falda suelta había capas de encaje que le rozaban las piernas y hacían que le dolieran.

Pero no le importaba. Ya llevaba casi dos meses en el castillo y no tenía ninguna duda de que él la amaba, aunque no la recordara. Apenas podía apartar la mirada de ella durante las comidas; incluso había empezado a dejar la mesa del rey para ir a sentarse a su lado. Todo el mundo hablaba de ellos dos, más de un hombre comentaba la gran suerte del príncipe al encontrar una mujer tan silenciosa como hermosa, y por toda la corte corrían rumores sobre sus orígenes. Se inventaban historias elaboradas sobre el lugar del que provenía. Algunos decían que venía de las montañas que dividían el Norte del Sur, otros que había venido de un reino lejano donde los castillos estaban hechos de hielo y diamantes. Algunos de los nobles jóvenes más coquetos afirmaban que había descendido directamente del cielo. Pero nadie podría haber imaginado la verdad, más extraordinaria todavía.

El príncipe Christopher enviaba a buscar a Lenia todas las noches, cuando las doncellas la ayudaban a sacarse las rígidas capas de tela y a ponerse una bata fina, y le peinaban la larga cabellera hasta que caía como una cascada sobre sus hombros y espalda.

Cuando no estaba con él, pensaba en él. Incluso en aquellos momentos se moría de ganas de que las modistas terminaran con su tarea y dejaran que se preparara para la cena en el gran salón, y para él.

Empezaba a ponerse el sol y el olor del mar entraba por las ventanas. Fuera, su superficie relucía negra, como si fuera aceite, reflejando el sol, sin revelar nada de lo que contenía. Lenia paseó la mirada por el agua, tal y como se había acostumbrado a hacer. Pensó en sus hermanas, allí, bajo aquellas aguas. ¿Qué estarían haciendo en aquel preciso instante? Intentó imaginárselas (a Thilla con su expresión sensata, a la hermosa Nadine, a las gemelas Bolette y Regitta de rojos cabellos, a Vela con sus exóticas criaturas marinas), pero parecían estar muy distantes. Sintió pena al pensar en cómo la habrían buscado, en el pánico que habrían sentido al descubrir que se había ido. Se preguntó cuánto tiempo habría tardado una de ellas en acudir a Sybil, quien les habría contado lo que había hecho.

¿Acabarían por comprenderlo y perdonarla?

Pensó en el collar que habían encontrado para ella, en medio del barco naufragado del príncipe, y que ella había arrojado de nuevo al agua enojada después de oír hablar al príncipe sobre la princesa humana Margrethe. La mujer que él creía que lo había salvado. ¿Lo habría encontrado alguna de sus hermanas y lo habrían interpretado como un mensaje para ellas de su parte? «Os quiero, y estoy bien aquí, en el mundo superior.»

—¿Os encontráis bien, señora? —le preguntó una de las mujeres.

Se dio cuenta de que se estaba tambaleando, perdiendo el equilibrio. Una extraña sensación le subió desde el estómago. Intentó tranquilizarse.

Asintió, pero entonces aquella sensación la barrió por dentro, como una ola gigantesca, y fue como si su cuerpo se volviera del revés, cayó del taburete y una de las modistas la cogió, mientras la otra iba a buscar el bacín, y ambas la ayudaron a llegar a la cama.

Lenia abrió la boca y le salieron las entrañas. Un líquido caliente, una sensación terrible, como si su cuerpo se estuviera dando la vuelta, expulsando todo lo que contenía debajo de la piel. Recordó la sensación que sintió cuando la cola se convirtió en piernas y por un momento la invadió un pánico absoluto. ¿Y si se le estaba pasando el efecto de la poción? ¿Y si se estaba convirtiendo en otra cosa, en algo entre sirena y humana?

Todo pasó con la misma rapidez con la que había empezado. Permaneció sentada en la cama, jadeante, meciéndose adelante y atrás, sin saber qué había pasado.

—Tomad —le dijo una de las mujeres, y le dio un poco de agua que Lenia bebió agradecida.

Y vio que, en lugar de asustarse, las dos modistas cruzaban una mirada divertida, tras lo cual retomaron su trabajo.

Se quedó en la cama el resto de la tarde para recuperarse de la enfermedad que la había afectado. En el mar nunca había sentido algo tan desagradable y desconcertante.

Permaneció sola y desnuda tumbada en la cama blanda, con la cortina cerrada alrededor, agarrando aquel extraño torso que tenía, aquel vientre curvo. Durmió a ratos. Deseó que hubiera una concha en la que poder entrar, tal como hacían las criaturas marinas, y meterse en un suave recoveco rosado.

De pronto le molestaban todos los olores, más que antes incluso. La especia que había en el té que le habían traído las sirvientas, la lavanda del agua que perfumaba las telas, el vago aroma a ave asada que llegaba desde la cocina del castillo.

Sollozó bajo las sábanas. Estaba pegajosa por el sudor y las lágrimas. Era como una criatura marina expuesta y desagradable. Una almeja. Un mejillón.

Sin tenerlo a él allí, tocándola, estaba completamente

sola. Abandonada por todo. Aquello también era una enfermedad.

«Sybil —pensó cerrando los ojos—. Ayúdame.»

Pero ella estaba muy lejos ahora. Se metió bajo las sábanas y escuchó los rumores del castillo: su propia respiración, levemente agitada; el vago sonido del mar, el susurrante ir y venir de las olas que rompían en la orilla; el repiqueteo de los cascos de los caballos fuera; voces, risas, la zanfonía: alguna que otra tosecilla de la sirvienta que sabía que esperaba sentada en una silla frente a su puerta.

Entonces, al cabo de lo que parecieron unos minutos, vio a través de las cortinas que había movimiento en la puerta. Y oyó su voz.

Lenia se incorporó en la cama.

Las cortinas se apartaron y era él, el príncipe, frente a ella. Llevaba la ropa de caza (una capa grande, el gorro de cazador, el cuerno de marfil tallado colgado al cuello con una correa) y olía a corteza de árbol y a bosque. Lenia pensó que el príncipe insuflaba vida en todas las cosas. No solamente en ella. Él era hierba y tierra y sol y cielo.

—Hola, amor mío —le dijo en voz baja—. Me dijeron que no os encontráis bien.

Lenia le sonrió y extendió el brazo. Por detrás de él, la sirvienta inclinó la cabeza y abandonó la habitación.

—No estáis bien.

Ella dijo que no con la cabeza, sonriéndole.

«Estoy más que bien. Estoy perfectamente.»

Era la primera vez que él iba a su habitación en lugar de enviar a buscarla. Se despojó del cuerno, de la gorra, de la capa, mirándola con sus hermosos y extraños ojos. Lenia vio que era feliz. Podía sentirlo emanando de él. Algo había ocurrido.

El príncipe se deslizó en la cama a su lado, bajo las sábanas, y la atrajo hacia sí y le rodeó la fina cintura con los brazos. Lenia sonrió notando sus besos en el cuello y el mentón.

—¿Os encontráis mejor que antes? —le preguntó.

Ella le dijo que sí con la cabeza e inhaló su perfume. Nunca estaba demasiado cerca de él. Quería desaparecer en él. En su mundo no había nada parecido a aquello.

«¿Te acuerdas de mí?»

—Sois tan dulce —le dijo, sonriéndole—, tan hermosa.

«Ámame.»

—Vuestras doncellas me dijeron que podríais estar embarazada...

Lenia lo miró, desconcertada. Él la observaba con ternura. Fue deslizando su mano suave por el cuello hasta el pecho y luego hasta el vientre, apoyando allí la palma, provocando que otra oleada de mareo la recorriera. Le subió desde el estómago a la garganta y bajó de nuevo.

¿Embarazada?

Meneó la cabeza y se apartó de él.

—Me dijeron que estabais enferma de la manera en que lo están las mujeres.

Le puso la mano en el vientre. Lenia bajó la vista a su piel lisa y pálida, allí donde antes había habido escamas de un reluciente y centellante verde plateado. ¿Podía ser que un hijo se estuviera formando en su interior? ¿Qué clase de criatura podría tener en aquel mundo?

Trató de no hacer caso de la intensa sensación de repugnancia que recorrió su cuerpo.

Él notó su aflicción y se preocupó.

—¿Os volvéis a encontrar mal?

Lenia lo negó con la cabeza y se obligó a sonreír.

El joven se relajó, extendió el brazo y le acarició el pelo. Le recorrió el cuello y la espalda con los dedos, provocando estremecimientos que se propagaron por la piel de la muchacha.

«Él lo quiere», pensó.

—Mi primer hijo —dijo, besándole la barbilla—. Será una preciosidad, como su madre.

Aquella noche la cena fue espléndida. El rey y la reina, sentados en la mesa principal, iban vestidos con más elegancia que de costumbre, y el servicio parecía especialmente extravagante, con unos pavos reales aderezados de forma elaborada y cuyas colas sobresalían en los extremos de unas fuentes de plata, y faisán, cordero y jabalí. Los músicos tocaban al frente del salón y unos malabaristas iban dando vueltas por la estancia. Habían venido de visita unos nobles de una finca rural que ocupaban un extremo de una de las largas mesas. El ambiente era jovial, iluminado por la luz de la lumbre.

Aunque todavía se estaba recuperando de las náuseas de antes, Lenia estaba de muy buen humor. Daba la sensación de que el mundo entero estuviera celebrando su buena noticia, aunque nadie lo mencionó abiertamente. Pero Christopher se sentó otra vez a su lado en el banco en lugar de hacerlo en la mesa de su padre, y Katrina estuvo todo el rato mirándolos con una sonrisita en el rostro.

A mitad de la comida, el rey se puso de pie e hizo señas a los músicos para que dejaran de tocar.

Christopher se encogió de hombros y miró a Lenia con las cejas enarcadas.

—Tenemos algo que anunciar —empezó a decir el

rey al tiempo que el silencio invadía la sala—. Hemos estado en guerra mucho tiempo y hemos perdido a muchos de nuestros hijos. Ahora tenemos paz, pero nos hemos enterado de que el Norte está preparando una nueva serie de ataques contra la costa oriental. Ya hemos movilizado a nuestros soldados, pero nuestro deseo es poder evitar más derramamiento de sangre. Como muchos de vosotros ya sabéis, hace mucho que deseamos poner fin a la lucha de manera justa y pacífica. Hace mucho tiempo que deseamos devolver a nuestro reino la gloria de antaño uniendo el Norte y el Sur una vez más.

»Esta mañana envié a un grupo de hombres a recoger a una nueva invitada en nuestra corte. La princesa Margrethe, hija del rey del Norte. Acude a nosotros por voluntad propia como parte de una alianza matrimonial que reportará paz a nuestra nación durante muchos años, si el Norte accediera a ello. Dicha alianza reuniría los linajes de nuestro reino y nos convertiría una vez más en uno solo. Hemos garantizado la seguridad de la princesa. Ahora mismo otro grupo de hombres va de camino al Norte para exponer nuestras condiciones al rey. La princesa Margrethe será una invitada aquí en nuestra corte hasta que recibamos la respuesta. Si todo va como esperamos, la princesa Margrethe y el príncipe Christopher contraerán matrimonio y tendremos paz. La paz y el esplendor del reino de antaño.

El rey alzó su copa y el salón permaneció en silencio mientras sus palabras se iban asimilando.

Lenia miró a Christopher con cara de espanto. Él estaba pálido, ceniciento, con la mandíbula tensa. Ella no lo había visto nunca así.

El rey bebió de su copa y la dejó en la mesa.

—Y ahora —dijo—, quiero presentaros a la futura esposa de mi hijo, la princesa Margrethe del Norte.

Antes de que nadie tuviera tiempo de reaccionar, un guardia abrió la puerta lateral del salón y una joven que llevaba un vestido de un azul intenso, de cabellos negros enroscados en un peinado elaborado bajo una tiara de oro, entró en la estancia. Avanzó con aire regio y calmado y se detuvo para saludar al rey con una reverencia. Sus ojos oscuros recorrieron la corte.

Lenia la miró fijamente. Se quedó boquiabierta. Y por primera vez supo lo que era sentir verdadero pánico.

«Margrethe.»

Por debajo de la manga de la joven, Lenia vio el rastro de diamantes en su piel, allí donde la había tocado. La chica, Margrethe, le había dicho que era la hija del rey del Norte. Y en aquel instante Lenia comprendió lo que aquello significaba. Entendió lo que acababa de explicar el padre de su amado.

«No —pensó—. Él tiene que casarse conmigo.» Los ojos se le llenaron de lágrimas y se le abatió el semblante. Como si tuviera el rostro debajo del agua.

Horrorizada, vio que Margrethe escudriñaba la sala con la mirada hasta acabar posándola en Christopher. Vio que su expresión se suavizaba y reaccionaba al verle, y el leve rubor que acudió a sus mejillas no hizo más que aumentar su belleza.

Pero Christopher ni siquiera pareció ver a Margrethe. Sus ojos parpadeantes la pasaron de largo, su rostro era una dura máscara de furia.

La habitación estalló en exclamaciones. Algunas personas aplaudían y vitoreaban, otras gritaban con enojo.

—¡Basta! —el rey pidió silencio con un gesto de la mano—. ¡Ya estamos hartos de luchar!

El príncipe se puso de pie.

—Padre —dijo con una voz que temblaba de ira—. Parece ser que he estado equivocado al suponer que era yo quien debía dirigir mi vida.

Margrethe empalideció visiblemente al oír aquello, pero volvió a asumir un aire regio de inmediato, transformándose con tanta rapidez que podría habérsele pasado por alto a cualquiera que no hubiera estado observando con atención.

—Vuestro deber, hijo mío —respondió el rey—, es servir a vuestro reino.

Toda la sala quedó en silencio, cobrando ánimos para lo que pudiera ocurrir a continuación.

Transcurrieron unos largos momentos durante los cuales padre e hijo se miraron como si no hubiera nadie más presente.

Todos los hombres se prepararon, deslizando las manos hacia sus armas. Todos ellos habían jurado proteger al rey a toda costa, incluso de su propio heredero.

Pero Christopher sorprendió a todo el mundo. Se volvió hacia Lenia y le tendió la mano. Ella se la tomó, con el rostro encendido y mojado de lágrimas.

—Venid, amor mío —le dijo.

La ayudó a levantarse del asiento con ternura y, con la espalda erguida, la cabeza alta y Lenia cogida de la mano, abandonó la habitación en silencio.

Al salir por la puerta, Lenia volvió una vez más la mirada a Margrethe, que seguía de pie al frente de la sala, incómoda, con el mismo aspecto que si en realidad un centenar de hombres hubieran desenvainado sus armas y todas la apuntaran a ella.

Fue la princesa Katrina quien abordó a Lenia aquella noche en la antecámara de la reina, después de que ésta se hubiera pasado más de una hora intentando tranquilizar al príncipe, quien insistía en que no iba a participar en el plan de su padre.

—Tal como dijo mi padre, es la princesa del Norte —explicó Katrina—. Han acordado una especie de trato para traer la paz. Y ahora mi hermano se verá obligado a llevar a cabo este matrimonio. —Hablaba de un modo flemático, como si a Lenia no se le estuviera rompiendo el corazón en el pecho—. ¡Estáis llorando! ¿Por qué lloráis? ¡Ay, querida! ¿Acaso queríais casaros con él? Aun sin este tratado de paz, mi hermano no podría casarse con vos. Es un príncipe. No puede elegir la esposa que quiera.

Katrina suspiró y se volvió a mirar a sus doncellas.

—A mí me gustaría no casarme nunca, por supuesto. Me gustaría tocar la zanfonía y escribir poemas, y me gustaría mucho vivir como uno de esos trovadores de la corte. ¿No sería estupendo? Que no te obligaran a casarte con nadie para ayudar al reino, como le ocurrirá a mi hermano. Aunque lo más probable es que en menos de un año yo también esté casada.

—Si podemos encontrar a un hombre que os quiera —terció la reina, haciéndolas reír a todas.

A todas menos a Lenia, que seguía sentada en silencio, anonadada, viendo cómo le caían las lágrimas sobre el bordado rudimentario que tenía en las manos.

Capítulo Diecisiete

La Princesa

Margrethe se fue despertando poco a poco, sintiendo el roce de una brisa marina que la espolvoreaba con granos de sal, diminutos y centelleantes. Se había pasado la noche soñando con el mar. Cogida de la mano de la sirena, nadando las dos juntas, deslizándose por el agua como si fueran pájaros, sumergiéndose más y más en las profundidades del océano, con los brazos extendidos a los lados. Notaba la dureza de la piel de la mano de la sirena, como metal blando, contra la suya. De algún modo sabía que iban a algún lugar espectacular, misterioso, tan maravilloso como las visiones que tenían las ancianas monjas cuando temblaban de amor. Y el agua se convirtió en nubes, en estrellas, y la sirena se convirtió en su madre que la llevaba hacia lo alto... hasta que la luz se hizo tan brillante que ya no pudo verla más, y el amor la inundó.

Se incorporó, acongojada. Edele estaba despierta, sentada junto a la ventana, mirando afuera. Tras ella, el cielo era de un apagado azul ahumado.

—Estabais soñando —dijo Edele mirando a Margrethe.

—Sí. —Margrethe se levantó poco a poco de la cama,

el camisón cayó formando pliegues en torno a su cuerpo y se acercó a la ventana con su amiga—. Edele, ¿creéis que cometí un terrible error?

Edele volvió la cabeza para mirarla.

—No —respondió—. Creo que habéis hecho lo correcto. Pero podría ocurrirnos cualquier cosa. Ya lo sabía cuando vine con vos. El príncipe no debió caer en la cuenta de quién sois, de que ya os conoce. Y lo pillaron desprevenido. Me refiero a que ya visteis cómo lo humilló su padre.

Margrethe asintió con la cabeza.

—¿Vos lo visteis?

—Sí, estaba sentada con las damas de la princesa. Pensé que me habíais visto.

—A duras penas podía ver nada de lo asustada que estaba.

Por un momento se quedaron las dos en silencio, contemplando la playa desde la torre, los guardias apostados en la orilla, los pequeños barcos meciéndose en el agua. Evitando hablar del tema que ambas tenían en mente: la amante del príncipe. Astrid, la habían llamado.

—¿Qué fue lo que soñasteis? —le preguntó Edele con falsa alegría—. Contádmelo —apoyó la mano sobre la de Margrethe, que se sobresaltó, sorprendida, y al ver el gesto se relajó.

—Nada, sólo tonterías —respondió meneando la cabeza—. Estaba nadando con una sirena.

—¡Una sirena!

—Sí —Margrethe sonrió—. Me estaba enseñando toda clase de maravillas, secretos del mar.

Edele suspiró.

—¡Ojalá pudiera soñar estas fantasías! Se os veía muy feliz. En mis sueños yo encuentro un trozo de cinta o un pendiente que creía haber perdido. Supone toda una decepción cuando me despierto.

—Resultaba agradable estar en otra parte —dijo Margrethe con una sonrisa—. A la gente no le gusta que hayamos venido, Edele. A él no le gusta que hayamos venido. No sé si esto va a funcionar, si nos hemos puesto en grave peligro para nada. El príncipe Christopher... Ni siquiera me miró. Ha pasado muy poco tiempo, en realidad, desde que estuve con él, y ya ama a otra.

—Estaba molesto con su padre, Margrethe, no con vos. Sólo necesita tiempo. Sabéis que no puede casarse con esa mujer.

Margrethe meneó la cabeza.

—Si no se casa conmigo... No puedo ni pensarlo siquiera. Nada de esto saldrá bien si no tiene lugar el matrimonio. Estamos en esta fortaleza enemiga, solas, y el rey no tiene ningún motivo para protegernos.

—Aquí tenemos muchos aliados, y el rey se muestra amistoso con nosotras. Por favor, mi señora. Mi querida amiga. No desesperéis.

Margrethe no podía evitar tener aquellas sensaciones, aquel presentimiento de fatalidad. Nada era tal como ella lo había imaginado. La realidad de estar allí, en aquel castillo enemigo, la forma en que habían salido las cosas la noche anterior. El sentimiento había sido tan intenso antes, aquella certeza y la sensación de tener un rumbo. En su vida nunca se había sentido tan segura como entonces, y todo había sido por aquella sirena. Pero ahora la sirena sólo era un sueño que se desvanecía lentamente.

Entonces se le ocurrió: aquella tal Astrid le recordaba mucho a Lenia.

Exasperada, Margrethe se puso de pie y caminó hasta la ventana, y entonces se le cayó el alma a los pies aún más.

—Mirad —dijo.

Edele dirigió la mirada hacia donde señalaba Margrethe.

—¿Qué?

—Venid, acercaos más a mí. Mirad. Allí abajo.

Era el príncipe, caminando junto al agua. Paseando con Astrid, cogidos del brazo.

Las dos jóvenes pegaron el rostro a la ventana y observaron en silencio.

—Parecen felices, ¿no es verdad? —preguntó Margrethe.

—Sí —repuso Edele con un susurro, y le pasó el brazo por los hombros a Margrethe—. Pero dejad que pase el tiempo. Al fin y al cabo, es un hombre.

Margrethe no había visto a un hombre y una mujer tan radiantes desde aquel día en la playa, desde que la sirena miraba a Christopher de ese modo. Se zafó de aquel recuerdo. Ahora se trataba de una mujer de verdad, no importaba lo mucho que se pareciera a una criatura mítica, y el príncipe, recuperado y sano otra vez, también la miraba con la misma devoción.

—Me siento fatal.

—Shhh —la consoló Edele.

—No sé qué significa esto. Yo creía... aquellos momentos con él, entre nosotros... Pensé que eran algo especial, que nos darían fuerzas, pensé que podrían ser las semillas del amor. Ahora ya no estoy tan segura. ¿Y si es tan veleidoso que se ha olvidado de mí por completo?

—No importa, Margrethe. Lo único que importa es que os caséis y reunáis nuestros dos reinos en uno.

Margrethe respiró profundamente y asintió:

—Tenéis razón. Es cierto.
Por debajo de ellas, el príncipe abrazó a la mujer.

A la mañana siguiente, Margrethe y Edele asistieron a misa en la capilla de la reina. Entraron sin hacer ruido, con la cabeza inclinada, y se sentaron juntas en el último banco. Margrethe intentó concentrarse en las palabras del sacerdote, pero se sorprendió observando a Astrid que comulgaba con los ojos cerrados y la boca abierta. Cuando ella y Edele avanzaron hacia el comulgatorio, Margrethe notó que los ojos de la reina, de la princesa del Sur y de la amante del príncipe se clavaban ardientes en su espalda.

Meneó la cabeza, se obligó a no pensar en ellas, a concentrarse en la comunión y en sus oraciones al regresar al banco de atrás, pero en el fondo se moría de vergüenza. Nadie la quería allí, ni siquiera su futuro esposo. Lo había arriesgado todo por ir hasta allí, para casarse con un hombre que no la quería.

Durante los días siguientes, Margrethe pidió que le llevaran la comida y la cena a su habitación, aduciendo que aún estaba agotada por el viaje.

—Dejemos que se acostumbren a la idea de que estamos aquí sin la presión de nuestra presencia constante —le dijo a Edele, que no se lo discutió.

Llevaban allí poco más de una semana cuando las invitaron a visitar las dependencias de la reina, y a Margrethe le pareció que no tenía más remedio que ir.

Entraron en una habitación amplia y suntuosamente decorada en la que las colgaduras de las paredes eran unos tapices brillantes, entretejidos con un hilo dorado como de encaje. Margrethe no pudo evitar pensar en el lugar en el que su madre había recibido a sus amistades y en lo mucho más cálido que era en comparación con aquella estancia. Aquella reina era austera y distinguida, y sus habitaciones reflejaban dicha frialdad.

La reina iba vestida de rojo y llevaba el cabello negro peinado hacia atrás. Margrethe pensó que era tan imponente como su hijo, con los mismos ojos de un verde dorado. Combinados con su espectacular colorido, aquellos ojos le daban una mirada animal. Estaba jugando a cartas con una de sus doncellas y, cuando entraron Margrethe y Edele, alzó la mirada y las saludó con la cabeza.

Allí había una docena de mujeres más jugando una partida, leyendo y cosiendo, repartidas por la habitación como los servicios de mesa en un banquete.

Margrethe cruzó la mirada con Astrid y se la sostuvo a pesar de todo. De cerca era aún más deslumbrante. Pero la joven tenía algo que hipnotizaba y que le resultaba casi familiar. Como si fuera alguien a quien hubiera conocido en sueños. De pronto pensó en Lenia. La insoportable belleza de la sirena brillando en la playa, el príncipe moribundo bajo ella. Volvió a tener la misma idea: era hermosa de ese modo, y a Margrethe se le encogió el corazón con un horrible sentimiento de pérdida. La sensación de que nunca encontraría belleza igual, en todo el mundo. En su opinión, aquella chica poseía un atisbo de esa misma belleza. ¿Cómo iba ella, Margrethe, a competir con una mujer como aquélla?

—Bienvenidas —dijo la reina, y Margrethe apartó la mirada, con la esperanza de que su semblante no la hubiera traicionado.

Hizo una reverencia.

—Gracias —dijo—. Agradecemos vuestra hospitalidad, y esperamos corresponder a ella algún día.

La reina le dirigió un gesto con la cabeza.

—Quedaos con nosotras, por favor —miró a las mujeres que había en la habitación—. Tenemos que dar la bienvenida a la prometida de mi hijo. Entonces sonrió a Margrethe, pero no era la clase de sonrisa que podía transmitir calidez a nadie.

Margrethe y Edele tomaron asiento, incómodas, un poco aparte de las demás, en unas sillas junto a un ventanal cubierto con una vidriera de colores. Tomaron un mazo de cartas y empezaron a jugar.

Las otras mujeres hablaban, reían. Margrethe se fijó en que Astrid no decía ni una sola palabra pero parecía preocupada. Estaba cosiendo, pero con torpeza. Sus manos estaban perfectamente formadas, eran elegantes, y sin embargo sus movimientos eran como los de una niña pequeña.

Edele dijo entre dientes:

—Os está observando.

—¿En serio?

Margrethe miró a Astrid, directamente, y sus miradas se encontraron. Los ardientes ojos azules de la chica en los suyos. Margrethe apartó la mirada de inmediato, nerviosa. Había algo extraño y dolorido en la expresión de la chica.

—Bueno, he venido a casarme con su amado —dijo Margrethe, sorprendida por la sensación de triunfo que experimentó al pronunciar estas palabras. Nunca había tenido una sensación como aquélla cuando estaba metida en el estudio con Gregor, rodeados de libros en un castillo donde todo el mundo la adoraba.

Sintió brotar la malicia en su interior. Se dio cuenta

de que necesitaba aquello. No solamente para su reino, sino también para sí misma. Quería caminar con él junto al mar, inclinarse sobre él tal y como había hecho la sirena, rozarle la frente con los labios. Quería su corazón además de su mano en el matrimonio y sabía que, si él la recordaba, sólo con que pensara en ella y en aquellos momentos junto al mar, olvidaría a cualquier otra persona. La gente decía que Astrid ni siquiera podía hablar. A pesar de la belleza de la chica, ¿cómo podía el príncipe amar a una mujer que no podía hablar, que no podía reír con él o replicarle, que no podría cantarles nanas a los hijos que le diera? Allí estaba, sentada a los pies de la reina, sin decir ni una palabra mientras las demás charlaban en torno a ella.

Margrethe sintió aversión hacia la amante del príncipe. El sentimiento la invadió de repente y estuvo a punto de hacer que se pusiera de pie. Lo hubiera gritado a voz en cuello.

—No dejéis que os ponga nerviosa, amiga mía —susurró Edele.

Margrethe se sobresaltó y notó que se ruborizaba.

—No seáis ridícula —repuso con voz queda.

Edele la miró a los ojos y le dijo:

—Quizá deberíais hacerle una visita al príncipe. Es lo único que le hace falta, ¿sabéis? Id a hablar con él.

Margrethe asintió con la cabeza.

Al cabo de un momento se levantó.

—Estoy cansada —dijo—. Mi doncella y yo nos retiraremos por esta noche.

—Como deseéis —dijo la reina, y las saludó con la cabeza.

Margrethe se sintió molesta porque creyó detectar una sonrisa de satisfacción en el rostro de la mujer, pero no tenía tiempo ahora para preocuparse por la madre del príncipe. No hasta haberse ganado a su hijo.

En cuanto salieron del ala de la reina, Margrethe se volvió a mirar a Edele, incapaz de contener sus sentimientos.

—Voy a ir a verle —dijo—. Ahora mismo. Tenéis razón. Hablaré con él.

—Bien —respondió Edele, y le puso la mano en el hombro—. Recordad: sois una princesa, la mujer más hermosa en el reino del Norte. E incluso un poco inteligente, además.

Margrethe se echó a reír, agradecida por cómo Edele era siempre capaz de conseguir que se calmara.

—Él os ama —añadió Edele, que bajó la voz cuando un guardia dobló la esquina y entró en el pasillo—. ¡Venga, marchaos!

Margrethe dio media vuelta y, con su porte más regio, se dirigió al guardia que se acercaba.

—¿Dónde está el príncipe? —le preguntó—. Debo hablar con él enseguida.

—Creo que está con el rey, señora.

—Llevadme hasta él.

—Como deseéis —dijo el hombre, que estaba nervioso pero no quería desobedecer a una princesa.

Margrethe siguió al guardia por un pasillo que conducía a la cámara del rey, pensando en lo que le diría al príncipe. Tenía ganas de gritar: «¡Me conocéis! ¡Me besasteis la mano en el fin del mundo! Os salvé la vida, ¿os acordáis? Dijisteis que era un ángel. ¿No lo recordáis? Hubierais muerto de no ser por mí. ¡Os llevé por el agua!» No le importaba si esto último era cierto o no.

Cuando se aproximaban a la cámara del rey, la puerta se abrió de repente y apareció nada menos que el príncipe, que salía de allí como un huracán.

Pasó rozándolos con el rostro encendido de furia.

—Christopher —dijo Margrethe.

Él se dio la vuelta, furioso.

—Vos —repuso.

—Sí —tenía el corazón palpitante. Retrocedió.

Él se le acercó, airado, mientras la joven lo miraba con ojos aterrorizados y muy abiertos.

—Vos. Me dejasteis en ridículo. Pensé que erais una mujer de Dios, y en cambio erais... sois... —la señaló con gesto frustrado.

—Pero... —empezó a decir Margrethe. Nadie le había hablado nunca de esa manera. Las lágrimas asomaron a sus ojos, para su propio horror. Se las enjugó con enojo—. ¡Yo tampoco sabía quién erais!

—¡Vos me engañasteis! Me tuvisteis ahí y dejasteis que prácticamente os profesara mi amor, Margrethe —enfatizó su nombre con enojo—. Como un idiota.

—Pero es que yo me estaba escondiendo —replicó ella—. Allí nadie sabía quién era yo. Se suponía que no debía decírselo a nadie. ¡No entiendo qué pensáis que debería haber hecho!

—Deberíais haberme dicho vuestro nombre. Quién erais. Estaba casi muerto, ¿qué creéis que os hubiera hecho? ¡Estábamos en la casa de Dios!

Ella se quedó mirándolo, boquiabierta. La fuerza de su furia la abrumaba.

—¿Qué queréis decir? —dijo ella—. ¡Vos... erais mi enemigo!

—Exacto —replicó él, en voz baja, y por primera vez la joven vio el dolor en sus ojos. Él creía que lo había traicionado. ¿Lo había hecho? Para ella no tenía sentido. Nada de aquello tenía sentido.

—Lo siento —susurró.

Por un momento el príncipe relajó el semblante y Margrethe vio un atisbo del hombre al que había conocido junto al mar.

En aquel preciso momento apareció un guardia de la cámara del rey.

—¿Puedo ayudaros en algo, Su Alteza? —preguntó, y tanto Margrethe como Christopher se volvieron hacia él de inmediato.

El hombre se había dirigido al príncipe y éste le dijo que no con la cabeza.

—Voy a volver a mis habitaciones —dijo Christopher.

—Vos me conocéis —susurró Margrethe, tratando de recuperar el momento.

Él la miró con frialdad.

—Yo conocí a una mujer santa. No conozco a la hija del rey del Norte —prácticamente escupió las palabras antes de marcharse enfurecido, dejándola allí sola con el guardia, el cual era lo bastante caballero para fingir que no había visto nada de lo que acababa de suceder.

Capítulo Dieciocho

La Sirena

Cuando habían pasado unos cuantos días desde la llegada de Margrethe al castillo, la sanadora, Agnes, visitó a Lenia y confirmó que, en efecto, estaba embarazada del bebé del príncipe, que éste le había sembrado una semilla y el fruto sería un hijo. El hijo de él. El hijo de ella. Agnes le había explicado a Lenia que el bebé estaba creciendo a un ritmo poco habitual, que nunca había visto nada parecido.

—Noto su corazón —le había dicho, y Lenia había tenido que tragar saliva para combatir las náuseas—. Hubiera pensado que ya habríais llegado embarazada de no ser porque yo misma vi que erais virgen. Nunca he visto nada igual, pero tanto vos como el bebé parecéis estar muy sanos.

En aquellos momentos, más de dos meses después de haberse bebido la poción de Sybil y de salir al mundo superior, Lenia estaba junto al mar, mirando el agua y recordando las palabras de la bruja: «Si él se casa con otra persona, al amanecer de la mañana siguiente se te romperá el corazón y te convertirás en espuma.»

Las olas rompían, se alzaban y descendían en cascada formando espuma y luego se quedaban en nada, como si nunca hubieran estado allí. Toda su vida, en el mar, había soñado con aquello, con el mundo de arriba. Y ahora que estaba allí, anhelaba en cambio el mar, todo lo que había dejado atrás. ¿Iba a pasarle siempre lo mismo?

Le habló mentalmente al bebé: «Esto es el mar, donde viven tus tías, tu abuela y tu abuelo, tus primos...»

Le entraron ganas de vomitar y se agarró el estómago. Su cuerpo estaba cambiando y tenía la sensación de tener un pez atrapado en su interior. En aquel preciso instante, se le revolvió el estómago y tuvo que inclinarse a vomitar en el mar.

¿Qué era lo que tenía dentro? ¿En qué se convertiría?

Le aterrorizaba que pudiera dar a luz alguna especie de mutante, parte sirenio y parte humano, un hijo que no sería aceptado en ninguno de los dos mundos. Ahora no podía hacer otra cosa aparte de esperar.

Toda la gracia que había poseído en su anterior vida, en su antiguo cuerpo, parecía haber desaparecido para siempre. Sólo tenía ganas de comer, de dormir y de estar con él. El príncipe aún la visitaba o enviaba a buscarla con frecuencia, pero parecía tener miedo de hacer nada que no fuera abrazar a Lenia, como si ella fuera a romperse.

—No lo haré —prometía mientras le acariciaba el pelo y palpaba la curva de su vientre—. Mi verdadera esposa sois vos, pase lo que pase.

Lenia pasaba cada vez más tiempo en la capilla o junto al mar mientras que todos los demás salían a disfrutar de los divertimentos de la corte, al parecer interminables. Sabía que ahora todo dependía del rey del Norte. Si el rey lo permitía, Christopher y Margrethe contraerían matrimonio. Si el rey no lo permitía, legalmente Christopher y Margrethe no podían casarse. Y entonces, sólo entonces, el príncipe sería libre de casarse con ella. A pesar de lo que dijera Katrina, él se casaría con ella si pudiera, Lenia estaba segura de ello. La forma en que la miraba cuando estaban a solas... la forma en que le acariciaba el pelo, le susurraba al oído y al vientre no le dejaban lugar a dudas.

Habían pasado más de dos semanas desde que el rey enviara a los mensajeros al norte. El día menos pensado recibirían la respuesta del rey Erik.

Le rezaba al Dios humano, a Jesucristo y a María. En la capilla, levantaba la vista al crucifijo, al hombre que sufría con la sangre bajándole por el rostro y con una corona de espinas en la cabeza. Enviado a la tierra por su padre para que muriera por los pecados de los humanos. Su bello rostro vuelto a un lado con dolor. Su cuerpo maltrecho, que ella ansiaba tocar.

«Por favor, dejad que se case conmigo —rezaba, pero no estaba segura de si los dioses humanos la escucharían—. Ayudadme a mí y a mi hijo.»

Porque aun en el caso de que su hijo fuera deforme y monstruoso, o la criatura más espantosa que se hubiera visto nunca en tierra y en mar, Lenia lo amaba. Daba igual lo que fuera, era su hijo, un hijo suyo y del príncipe, algo que habían hecho juntos. Moriría cien veces seguidas para que su hijo pudiera vivir.

Y lo único que podía hacer Lenia era rezar y esperar, rezar y esperar, mientras iba llegando algún que otro rumor desde el Norte diciendo que era muy probable que el rey cediera.

Capítulo Diecinueve

La Princesa

Margrethe estaba echada en la cama, sin poder dormir. Nunca se había sentido de ese modo con nadie. Nunca había odiado a nadie. Pero ahora odiaba a la amante del príncipe. A Astrid. Deseaba desesperadamente que desapareciera sin más. Estaba segura de que podría matarla con sus propias manos si le daban ocasión, y la torturaban sueños en los que la veía besando al príncipe, o inclinándose sobre él en las rocas como si fuera la sirena, rozando con los pechos su piel desnuda.

Se enteró de cosas de la amante del príncipe a través de las sirvientas de la princesa Katrina: que Astrid había aparecido un día en el castillo sin nada de ropa pero llevando un collar asombroso, inestimable; que no podía hablar; que cuando no estaba en compañía del príncipe pasaba la mayor parte del tiempo en su habitación o paseando junto al mar. Lo rara que era. Se enteró de que Katrina era la que en un principio se había mostrado amable con ella, pero que el príncipe se había enamorado locamente de ella nada más verla, y que aún lo estaba, para sorpresa de todas las damas que, en realidad, consideraban que Astrid era muy aburrida.

—Es por el bebé —dijo una de las damas—. El príncipe es un buen hombre y esa víbora se las arregló para quedarse embarazada en cuanto llegó.

Cuando se quedó a solas, Margrethe se miró en el espejo y empezó a criticar todos sus defectos. ¿Acaso no era lo bastante hermosa? ¿Acaso él no la deseaba? Contempló su larga cabellera negra y sus ojos castaños, su piel pálida y sus rasgos angulosos. La gente decía que tenía un aire inteligente, igual que su madre. Antes Margrethe siempre lo había considerado un cumplido. Ahora se imaginaba aburrida y adusta, una mujer más adecuada para la vida en un convento que para el amor de un hombre. Ella no poseía las curvas exuberantes de Astrid, y empezó a odiarse a sí misma por ello.

Claro que resultaba más fácil creer que la culpa era de su cabello oscuro o de su delgadez que aceptar la verdad: Christopher tenía la sensación de que ella lo había traicionado. Y Christopher estaba enamorado de otra persona.

Edele trató de consolarla y de recordarle por qué estaba allí. Pero pasaba demasiado tiempo llorando por Rainer, a quien echaba muchísimo de menos, para servir de mucho consuelo.

Todos los del castillo estaban nerviosos, cada uno por sus propias razones. Esperando para ver lo que hacía el rey Erik. Tanto si decidía lanzar un nuevo ataque como si se decantaba por asistir a la boda de su hija, no tardaría en acudir al reino del Sur.

El único consuelo de Margrethe era la lectura, tal y como siempre lo había sido desde que era niña. Abrir un manuscrito y perderse en el mundo de su interior. La precisión limpia de las letras griegas, como manos que la calmaban.

Una tarde estaba sentada leyendo un viejo manuscrito y oyó entrar a alguien en la biblioteca. Levantó la vista, sobresaltada, con la mente aún sumida en el mundo del libro, y se encontró mirando directamente al príncipe Christopher.

Por un minuto pensó que él se daría la vuelta y se marcharía. Pero tuvo la impresión de que le podía más la curiosidad.

—¿Qué estáis leyendo? —le preguntó.

A Margrethe se le aceleró el corazón en el pecho. Parecía un momento frágil, como un vaso en equilibrio sobre un alambre. Casi le daba miedo respirar.

—La *Odisea* —contestó.

—¿La *Odisea*? ¿Sabéis leer griego? —dio un paso adelante y miró la página que la joven tenía delante.

—Sí. Mi madre insistió en que yo recibiera educación. El viejo tutor y consejero favorito de mi padre me instruyó. Acabó gustándome.

Él la miró, impresionado, intentando disimular su sorpresa.

—Ya hemos hablado de este libro con anterioridad, vos y yo —comentó ella—. De los hombres con ojos en la frente, mujeres con serpientes por cabello. La hechicera que te lanza un hechizo —aguardó su reacción, esperándose lo peor.

El joven sonrió.

—Nosotros, los héroes modernos, también podemos tener aventuras, ¿sabéis?

—No lo dudo —repuso ella, riendo con alivio.

—¿Os importa si me siento?

—No —contestó, indicando el otro lado de la mesa—. Por favor.

El príncipe se sentó frente a ella. Margrethe tomó aire. Era muy apuesto. Bajo aquella luz, sus ojos eran más verdes que dorados. Su cuerpo parecía ser demasiado grande para la mesa. Ella estaba acostumbrada a estar sentada en habitaciones como aquélla con Gregor, que era alto y desgarbado, no como el guerrero que tenía delante. Por su aspecto, parecía que Christopher tuviera que estar al sol en todo momento, disparando flechas contra torres, persiguiendo ciervos con una lanza levantada por encima de la cabeza.

Fue el primero en hablar.

—Quiero pediros disculpas por lo enojado que he estado. Os he culpado demasiado, Margrethe —sonrió con ironía—. Resulta extraño llamaros así.

—Yo también lo siento —dijo ella. Alzó las manos—. Por todo esto. La situación en la que os encontráis ahora.

Él movió la cabeza en señal de asentimiento.

—Cuando os conocí, fue maravilloso —su rostro se llenó de emoción—. Aquello fue... como de otro mundo, y luego vos, como un ángel. Me llevasteis por el agua. Lo recuerdo. Estuvisteis junto a mi cama vestida toda de blanco. Eso me cambió. Por primera vez en mi vida, me sentí puro. Inmaculado. Estaba prácticamente muerto, había perdido a todos mis hombres y entonces este ángel se me apareció... Al descubrir que la mujer a la que había conocido era la princesa Margrethe... —Meneó la cabeza—. Me sentí como si me hubieran estafado o algo parecido. Y ahora venís aquí, mi padre arregla este matrimonio sin que yo lo sepa...

—Y tenéis a alguien —terció Margrethe con voz temblorosa.

Él asintió con lentitud y apartó la mirada.

—Pensé en vos. Habíais estado totalmente fuera de mi alcance, una mujer de Dios. Todavía oigo vuestra voz. Sueño con ella.

—¿Con mi voz?
—Cuando me llevasteis por el agua. Me cantasteis.
Su sonrisa vaciló. Por un momento se quedó inmóvil.
Pero la sirena se había perdido para siempre en las profundidades del mar misterioso e imposible.
—Sí —dijo ella.
El príncipe mudó el semblante.
—Este matrimonio, Margrethe, haría mucho bien a nuestros dos reinos. Podríamos volver a ser uno solo, tal como lo éramos con el antiguo rey. Sé lo que significa el hecho de que hayáis venido hasta aquí. Ahora mismo estaría combatiendo si no lo hubierais hecho. El Norte estaría a nuestras puertas y estaríamos en guerra. Perdiendo a nuestros amigos y hermanos. Yo soy como mi padre. Estoy cansado de luchar. Sin embargo, no estoy dispuesto a entregar nuestra nación a vuestro padre y convertirnos en sus esclavos.
Margrethe asintió, al borde de las lágrimas. Era por eso por lo que había acudido allí.
—Deberíamos recibir la respuesta pronto —comentó, y bajó la mirada. Acto seguido la volvió de nuevo hacia él—. Entonces seréis vos quien tendrá que decidir.
El príncipe sonrió con tristeza y le tendió la mano.
Nerviosa, puso su mano en la de él y vio que se inclinaba y se la llevaba a los labios, tal como había hecho en el jardín. La joven se estremeció cuando la boca del príncipe presionó su piel.
—No es así como me imaginaba mi vida, Margrethe. Es un extraño viaje el que nos ha traído aquí, a este momento. ¿No estáis de acuerdo?
—No puedo negarlo —contestó.

A la mañana siguiente, Margrethe se despertó más animada de lo que se había sentido desde hacía días. Él no le había prometido nada ni le había declarado su amor, pero sin embargo había una oportunidad.

Una posibilidad.

Margrethe se reprendió por ser tan egoísta. No se trataba de su felicidad, sino del bien del reino. Podía hacer muy poco en el mundo, y sin embargo, había hecho esto.

De todos modos, él no la había olvidado.

Se quedó tumbada y se permitió disfrutar de aquel momento, aquel único momento para deleitarse con aquella sensación.

Margrethe se volvió a mirar a Edele, que estaba dormida a su lado. Era temprano. Fuera, el sol se reflejaba bullente por la superficie del agua, proyectando una luz dulce sobre la oscuridad. Sintió que un anhelo la invadía. De pronto quería volver a verle. Había muchas más cosas que quería decirle.

Se vistió con cuidado, salió de la habitación y le dijo al guardia que había en la puerta adónde quería ir.

—Dudo que sea seguro para vos, Su Alteza —repuso el hombre.

—Oh, sí —le dijo ella—. Ahora todo va bien. Llevadme allí.

A regañadientes, el hombre la condujo por la escalera en espiral, por el pasillo, más allá del gran salón y de nuevo hacia arriba, a la cámara del príncipe.

Cuando ya se estaban acercando, se abrió la puerta y Astrid salió de la habitación con el cabello suelto cayéndole por debajo de los hombros y apenas un mínimo atisbo de brillo en su piel.

Margrethe se detuvo de golpe. Sus miradas se cruzaron. Como no sabía qué otra cosa hacer, Margrethe se volvió de cara a la pared, con el rostro encendido, en tanto que la amante del príncipe pasaba junto a ella a toda prisa.

Se quedó allí parada, con la frente apoyada contra la pared y el corazón acelerado.

Entonces dio media vuelta y echó a correr por los pasillos. Pese a todos sus nobles ideales, la cuestión se había reducido a esto. Esto: que el príncipe estaba enamorado de aquella mujer. De otra persona. De una más hermosa.

Margrethe no hizo caso de las caras con las que se iba cruzando mientras corría de vuelta a la torre y, cuando llego a lo alto de la escalera, tuvo ganas de llorar de alivio. Pasó junto al guardia y entró.

Edele acababa de despertarse y estaba sentada, soñolienta, junto a la ventana. Un fuego chisporroteaba en el hogar. Fuera, el mar estaba despejado y en calma.

—¿Dónde estabais? —le preguntó Edele.

—Sólo he salido a dar un paseo —contestó Margrethe sin mirarla.

—He pedido un poco de vino, para las dos —comentó Edele—, y bizcochos. No sabía cómo os encontraríais.

—No lo sé —dijo Margrethe—. Yo... —meneó la cabeza y rompió a llorar con grandes y violentos sollozos, mientras las palabras salían a trompicones de su boca—: Ayer hablamos. Al fin. Se acordaba de mí, no me olvidó. Todavía siente algo, lo vi. Esta mañana he ido a su cámara, quería hablar un poco más, y entonces la vi salir a ella. Pasó la noche con él, Edele.

—Pero, aguardad un momento —dijo su amiga, que arrugó la frente—. Eso no es ninguna novedad. ¿No es cierto? —al ver que Margrethe no respondía, continuó diciendo—: Será distinto cuando estéis casada.

—Lo sé.

—Y ocurrirá. Todo el mundo lo dice. Es la única razón por la que vuestro padre está tardando tanto en responder. Ocurrirá. Y entonces os podréis deshacer de ella.

—Ya lo sé —repitió Margrethe—. Lo que pasa es que resulta muy difícil. Es...

—A cualquier mujer le resultaría difícil —dijo Edele con dulzura.

—Esa mujer —continuó Margrethe— ni siquiera sabe hablar. Lo mira con esos ojos llenos de adoración, como un cachorro. Es lo único que hace, y él la ama por eso.

—Vos le enseñaréis.

—Parecía distinto cuando le conocí. Pero estaba herido, tenía miedo. No era él mismo.

—Pero eso demuestra cómo podría ser, ¿no?

En aquel momento llamaron a la puerta y una de las sirvientas entró con una jarra de vino y una fuente pequeña llena de exquisiteces.

—Esto os hará sentir mejor —afirmó Edele—. Vino y dulces. Y podemos jugar a cartas, ¿de acuerdo?

—De acuerdo —Margrethe asintió. Pero no tenía apetito, ni ganas de nada en el mundo salvo de estar tan lejos como fuera posible de aquel lugar, del príncipe y de aquella mujer.

La sirvienta aguardó junto a la puerta con nerviosismo.

—Esto es todo —dijo Edele, que con un gesto de la mano le indicó que se marchara, y la chica se escabulló.

Edele cogió un pedazo de bizcocho y se lo ofreció a Margrethe.

—¿Unos dulces?

Margrethe le dijo que no con la cabeza.

—No. Quizá tome un poco de vino más tarde.

—Está bien —repuso Edele, y se sirvió un vaso grande.

Margrethe la observó, celosa de su felicidad. A ella la

amaban. La amaban. A Edele. A ciertas personas les ocurría con mucha facilidad. Aquel día, con el príncipe, en el jardín, había pensado que ella era, también, una de esas personas. La clase de chica de la que se enamoran los hombres y a la que desean.

Edele se estaba ahogando. Margrethe salió bruscamente de su ensueño y miró con espanto a su amiga. Edele se agarraba la garganta. Se estaba poniendo colorada. Pronunció el nombre de Margrethe con un jadeo.

—¡Edele! —gritó Margrethe, que se levantó de un salto y corrió hacia la puerta. La chica estaba esperando fuera—. ¡Id a buscar ayuda de inmediato! —le chilló.

La sirvienta subió corriendo las escaleras y desde allí llamó a los dos guardias que había abajo.

—¡Traed al médico!

Margrethe chillaba, y se formó un alboroto de hombres que entraron en la habitación y un médico que se dirigió hacia Edele a toda prisa y la tomó en brazos.

Capítulo Veinte

La Sirena

El intento de asesinato contra Margrethe y su doncella alteró el estado de ánimo de todo el castillo. Todas las tensiones que fluían bajo la superficie se pusieron de relieve simultáneamente. El rey ordenó ahorcar de inmediato a todo aquél que estuviera involucrado en el crimen. Edele sobrevivió, pero tuvo que permanecer varios días en la enfermería, recuperándose del veneno. La chica que había servido el vino confesó rápidamente y dio el nombre del noble que la había involucrado, con lo que, al final, cuatro nobles y dos sirvientes fueron ahorcados detrás del castillo.

Lenia observó con las demás doncellas cómo conducían a los criminales al cadalso con la cabeza cubierta con una capucha. Vio que el verdugo salía y corría el nudo de las sogas que les rodeaban el cuello, y luego se abrió la trampilla y los criminales cayeron. El fuerte crujido de los cuellos, los cuerpos balanceándose... Lenia lo observó todo con atención, esperando a ver las almas. Como en un naufragio en el fondo del mar.

Antes, el rey se había conformado con permitir que Margrethe permaneciera en la torre mientras aguardaban la decisión del rey del Norte. Ahora la incluía en todas las actividades, haciendo alarde de ello, y Margrethe observó a su lado a los traidores colgando del cadalso.

Y cada día llegaban más informes que decían que el rey del Norte se estaba ablandando, y que se estaban discutiendo los detalles de la alianza de matrimonio.

Para entonces a Lenia ya le costaba muchísimo esfuerzo caminar. Su cuerpo era pesado, insoportable.

Aquel pez que crecía en su interior era monstruoso, se movía y se retorcía en su útero. Las piernas, que ya le dolían siempre, le pesaban y las sentía torpes, y todas las noches soñaba con el mar, pensaba con añoranza en los días en los que no tenía piernas ni útero, sólo su cola fuerte, lustrosa y perfecta que la impulsaba por el agua, la piel gruesa que nunca sentía dolor. Los huevos de su hermana reluciendo entre las rocas, enteros y perfectos.

Una tarde en la que Lenia estaba echada descansando, con las cortinas del dosel corridas, llamaron a la puerta. Una de las sirvientas fue a abrir, al poco regresó y apartó la cortina.

—Es el príncipe, señora.

Él entró y se dirigió a la cama. Lenia lo miró como si fuera un desconocido, alguien del que hubiera oído hablar en una canción. Era tan apuesto como siempre. Fuerte. Parecía increíble que aquél fuera el hombre al que había visto muriendo en el agua, al que había llevado en brazos durante incontables millas. Pero entonces su cuerpo era indestructible.

Y ahora a duras penas podía moverse. Christopher estaba de pie frente a ella, esplendoroso, con la luz de las antorchas ardiendo por detrás de él.

Lenia se dio cuenta de que sería un héroe en su mundo, un gran líder.

—Amor mío —dijo él, sentándose a su lado en la

cama y poniéndole la palma en la mejilla. Ella se acercó para sentir su piel cálida. Incluso entonces seguía notando su sangre caliente—. ¿Os encontráis bien?

Lenia movió la cabeza en señal de afirmación. Él le acarició el rostro.

—¿Y nuestro hijo? La sanadora dice que este bebé ha crecido más deprisa que cualquier otro que haya visto nunca. Será un guerrero.

Ella sonrió y por señas le indicó que el niño le estaba dando patadas, con lo que el príncipe le puso la mano en el vientre para poder notarlo.

—Pero, Astrid —empezó a decir con un suspiro y, a pesar del cambio en su voz, ella se estremeció al oírle utilizar el nombre que le había dado—, me temo que no tendré elección con este asunto del matrimonio.

Fue como si le hubiera puesto las manos en torno al cuello. Como si el corazón se le estuviera partiendo, tal como se le había partido la cola y tal como le habían cortado la lengua de la boca dejando tan sólo una pulpa ensangrentada. Hasta aquel momento nunca había sido consciente con tanta claridad de cómo las palabras podían ser como espadas, atravesando aquella piel frágil; no obstante, él seguía sentado a su lado, con su bello semblante, con aquellos ojos que la miraban llenos de dulzura y desesperación.

—Mi padre acaba de recibir noticias del Norte. Es un día feliz para esta nación, amor mío, pero agridulce para mí. Me hubiera gustado casarme con vos.

Ella asintió con la cabeza, apenas capaz de respirar.

¿Cómo podía haber ocurrido eso?

¿Cómo podía convencerlo de que se casara con ella y no con Margrethe si no tenía voz?

—Tenéis que entender que hay mucho en juego. Muchas vidas, la paz y la seguridad de nuestras tierras. Margrethe fue valiente viniendo aquí. Y es...

Hizo una pausa y Lenia supo que quería protegerla de la otra verdad: que Margrethe era la mujer de la que le había hablado.

Que él creía que era Margrethe la que lo había salvado.

Que la amaba a ella también.

Tuvo ganas de chillar.

—Cuidaré de vos —dijo él—. Me aseguraré de que el niño tenga cubiertas todas sus necesidades... Aquí tendréis una buena vida.

El anuncio oficial del enlace entre la princesa Margrethe y el príncipe Christopher se hizo al cabo de unos días. La boda iba a tener lugar sin dilación, cinco días después, en cuanto se hubiera firmado un tratado de paz formal entre los reinos del Norte y del Sur. Nadie quería arriesgarse a esperar más de lo necesario teniendo en cuenta lo que algunos percibían como la suma fragilidad de la alianza.

El rey Erik estaba de camino desde el Norte junto con un séquito de su corte. Tendría lugar una gran celebración.

Lenia estaba sentada en la capilla cuando se hizo el anuncio oficial de la boda. Los vítores que provenían del gran salón de abajo le dijeron todo lo que necesitaba saber.

«Ha llegado la hora», pensó mientras se palpaba el vientre enorme.

Ya había pasado el momento para las lágrimas. Sabía

que ahora estaba atrapada en la marcha de la historia, y ella era la única que podía salvar al hijo que crecía en su interior. Dentro de seis días se convertiría en espuma. La mañana después de la boda de Margrethe y Christopher, a Lenia se le partiría el corazón y al amanecer se convertiría en espuma y volvería al mar.

Ella estaba segura de que su corazón ya estaba roto.

Pero aquel cuerpo, aquel bebé... quizá aún hubiera algo de esperanza para su hijo. Sabía que tenía que salvar a esa criatura.

Regresó a su habitación y fingió tener muchos dolores, se retorció en la cama agarrándose el vientre. Fueron a llamar a Agnes de inmediato, tal como Lenia sabía que harían. Cuando la vieja sanadora llegó, Lenia indicó a las criadas que abandonaran la habitación, lo cual era algo normal durante unos exámenes tan íntimos. Cuando se marcharon, Lenia agarró a Agnes del brazo.

«Ayúdame», le dijo, formando la palabra con sus labios aunque sin voz, mirando fijamente a los ojos de la anciana.

—¿Qué decís? ¿Qué sucede?

«Me estoy muriendo —articuló con los labios—. Voy a morir. Ayúdame.» Puso toda su energía y sentimiento en transmitir dicha idea: «Me estoy muriendo. Ayúdame a salvar a mi bebé.»

—¿Os duele? —preguntó Agnes, que se inclinó y le puso la palma de la mano en el vientre a Lenia.

Lenia meneó la cabeza. Tenía que hacerse entender.

Agnes la examinó y no pudo ocultar su sorpresa al ver el estado en el que estaba el cuerpo de Lenia.

—Parece que todo va bien, querida. No sé cómo, pero estáis teniendo el embarazo más rápido que he visto en mi vida. Y parecéis más que sana. Si no conociera los hechos, pensaría que estáis lista para dar a luz ahora mismo. Nunca he visto nada igual.

Lenia asintió moviendo la cabeza. Tomó la mano de Agnes, la apretó contra su vientre y a continuación señaló hacia abajo, para indicar al niño abandonando su cuerpo. Notó la mano de Agnes dura, fría y pequeña en la suya.

«Si mi hijo no nace antes de que rompa el alba la mañana siguiente a la noche de bodas del príncipe, se convertirá en espuma.» Lenia cerró los ojos y lo visualizó. Su propio cuerpo desintegrándose, su bebé disolviéndose con ella, ambos convirtiéndose en espuma y flotando mar adentro.

«Ayúdame. Mi hijo debe vivir.»

Entonces Agnes se santiguó y bajó la voz hasta que no fue más que un susurro:

—¿Queréis deshaceros de él? Es demasiado tarde para eso, querida, y es el hijo del príncipe.

Lenia le dijo que no con la cabeza.

Entonces se movió, apartó a Agnes, se levantó de la cama y fue hasta el gran joyero que había en la mesa junto a la ventana. Lo abrió y los diamantes, rubíes y esmeraldas de su interior relucieron. Todos los regalos que le había hecho el príncipe, antiguas reliquias de familia mezcladas con piezas que había encargado a los joyeros especialmente para ella, zafiros para que hicieran juego con sus ojos y rubíes para que hicieran juego con sus labios.

Lenia metió la mano y sacó un puñado de joyas, acto seguido se volvió de nuevo hacia Agnes y abrió las palmas.

Agnes fue pasando la mirada de las manos al rostro de Lenia.

—No entiendo qué es lo que necesitáis. Estáis sana.

Lenia dejó las joyas en las manos de Agnes, le cerró los dedos sobre ellas y asintió con la cabeza. Entonces se señaló el vientre e hizo gestos con las manos y los brazos para indicarle a su hijo naciendo y creciendo hasta convertirse en un humano sano y fuerte.

«Ayúdame.»

—¿Queréis... queréis que os ayude a dar a luz a vuestro hijo?

Lenia asintió y señaló el sol sosteniendo cuatro dedos en alto para indicar el número de días.

—¿Queréis dar a luz a vuestro hijo pronto?

Lenia asintió de nuevo, ahora con lágrimas corriéndole por las mejillas.

«Por favor.»

Agnes meneó la cabeza.

—Queréis dar a luz a vuestro hijo antes de que él se case con la princesa. Es eso, ¿verdad? Espero que no estéis pensando en hacer ninguna tontería como haceros daño. Sé que lo amáis, que ahora esto parece el fin del mundo, pero soy una mujer vieja y os prometo una cosa: no vale la pena quitarse la vida por ningún hombre.

Lenia asintió. «Sí.» Concentró todo su sentimiento y fuerza en su interior. «Por favor.» Ocurrió algo extraño y miró a Agnes a los ojos. Por un momento volvió a estar en la cueva de Sybil, con el rostro alzado mientras Sybil flotaba junto a ella y le acercaba el cuchillo a la lengua.

Agnes la miró de un modo extraño.

—¿Qué pasa? —preguntó—. ¿Veis algo?

Lenia dijo que no con la cabeza. Agnes estaba frente a ella, con sus ojos pálidos y su expresión sensata. Pero por un momento, Lenia hubiera podido jurar que había visto a Sybil en ella. El brillo de perla fundida, el rosado reluciente de su cabello. La misma tristeza profunda.

¿Acaso Agnes era... había sido... una de ellos?
Lenia apartó de sí la idea.

El momento pasó y Agnes dejó escapar un gran suspiro.

—No entiendo por qué pensáis que debéis hacer esto —le dijo—, y no lo recomiendo. Pero sea como sea, vuestro estado es ya muy avanzado. No sé cómo, pero así es. Creo... creo que no correréis peligro y confío en que tendréis vuestros motivos. —Abrió las manos y volvió a dejar las joyas en la caja junto a la ventana—. Me quedaré con un anillo por esto —dijo al tiempo que tomaba un anillo de rubí y se lo metía en el bolsillo—. De otra forma me acusarán de haberos robado.

Lenia sonrió, agradecida, y sintió que la invadía una oleada de alivio, más intensa que cualquier otra emoción humana que hubiera sentido desde su llegada.

—Bueno —dijo Agnes, que juntó las manos—. Tengo unas hierbas que podéis tomar para provocar el parto.

La mujer se dio la vuelta hacia las bolsas que llevaba consigo y empezó a reunir un surtido de hierbas que a continuación molió lentamente en un mortero mientras Lenia la observaba, fascinada.

Cuando al fin se acercó a Lenia, lo hizo con expresión sombría.

—Voy a daros unos polvos —dijo— y tenéis que tomarlos todas las noches durante tres noches seguidas con la comida. A la cuarta noche vuestro hijo debería salir de vuestro vientre. No hay ninguna garantía. Vuestro cuerpo sabe cuándo está preparado. Tratar de engañarlo... es arriesgado. Si existe algún modo de que podáis esperar, os aconsejaría que lo hicierais. Rezaré por vos.

«Gracias», musitó Lenia, y tomó el paquetito de manos de Agnes.

En cuanto se marchó la sanadora, Lenia se sentó en la cama con los polvos en una mano mientras que con la otra se acariciaba el vientre.

«Por favor —pensó, y convirtió el pensamiento en plegaria y la liberó—. Por favor, que no te pase nada y que estés bien.»

Cerró los ojos y se lo imaginó: un bebé, su hijo, con brazos, piernas y pelo, con suave piel humana, con voz.

Capítulo Veintiuno

La Princesa

En el castillo reinaba el alboroto en tanto que todos los criados y cortesanos se preparaban para la boda del príncipe Christopher con la princesa Margrethe y para la llegada del rey Erik y su séquito. Todo el mundo parecía estar entusiasmado con la inminente boda... es decir, todo el mundo menos la novia.

Margrethe no podía evitar sentirse apesadumbrada, incluso sabiendo que había evitado un enorme derramamiento de sangre y dolor, aun sabiendo que aquello era sólo el principio de lo que podría hacer en el mundo. Era más romántica de lo que tenía asumido, y culpaba de ello a Gregor y sus historias. Todas esas viejas historias en latín. Margrethe pensaba que si el hombre se hubiera limitado sólo a los griegos ella hubiera estado mucho mejor. Pero no lo estaba: quería que el príncipe la amara, apasionada y sinceramente. No que se casara con ella sólo porque no tenía más remedio. No que se casara con ella cuando estaba enamorado de otra persona.

Pero se avergonzaba de su egoísmo. Al fin y al cabo, ella era la futura reina, no una niña tonta, y había demasiadas cosas en juego como para perder el tiempo pensando en las musarañas.

Ni siquiera se permitió regodearse en la íntima satisfacción de haber evitado que Astrid, la chica a la que había acabado considerando su némesis (aunque se dio cuenta de que el apelativo no era del todo justo), se casara con el príncipe. Era un triunfo vacío, como mucho. En lugar de eso se obligó, varias veces al día, a recordar al niño que había dibujado una sirena en el suelo, en todo el sufrimiento que podría evitar en otras personas, ahora y en el futuro. Ojalá pudiera hacerle entender a su corazón que sus deseos no importaban, al menos no cuando había todo un reino del que ocuparse.

Edele se había recuperado rápidamente del intento de asesinato y se había ocupado de inmediato de la boda de Margrethe, así como de cambiar también su guardarropa entero. En realidad, el único indicio de todo por lo que había pasado era su nueva figura esbelta, resultado de no haber podido comer nada durante días. Una mañana le confió a Margrethe que casi había merecido la pena sólo por eso, sobre todo cuando estaba previsto que Rainer llegara en cualquier momento para asistir a la boda de Margrethe y Christopher, tal como había prometido.

—Lo recordaré —dijo Margrethe—, para la próxima vez que os quejéis de haber engordado.

Dos días antes de su boda, Margrethe bajó a dar un paseo junto al mar. ¡Aquel lugar era tan distinto del Norte! Era precioso, por supuesto, con sus aguas de un azul vivo, la arena dorada y reluciente, los árboles dispersos a lo largo de la orilla, la gran cantidad de embarcaciones amarradas a los muelles de madera, pero ella echaba de menos la belleza sombría del mar del Norte. Aquella interminable extensión de roca, hielo y cielo plateado. Aquella sensación de hallarte en el fin del mundo.

Mientras caminaba por la playa pensó en Lenia. ¿Cómo habría sido para ella? Salvar al príncipe, llevarlo en brazos en medio de aquella tormenta... ¿cuánta distancia habría recorrido con él? «Supe que debía salvarle —había dicho—. No podía dejarle morir.» ¡Pensar que había una vida tan rica bajo el mar! ¡Que una criatura como aquélla pudiera venir a la tierra y tener curiosidad por su mundo, mucho más soso y aburrido!

Margrethe se detuvo y se arrodilló junto al agua. Barrió la arena mojada con la mano, mirando cómo se formaban las líneas al paso de sus dedos. Al cabo de un instante, una ola se deslizó por encima de todo, de la arena y de sus dedos, y borró las líneas.

Y entonces, allí delante. En el agua. Una cola de pez que sobresalía.

Meneó la cabeza. «Basta ya», se dijo. Se puso de pie. «Ya es hora de volver adentro», pensó, antes de volverse completamente loca. Además, tenía que preparar una boda.

Volvió la vista al agua y entonces la vio, inconfundiblemente: un rostro reluciente que la miraba desde el agua. Permaneció allí durante un segundo, y luego se fue.

Una sirena. Lo sabía, tenía ese presentimiento.

Entró en el agua, en busca de otra señal, y fue caminando lentamente siguiendo la playa hasta que llegó a un pequeño grupo de árboles y vio algo que le llamó la atención. Una piedra brillante. No era nada en lo que se fijaría cualquier otra persona, pero ella reconoció ese leve brillo y lo que significaba. Recogió la piedra y decidió guardársela como talismán. En algún sitio tenía también la concha de ostra, ¿no? La que Lenia había dejado en las rocas después de salvar al príncipe.

Margrethe sonrió y apretó la piedra para que le diera buena suerte.

Hasta aquella misma noche, más tarde, cuando se acercó a la ventana por centésima vez, buscando de nuevo a la sirena, no cayó en la cuenta, por fin, de quién era Astrid.

Capítulo Veintidós

La Sirena

Cuatro días antes de la boda, Lenia esparció los polvos sobre la cena que las sirvientas le habían traído a su habitación. Era un caldo caliente con verduras y carne tiernas. Observó cómo los polvos desaparecían en el líquido, como la nieve en la superficie del océano, y entonces se llevó el cuenco a la boca y bebió.

Durante los días siguientes Lenia soñaba una y otra vez con su decimoctavo cumpleaños. Se había despertado en mitad de la noche agarrando el aire, con miedo de haber empujado a Christopher bajo el agua. Si se hubiera desconcentrado unos minutos, si hubiera dejado que la boca se deslizara bajo la superficie y el agua le llenara los pulmones, hubiera muerto allí mismo en sus brazos, igual que había visto morir a los otros hombres. Se agitaba en la cama, buscando desesperadamente el cuerpo de Christopher, presa del pánico, sintiendo que las olas pasaban sobre ella, y entonces se acordaba. Su vientre. El bebé que llevaba dentro, que intentaba llevar a la orilla.

Pasó cuatro días en cama. Todas las noches se despertaba de su sueño y de los sueños y se obligaba a comer la sopa que le traían, salpicada con los polvos.

La cuarta noche empezó a sentir unos calambres terribles que le rasgaban las entrañas.

Cuando la sirvienta entró a llevarse los platos y echó un vistazo a Lenia, soltó un grito y se le cayó la copa de vino que llevaba en la mano.

—¡Algo va mal! —exclamó la mujer, que salió corriendo de la habitación—. ¡Id a buscar a Agnes!

Lenia estaba cubierta de sudor, agarrada a las sábanas. El dolor que le atravesaba el cuerpo había emborronado todo lo demás.

Esa cosa en su cuerpo, aquel bebé. Se estaba moviendo en su interior, abriéndose camino para salir, y ella quería morirse, deseó poder hacer avanzar el tiempo y volverse espuma en aquel instante. Sería un alivio morir entonces, no volver a sentir nunca los cuchillos y espadas que la atravesaban como si estuvieran desgarrándole el cuerpo por dentro y por fuera en todo momento.

«Deja que el bebé viva», rezó.

No tardó en estar rodeada de criadas y otras mujeres, todo en medio de un profundo borrón rojizo de dolor y anhelo.

«Empujad, respirad, dadme la mano...», recibía instrucciones por todas partes.

El cuerpo se le abría y se le cerraba, se abría y se cerraba, y la cosa de su interior apretaba hacia fuera, y ella se estaba expandiendo, y lo único que podía pensar era «Deja que viva mi bebé». Se dio cuenta de que aquel cuerpo suyo, aquella cosa humana y frágil que podía expirar en cualquier momento, que era vulnerable al frío y a la enfermedad, a los cuchillos y al mar, era más fuerte de lo que se hubiera imaginado nunca para crear aquella cosa en el interior, para convertirse en un recipiente a través del cual un bebé humano podría salir chapoteando al mundo, entero y vivo.

Para ella era un milagro, si es que podían ocurrir de ese modo.

Transcurrieron horas durante las que perdió y recuperó la conciencia. A través de la bruma del dolor y las voces oyó un nombre, su nombre.

«Lenia.»

Pensó que estaba soñando, otra vez en el mar con sus hermanas a su lado. Vela estaba allí con una de las criaturas pulsátiles que le gustaba recoger en la mano, Regitta también estaba, con su hijo meciéndose a su lado, su cola diminuta ya de un vivo color verde, y su gemela, Bolette, también estaba a su lado, y Thilla, que se volvía a mirarla a través del agua, y detrás de ella estaba Nadine.

—¡Lenia! ¡Eres tú!

Entonces se oyó un sonido terrible, un intenso grito que no era un grito y que provenía de su propio cuerpo.

Su cuerpo que se rasgaba, el bebé saliendo de ella, los gemidos y gritos... abrió los ojos.

—Lenia.

Ella alzó la mirada hacia el rostro de Margrethe. Tras ella estaba Agnes, que sostenía en brazos a su bebé. Todos los demás, aparte de un par de sirvientas, se habían marchado.

—Es una niña —dijo Agnes, volviéndose a mirar a Lenia y a Margrethe.

Lenia iba pasando la mirada alternativamente de su bebé a Margrethe.

—Eres tú, ¿verdad? —dijo Margrethe—. No sé cómo es posible, pero es así. Sé que lo es. —Tenía los ojos llenos de lágrimas. Iba despeinada después de lo que debían haber sido horas junto a la mesa de parto, pero aún era toda una princesa con su vestido color púrpura, el cabello negro recogido con elegancia en la cabeza, una hilera de joyas encima—. Siento mucho todo esto. No tenía ni idea de que eras tú. Lamento todo lo que ha ocurrido.

Lenia asintió con la cabeza, demasiado exhausta para poder pensar.

Alzó las manos y movió la boca para decir «mi bebé», ansiosa por tocarla, y Margrethe sonrió y se volvió a mirar a Agnes, que estaba bañando a la niña en una pequeña tina que habían traído las criadas.

Al cabo de unos momentos, Margrethe puso el bebé en brazos de Lenia.

Era diminuto, del tamaño de una langosta.

El bebé miró a Lenia con unos ojos de un vivo color azul.

—Te está mirando —dijo Margrethe—. ¡Qué raro!

Lenia bajó la mirada, aterrorizada de que pudiera hacer daño a la niña, tan leve y diminuta que a duras penas estaba allí.

Examinó a su hija, buscando una aleta o una cola. La piel del bebé era colorada y suave, y tenía una mata de pelo blanco en la cabeza, encima de un rostro pequeñito y perfecto. La pequeña miró a Lenia, allí afuera en el mundo, y abrió su boquita de capullo de rosa y dejó escapar un fuerte gemido.

—Vuestra hija es perfecta —le dijo Agnes, que se acercó a ella—. Sois muy afortunada —sonrió y en aquel preciso instante lo pensó y no tuvo ninguna duda: «Lo sabe.»

Pero su hija exigía su atención, se retorcía en sus brazos. La ferocidad del amor que entonces la embargó asombró a Lenia. Eclipsó todo lo que había sentido hasta entonces. «Mi hija», pensó. Su hija humana, que nunca podría sobrevivir bajo el agua.

«Siento que no vaya a poder cuidar de ti...»

—¡Miradla! —exclamó Margrethe.

La niña continuaba mirando a Lenia, su piel relucía y centelleaba, y entonces sacudió las piernas diminutas y perfectas.

Capítulo Veintitrés

La Princesa

Margrethe estaba sentada al lado de Lenia, mirándola con su hija en brazos. Ambas dormían ahora, las dos con el mismo mohín perfectamente curvado en el rostro. La mata de pelo de la niña era del color de la luna. Una nodriza aguardaba al otro lado de Lenia, sentada en silencio en una silla, procurando no cruzar la mirada con la princesa extranjera que inexplicablemente había pasado horas atendiendo a su rival en el parto.

La habitación se hallaba a oscuras salvo por la antorcha que ardía cerca de la madre y el bebé.

Margrethe alargó la mano y acarició la frente suave de la niña, pasó los dedos por sus largas pestañas blancas. Observó la piel destellante del bebé al lado de la palidez clara de Lenia, que entonces parecía muy extraña y fuera de lugar.

Margrethe sabía que la chica le resultaba familiar. Su cabello pálido, sus ojos azules, su belleza de otro mundo. Pero nunca se le había ocurrido pensar que la chica podría ser en realidad la sirena hasta el día en que la había visto salir de la habitación de Christopher con el pelo suelto del color de la luna y un levísimo fulgor en sus rasgos. Ese brillo que Margrethe creía ver en su piel podría haber sido una ilusión, pero lo había visto. Antes no había imaginado que tal cosa pudiera ser posible. ¿Cómo podía ser? ¿Cómo había conseguido la sirena abandonar el agua y salir a la tierra? No tenía ningún sentido que el mundo funcionara de ese modo. Pero después, cuando vio a la segunda sirena mirándola desde el agua, todas sus dudas se habían evaporado.

—¿Por qué harías esto? —susurró Margrethe.

Sabía que todo el mundo la estaría buscando, que tenía que prepararse para la llegada de su padre desde el Norte y para la boda que tendría lugar a continuación. Pero ahora todo aquello parecía lo menos importante. En toda su vida no había visto nada tan hermoso como aquel instante en el que bajó la mirada y vio salir del mar a la sirena.

Pensó que lo daría todo por volver a ese momento.

Llamaron a la puerta y, para sorpresa de Margrethe, quien entró fue el príncipe Christopher, vacilante y silencioso. Se detuvo por la sorpresa de ver allí a Margrethe y por un instante dio la impresión de que iba a dar media vuelta y marcharse.

Margrethe le indicó con la mano que se acercara. Se llevó el dedo a los labios.

—Shhh —susurró—. Están durmiendo.

Él se acercó, mirándola, y se situó bajo la luz tenue de la antorcha.

Margrethe le señaló el bebé con un gesto de la cabeza.

—Es preciosa —dijo con voz queda.

Christopher dudó, pero se volvió entonces a mirar a Lenia con el bebé en brazos. A pesar de todo, a pesar de la incomodidad que sentía bajo la mirada de Margrethe, su expresión se suavizó por completo.

Miró de nuevo a Margrethe, radiante.

Ella le devolvió la mirada con una mezcla de alivio y tristeza.

—Adelante —le susurró, y vio que el príncipe estaba a punto de llorar.

Él se inclinó y tocó la mano diminuta de la niña, que automáticamente le apretó el dedo. Él se rió y se acercó para darle un beso en la mejilla y pasó los dedos por aquella mata de cabello pálido.

«No tiene ni idea», pensó Margrethe.

El bebé abrió los ojos y miró a Christopher. Entonces rompió en un fuerte llanto con el que Lenia se despertó de inmediato, se incorporó y sostuvo a la niña contra su pecho.

La nodriza se puso de pie y dijo en voz baja:

—Creo que podría tener hambre, señora.

Lenia parecía asustada, pero dejó que la mujer tomara suavemente al bebé de entre sus brazos. Miró a Christopher y luego a Margrethe, y volvió a mirarlo a él mientras la nodriza abandonaba la habitación en silencio.

—¿Cómo os encontráis? —le preguntó Christopher.

Ella asintió con la cabeza intentando sonreír.

—He pensado... ¿Os gustaría llamarla Christina? Era el nombre de mi abuela.

Lenia volvió a asentir, esta vez sonriendo con dulzura, tan deslumbrante que Margrethe tuvo que apartar la mirada.

¿Cómo podía haber pensado siquiera que podría competir con aquella criatura?

—Christina —repitió el príncipe.

Margrethe los observó a los dos, paralizada por la intensidad de las emociones que la embargaban. Un gran dolor y euforia, una sensación de que, aunque ella tuviera el corazón roto, el mundo podía contener tanta belleza y magia que apenas podía soportarlo. Ante eso, ¿qué importaba su propio dolor?

—Ahora os dejaré descansar —le dijo Christopher a Lenia—. Regresaré luego a veros, a vos y a Christina. Mi hija.

Lenia asintió con la cabeza y, tras dirigirle una sonrisa incómoda a Margrethe, Christopher abandonó la habitación.

Ambas se quedaron mirándolo mientras se marchaba y luego se volvieron la una a la otra.

Margrethe notó que las lágrimas estaban a punto de asomar a sus ojos. Cuando se quiso dar cuenta unos lagrimones le bajaban por el rostro.

—Lo siento mucho —dijo. Notó la mano de Lenia sobre la suya y a través de las lágrimas vio su expresión borrosa—. No sabía que eras tú. Nunca se me ocurrió pensar que pudieras ser tú.

Lenia siguió tomándole la mano a Margrethe, moviendo los dedos de un lado a otro.

—Tú lo trajiste a mí —susurró Margrethe.

Lenia lo negó con la cabeza, pero con un movimiento tan leve que al principio Margrethe creyó haberlo imaginado.

—Pensaba que me lo habías traído a mí —dijo Margrethe—. Y que se suponía que debía amarlo.

Lenia se limitó a mirarla fijamente con esos ojos azules.

—¿Te acuerdas de mí? Tú lo trajiste a mí. Hablamos en la playa. Hubiera... —se le quebró la voz—. Hubiera dado cualquier cosa por ver tu mundo. Y entonces vas tú... Y ahora estás aquí. No lo entiendo.

Daba la impresión de que todo se venía abajo, todo lo que las rodeaba. A Margrethe se le hizo pedazos el corazón al ver a la sirena, con su piel pálida y herida, ensangrentada y cansada por el parto, convertida en humana, su brillo apagado.

—Si creía en la belleza, en la magia, era por ti... Pensaba que...

Entonces Margrethe se acordó de la forma en que Lenia miraba a Christopher aquel primer día. El amor que irradiaba su rostro. Era lo que Margrethe también había deseado. Sentirse así. Tal como se sentían las monjas, temblando de amor.

—Lo viste en el mar. Debías de... amarlo para haberle salvado. Tú lo amabas. Si está vivo es sólo gracias a ti. Y ahora yo tengo... Es que no lo entiendo. ¿Es por eso por lo que no puedes hablar? Dicen que no tienes lengua. ¿Es... es así cómo conseguiste venir aquí?

Lenia le dijo que sí con la cabeza, sin apartar los ojos de los de Margrethe.

—¿Cambiaste tu voz, tu lengua y tu cola por unas piernas humanas?

Lenia volvió a afirmarlo. Abrió la boca y Margrethe vio el muñón de la lengua. Se estremeció al verlo.

Margrethe bajó la voz hasta que sólo fue un susurro.

—¿Puedes... puedes volver a cambiar?

Lenia negó con la cabeza, pero no parecía triste.

—Lo siento mucho —repitió Margrethe.

Margrethe tenía la sensación de haber destruido todo aquello que era hermoso en el mundo. Y al mismo tiempo amaba al príncipe. Lo amaba. Pero no sabía cuánto quería a la sirena, a través de él. ¿Sus sentimientos hacia él hubieran sido los mismos si no hubiera visto a Lenia inclinada sobre él en la playa, si no hubiera visto el brillo que le había dejado en la piel? Tal vez ni siquiera habría amado a Christopher de no haber sido por Lenia.

En cuanto la sirena había regresado al mar, en aquel lugar sombrío y ventoso, Christopher había sido lo más cercano a la magia que quedaba en el mundo.

—Tengo que casarme con él —dijo Margrethe, se sentó en la cama y puso el brazo sobre el de Lenia—. Renunciaría a él. Renunciaría a todo si por mí fuera. Moriría ahora mismo para dejar que lo tuvieras. Pero debo casarme con él. Mi padre ha accedido, ahora mismo viene de camino con el resto de la corte; habrá paz, los dos reyes en la misma sala, compartiendo el pan, y volveremos a estar unidos tal y como lo estábamos antes... Son muchos los que han muerto y han sufrido por esta guerra, y nuestra unión acabará con todo ese sufrimiento.

Lenia asintió moviendo lentamente la cabeza y Margrethe no pudo interpretar su expresión. Insensible. Resignada. Calmada.

Entonces regresó la nodriza y las dos miraron al bebé que traía en sus brazos.

—Christina —dijo Margrethe—. ¡Es tan hermosa!

La nodriza le dio el bebé a Lenia, que lo tomó entre sus brazos. La niña pareció fundirse en ella. Y lo que vio Margrethe entonces no fue insensibilidad ni resignación, sino dicha. Pura dicha.

—Haré todo lo que pueda para darte la mejor vida posible a Christina y a ti —dijo—. Aquí, en el castillo...

Pero cuando Lenia volvió a mirarla, Margrethe se detuvo en mitad de la frase, en atónito silencio al ver correr las lágrimas por las mejillas de Lenia, destellando como diamantes diminutos.

El rey del Norte y su séquito llegaron aquel mismo día con gran ceremonia. Tras días de preparativos frenéticos, la corte del Sur estaba preparada para su llegada y los dos reyes estuvieron en la misma sala por primera vez desde hacía décadas, estrechándose la mano y comprometiéndose a una alianza con un objetivo común, un reino unido. Se congregaron multitud de personas en el castillo, algunos para protestar, pero la mayoría para celebrar el fin de la guerra y el principio de una nueva era, una mejor. Había guardias armados apostados por todas partes.

Margrethe apenas prestó atención a nada de todo aquello. Mientras el castillo se llenaba de diplomáticos, aristócratas y visitantes de la campiña del Norte y del Sur, mientras se preparaban grandes banquetes, se daban bailes y se proporcionaba entretenimiento de todo tipo para la celebración, y mientras los soldados se situaban en todas y cada una de las puertas, Margrethe pasaba todos los momentos posibles con Lenia.

Incluso el mismo día de su boda, mientras la modista realizaba frenéticamente los últimos ajustes a su vestido, y en tanto que Edele iba corriendo de un lado a otro ayudando con los detalles de última hora, Margrethe tenía el corazón entumecido. No podía pensar en nada más que en Lenia y su hija, intentando imaginar de qué clase de mundo podría provenir, lleno de sirenas, en el mar.

Margrethe no dejaba de rememorar una y otra vez aquellos momentos en la playa. La imagen de Lenia inclinada sobre Christopher aquel primer día, la expresión de su rostro al besarlo. Había sido eso, ¿no es cierto? El sentimiento que la había hecho abandonar su propio mundo y acudir a él. Incluso una sirena podía desear eso y dejar atrás un mundo inimaginablemente hermoso por un sentimiento como aquél.

Pensó en el sufrimiento que vio en el rostro de Lenia cuando se retorcía sobre la cama, incapaz de gritar. A

Margrethe le resultaba impensable que una sirena sufriera. Que ella misma tuviera tanto que ver con dicho sufrimiento.

—¿Por qué lloráis? —le preguntó Edele al tiempo que con un gesto le indicaba a la modista que parara—. ¿Necesitáis descansar?

—No —contestó Margrethe, meneando la cabeza—. Es sólo que estoy un poco sentimental en un día tan importante como éste. El día de mi boda —hizo una pausa y acto seguido preguntó—. ¿Dónde está Astrid?

Edele le dirigió una mirada.

—Amiga mía, hoy es el día de vuestra boda. No deberíais pensar en ella ahora.

Margrethe asintió. El dolor la atontaba y no había nada que pudiera hacer para aplacarlo. No podía abandonar su reino por una chica, pero aun así, en el fondo de su corazón, sentía que no había nada más importante en el mundo que una sirena que había salido a la tierra.

—¿Por qué estáis tan disgustada? ¡Os vais a casar!

—No es así como me habría gustado casarme.

—Olvidaos de ella —le dijo Edele—. Sé que es difícil, pero él es un príncipe, es su manera de ser. Ama la vida y estuvo con ella antes de que vos vinierais, pero al final fue a vos a quien eligió.

—Pero es que no tenía alternativa —replicó Margrethe, y entonces se volvió a mirar a su amiga—. Edele, tengo que contaros una cosa.

La boda fue espléndida. Todos los hombres dejaron sus armas antes de entrar en la iglesia. Los dos reyes estaban de pie uno a cada lado del altar. El sacerdote, ataviado con sus mejores vestimentas sacramentales, pronunció bellas palabras sobre la unión del Sur y el Norte, de esposo y esposa.

Margrethe y Christopher recorrieron juntos el pasillo. Margrethe iba arrastrando un largo velo de encaje. Cuando llegaron al altar y se volvieron el uno hacia el otro, Christopher le alzó el velo a Margrethe para descubrirle el rostro.

Ella no sabía qué sentir al mirarlo ni cuando él le tomó la mano y le deslizó el anillo en el dedo. Tenía el corazón destrozado. Ella lo amaba, y ahora, por fin, cabía la posibilidad de un nuevo mundo. ¡Pero a qué precio! Una criatura, y la posibilidad de que todo lo bello quedara destruido con ella.

—Ahora sois marido y mujer —dijo el sacerdote—. Compartís la misma alma, la misma sangre.

«La misma alma, la misma sangre.»

Christopher se inclinó y la besó. Ella cerró los ojos y notó los labios de él contra los suyos, su boca cálida. A pesar de todo, el tacto de su boca hizo que se estremeciera. Se imaginó, por un momento, que volvían a estar en el jardín con la nieve cayendo en derredor, que él había podido quedarse, besarla, que no había habido reyes ni reinos, pero ahora tenía el corazón roto y no podía fingir lo contrario.

Después de la boda y el banquete, una procesión formal encabezada por los dos reyes y, frente a ellos, el sacerdote, acompañaron al príncipe Christopher y a la princesa Margrethe hasta la cámara nupcial.

Y entonces, por fin, se quedaron a solas.

Margrethe se volvió a mirarlo. Él tenía una expresión radiante de amor, como la que había tenido la sirena al inclinarse sobre él. Pero ella tenía la sensación de estar viéndolo desde la distancia, como si fuera un ángel flotando en un rincón de la estancia.

Le habló con voz suave:

—Lamento todo lo que habéis tenido que soportar aquí —le dijo—. Pero seremos felices. Crearemos un mundo nuevo.

Margrethe se dio la vuelta para que no viera el dolor en su rostro y él le desató el vestido, dejó que se deslizase hasta el suelo.

—Os amo —le dijo, susurrándoselo contra el cuello.

Ella cerró los ojos y se imaginó que estaba bajo el agua. Notó que él movía las manos por su cuerpo.

Y se imaginó que era ella, nadando por el agua, con la piel gruesa y bella como una gema, con el cuerpo de él en sus brazos.

Después lo observó mientras dormía. Aun con toda su tristeza y culpabilidad, lo amaba. Pero no podía dejar de pensar en Lenia y Christina. Se movió en la cama y, con cuidado, le levantó el brazo y lo apartó de su hombro.

—Volveré —le susurró, y le dio un beso en la mejilla.

Se puso un camisón, tomó una antorcha pequeña que había a un lado de la cama y pasó sigilosamente junto a los guardias apostados fuera en la puerta.

—Princesa Margrethe —dijo uno de ellos con una reverencia—. No es seguro para vos que salgáis ahora. ¿Puedo acompañaros a algún sitio?

—Quedaos donde estáis —repuso ella, y se alejó antes de que pudieran protestar.

Se movió con rapidez por el castillo y se dirigió a la habitación de Lenia. El sonido de los llantos de Christina llenaba el pasillo. Llamó a la puerta y entró.

La nodriza estaba sentada con el bebé contra el pecho. Intentando consolarla, sin conseguirlo. Lenia no estaba allí.

—¿Dónde está? —preguntó Margrethe.

La mujer alzó la mirada, aterrorizada, y fue a levantarse torpemente con el bebé en brazos.

—Su Alteza —dijo.

—No, por favor —Margrethe extendió la mano y con un gesto le indicó que se sentara—. No os levantéis. Decidme dónde está la señora.

La mujer se sentó. Estaba nerviosa por tener al bebé en brazos y que Margrethe estuviera de pie frente a ella. La habitación olía a leche.

—No lo sé, Su Alteza. Actuaba de un modo extraño. Dejó al bebé conmigo. Parecía alterada. Daba la impresión de que quería que cuidara de la niña.

—¿Dónde está?

—Se fue. Parecía tener prisa por marcharse. No sé cuándo va a volver.

El pánico se apoderó de Margrethe.

—¿Y no se lo dijisteis a nadie? —preguntó con voz aguda y demasiado alta.

—El bebé había estado llorando, no había forma de que dejara de llorar. Yo no... —la mujer se estaba apurando y la niña no dejaba de retorcerse en sus brazos. Estaba al borde de las lágrimas.

—No os preocupéis —le dijo Margrethe procurando que su voz sonara suave—. Cuidad de la niña. La encontraré. Todo irá bien.

Margrethe se marchó devanándose los sesos. ¿Y si Lenia se había lastimado a sí misma?

Bajó corriendo por los escalones de piedra, pasó junto al gran salón buscando frenéticamente a través del silencio del castillo por la noche. Era un lugar muy amplio y vacío, con pasillos cavernosos de piedra y mármol. Era como ir corriendo por un cementerio, con los bustos de los antepasados por todas partes. De personas que habían vivido una vez y que ya no existían.

La capilla de la reina estaba vacía.

Se dio la vuelta y corrió hacia las grandes puertas que se abrían al mar. Allí había dos soldados que se inclinaron de inmediato ante ella.

—¿Habéis visto a Astrid? —les preguntó.

—Estuvo aquí antes. Sale con frecuencia por la noche...

Margrethe echó a correr antes de que el guardia pudiera terminar de hablar, cruzó la verja y bajó por el sendero. El mar se extendía frente a ella, brillante como si fuera aceite.

Llegó a los muelles. El océano era como un ser vivo, inspiraba y espiraba. No veía a Lenia por ningún lado.

Más allá de los muelles, más lejos del castillo, estaba la arboleda en la que había encontrado la piedra reluciente. Al otro lado de los árboles, un poco más adelante en la playa, distinguió débilmente una figura pálida sentada. Su cabello rubio brillaba a la luz de la luna. El alivio fue tan intenso que Margrethe estuvo a punto de desmayarse.

Se encaminó hacia Lenia en silencio, procurando mantenerse fuera de la vista, dejando que los árboles la taparan. Al aproximarse, Margrethe vio que su amiga llevaba un camisón fino y suelto y su cabello ondeaba con la brisa suave. De aquella manera, junto al agua, parecía estar casi como aquella mañana, hacía ya muchos meses, sosteniendo al príncipe. Miraba hacia el agua y hacía gestos con las manos como si hubiera alguien allí con ella.

Y entonces, al acercarse más, Margrethe dio un grito ahogado.

Allí, en el agua, había sirenas. Cinco sirenas, todas juntas cerca de la orilla. Sus cabezas calvas relucían, como si estuvieran cubiertas de diamantes. Se habían agrupado en torno a Lenia, la miraban y le hablaban, y ella estaba arrodillada frente a ellas.

Margrethe nunca había visto nada tan hermoso como aquello.

Las lágrimas acudieron a sus ojos y resbalaron por sus mejillas. Notó que estaba temblando. Por un momento se olvidó de todo. Sólo existía aquello: las sirenas que relucían en el mar bajo el cielo estrellado.

Pisaba las rocas con los pies descalzos. Se fue acercando con sigilo. Estaban hablando. Hasta el más débil sonido de su voz, porque todavía no podía oírlas con claridad, parecía música. Recordó el poema que había releído hacía poco, que contaba que Odiseo se ató al mástil para evitar morir por escuchar el canto de las sirenas.

Al acercarse más pudo oír sus voces, y parecían ángeles. Entonces vio que Lenia estaba llorando.

—Debes hacerlo, Lenia. Hemos venido para salvarte, hermana. Deja que te salvemos, por favor.

Lenia decía que no con la cabeza mientras las lágrimas corrían por su rostro.

Margrethe se quedó mirando, fascinada. Las voces de las sirenas vibraban a través de su cuerpo.

—Te hemos estado observando. Ahora él está casado, hermana, y al amanecer te convertirás en espuma. Es el trato que hiciste. Sybil nos lo contó todo. Faltan tan sólo unas horas, hermana. Le suplicamos que te salvara. Dijo que sólo había una manera de hacerlo y como pago nos quitó el pelo.

Una de las sirenas sacó un cuchillo del agua. Una hoja fina de plata reluciente, como la luna.

—Si derramas su sangre, hermana, si le cortas la piel y dejas que su sangre te caiga sobre las piernas, éstas se convertirán de nuevo en una cola, el hechizo se invertirá y podrás volver con nosotras. Es la única manera. Debes derramar su sangre.

Lenia movía enérgicamente la cabeza para decir que no, gesticulaba, se esforzaba por hablar.

—Pero Lenia, si no lo haces morirás.

—¡Por favor, hermana!

Se pusieron a hablar todas a la vez, llorando, suplicando, y Lenia estaba en la orilla, deshecha en sollozos. En aquel momento Margrethe ni siquiera podía pensar en Christopher, aunque en el fondo sabía que corría un peligro mortal. Había una parte de ella que ahora era capaz de sacrificarlo a él, a sí misma y a todo por aquello.

Una de las sirenas se acercó a Lenia con el cuchillo brillando en sus manos. Avanzó hasta el borde del agua. Al moverse, su cola se hizo visible poco a poco, reluciendo y destellando con la luz de la luna.

Margrethe se quedó sin aliento al recordar cómo se había sentido la primera vez que había visto a Lenia en la playa. Desde aquel momento nada había sido igual. La pureza del amor y la esperanza que había sentido entonces. La belleza insoportable de todo ello.

Lenia tomó el cuchillo y se dio la vuelta. Echó el brazo atrás y lo lanzó por los aires, más allá de los árboles. Cayó en la arena, cerca de Margrethe. El cuchillo centelleaba, destellaba.

—¡No! —gritó una de las hermanas—. ¡Lenia! ¡No es más que un hombre! Morirá pronto de todos modos. Piensa en todos los años que te quedan por vivir.

—Él no te amaba, hermana. No es de los nuestros. ¡Vuelve con nosotros!

Haciendo el menor ruido posible, Margrethe se deslizó por la arena y recogió el cuchillo. Pesaba tanto que casi se le cayó de la mano, y quemaba al tacto.

Se retiró de nuevo por la arena, para observar.

Todas las hermanas estaban flotando en el agua, sus brazos largos y brillantes extendidos hacia la playa.

—No puedes morir por él, Lenia —dijo una de ellas—. Por favor, ya casi amanece.

Margrethe vio que Lenia tendía los brazos para coger de la mano a sus hermanas. Por las expresiones de sus rostros, tristes y hermosos a la luz de las estrellas, vio que todas sabían que Lenia no iba a hacer lo que le pedían.

De repente, Margrethe salió del trance en el que estaba sumida, casi hipnotizada ella también por las voces de las sirenas. «Al amanecer», había dicho la hermana de la sirena. El sol saldría pronto, y ahora las hermanas estaban esperando, todas ellas, a que Lenia se convirtiera en espuma.

Se había negado a matar a Christopher para salvar su vida. Christina quedaría atrás, sin madre, en el castillo, la hija bastarda del príncipe.

En aquel preciso instante, a Margrethe se le ocurrió lo que tenía que hacer, dio media vuelta hacia el castillo y echó a correr.

Capítulo Veinticuatro

La Sirena

El cielo era de un azul intenso y radiante y se fundía con el océano, entonces oscuro y en calma, prácticamente quieto. Las estrellas parpadeaban, rielaban, una orquesta de luz. En la distancia, un mínimo indicio de color asomaba por el horizonte. La promesa de un nuevo día.

Sentada en la playa, Lenia recordó el primer amanecer que había visto, cuando nadaba hacia tierra con el príncipe en brazos. El milagro de todo ello: su piel cálida, el latido de su corazón, y el cielo que se abría, rompiéndose en colores que ella nunca había visto ni imaginado. ¡Qué nuevo y maravilloso había sido todo! Ahora ya había visto muchos amaneceres en el mundo superior. Todas esas mañanas, poco antes del alba, cuando se había envuelto en una bata y había dejado la cama del príncipe mientras éste dormía a su lado, cuando había caminado despacio por el castillo durmiente hasta la galería con los ventanales que daban al mar. Se quedaba allí, notando todavía la boca y las manos del príncipe sobre su piel, oliendo el perfume de las flores, sintiendo la brisa salina que soplaba del mar.

Sonrió al recordarlo.

Ahora ya no podía hacer nada más que esperar. El dolor se desató en todo su cuerpo, en cada célula, pero ella lo saboreó, aquel amor y aquella pena, el anhelo por sostener a su hija en brazos, porque en cuestión de momentos todo eso desaparecería de la tierra para siempre, y ella también. Pero entonces, en aquel momento, estaba viva.

Frente a ella, en el agua, sus hermanas también guardaban silencio, esperando a que saliera el sol. Lenia era consciente de que habían sacrificado mucho para salvarla, pero la decisión de irse a ese mundo fue suya, no podía castigar al príncipe por eso.

El castillo se alzaba hacia el cielo por detrás de Lenia, que sabía que su bebé estaba a salvo en el interior. Ahora comprendía que fue Christina lo que había sentido cuando el príncipe la besó y su cuerpo entró en el suyo. No era el alma del príncipe lo que había penetrado en ella, sino aquella otra nueva. Ésta era su vida inmortal.

Thilla se acercó a ella y las demás hicieron lo mismo. Lenia se puso de pie, se metió poco a poco en el mar y se despidió de sus hermanas, una a una. De Thilla, Bolette, Regitta, Nadine y Vela. Sus hermosas hermanas, que habrían hecho cualquier cosa para salvarla pero que no la convencieron para que derramara la sangre de su amado.

Se sintió embargada por una paz interior. Pronto se convertiría en nada en absoluto. Era lo que más había temido. Había renunciado a todo lo que conocía por la posibilidad de conseguir el amor y la vida eterna, un alma. Alzó la mirada hacia las estrellas. Entrañaban misterio, eran tan misteriosas como el océano, allí en el mundo superior. Ninguna de aquellas personas podría llegar a saber lo que ella sabía, el mundo que se encontraba en las profundidades del mar. Y ella nunca sabría, ya no, el misterio que les aguardaba después de la muerte.

Ella regresaría al mar, al lugar al que siempre había pertenecido, como todos los que la habían precedido.

Pero de repente se oyeron unos sonidos por detrás de ella, en la playa, ruidos de pasos, de voces y un llanto. Se volvió para advertir a sus hermanas, pero ellas ya se habían envuelto en un manto de bruma.

Era Margrethe, acompañada de Edele. Y en brazos de Margrethe, Christina.

Lenia sintió que su cuerpo se tambaleaba de horror.

«¡No! ¡Marchaos!», les indicó gesticulando.

Cuando intentaba evitar que se acercaran, Christina la vio, sus ojos azules se posaron en su madre y alargó los bracitos relucientes.

«¡No!»

El cielo estaba cambiando, iluminando la bruma en derredor.

—¡Lenia! —gritó Margrethe—. Sé lo que está pasando. Sé que estás esperando morir aquí.

Lenia miró a Margrethe, desconcertada, y ésta se sacó algo del bolsillo.

—¡No tienes que morir!

El cuchillo relució, como un pedacito de luna que hubiera caído a la tierra.

Lenia intentó gritar, y abrió la boca.

«¡No!»

No podía ver nada más que a Margrethe, con el cuchillo y con su hija indefensa en brazos. El pánico se apoderó de Lenia, corrió por todas sus venas.

—Lenia. Ahora soy una mujer casada. Su alma es mi alma. Su sangre es mi sangre.

En el preciso momento en el que Lenia se abalanzaba

para coger a Christina, cuando su cuerpo ya empezaba a alterarse y cambiar con los primeros rayos de sol, Margrethe dejó a Christina con cuidado en brazos de Edele, se dejó caer al suelo, cogió el cuchillo y se lo clavó en el muslo.

«Su alma es mi alma. Su sangre es mi sangre.»

Edele gritó al ver correr la sangre por las piernas de Margrethe.

—Yo cuidaré de Christina —dijo Margrethe, jadeante—. La criaré como si fuera mi propia hija y conocerá a su padre y crecerá para convertirse en una mujer magnífica y fuerte. Te lo prometo.

Lenia avanzó corriendo, se dejó caer junto a la princesa y le tomó la cabeza entre las manos.

—¿Por qué lo has hecho? —gritó Lenia. Y su voz, las palabras, resonaron claras y nítidas en el aire. Su voz. Se agarró la garganta porque el sonido casi la asfixió. Bajó la vista. Vio que la sangre de Margrethe le estaba cayendo en las piernas. Una herida relucía en el muslo de Margrethe y la sangre, de color intenso y brillante, se derramó sobre ella, empapándole el vestido y goteando sobre los pies de Lenia.

Christina lloraba. Edele gritaba pidiendo ayuda.

El sol se alzaba en el cielo.

Y entonces ocurrió. El dolor punzante de su cuerpo se disolvía. El cielo era anaranjado, rosado y azul, de un millón de colores que se fundían. Miró a su hija que lloraba y todo se rompió de golpe: su corazón, su piel, el cielo, el mundo entero se hacía pedazos y el llanto de su hija resonaba por encima de todo ello.

Entonces rezó, por primera vez, por la nada. Por volverse espuma, ser absorbida por el vasto océano y olvidar.

Todo se oscureció y por fin su cuerpo quedó libre de dolor.

Abrió los ojos y vio el cielo. Parpadeó mirando al cielo. El sol en el horizonte, reluciente. Notaba la tierra debajo. El cielo era un despliegue de tonos anaranjados, amarillos y azules que lo cruzaban en forma de largas vetas, y las estrellas ya se habían escondido.

Cerró los ojos. Tenía la sensación de estar soñando y se preguntó si no serían los momentos intermedios, entre dejar un reino y entrar en otro, mientras su cuerpo se fundía en espuma.

Pero no ocurría nada. Seguía notando la tierra dura bajo la espalda.

Abrió los ojos. Thilla se inclinaba sobre ella.

—Has vuelto con nosotras —dijo. Era muy hermosa, y sus ojos enormes estaban tan al borde de las lágrimas humanas como podían llegar a estar, rebosantes de alivio y de amor. La ausencia de pelo hacía que su rostro fuera aún más impresionante y su piel reluciente...

—¿He vuelto?

El rostro de Bolette apareció junto al de Thilla, y luego el de Regitta y el de Nadine.

A lo lejos percibía los sonidos del castillo que empezaba a cobrar vida.

Lenia se incorporó. Miró maravillada su piel, dura y reluciente; todo el dolor había desaparecido. Su cola poderosa, curvada sobre la arena. Su cola.

Por un momento, un instante, sintió todo lo que se puede sentir, todo al mismo tiempo. La euforia más intensa junto con la pena más desgarradora. En un momento lo había perdido todo y lo había recuperado todo.

¿O acaso lo había soñado?

El mundo olía diferente, sabía diferente.

Y entonces vio a Margrethe tendida en el suelo a tan sólo unos pasos de distancia, desmayada. Edele junto a ella preocupada, rasgándose el vestido para cubrir la herida.

Buscó a Christina con la mirada y vio a Vela sentada en la playa con el bebé en brazos. Christina miraba a su tía y sonreía.

Lenia miró a Thilla, confundida.

—Se pondrá bien, hermana —le dijo—. Tu amiga. Se lastimó por ti.

—No lo entiendo. ¿Qué ha pasado? —preguntó Lenia.

«Su sangre es mi sangre. Su alma es mi alma.»

Miró a Margrethe con más detenimiento, su pierna herida, la sangre en la arena.

—Ahora vendrán. Los guardias de ahí arriba —Thilla señaló—. Van a traer a otro humano para que cuide de ella. Oyeron los gritos. Ahora debemos marcharnos.

—¿Marcharnos?

—Ha llegado el momento de irnos, hermana —repitió Vela—. A ellas no les va a pasar nada.

Entonces Lenia lo comprendió. Margrethe la había salvado, pero ahora tenía que regresar a su mundo.

Los guardias se dirigían corriendo hacia el agua. La flamante esposa del príncipe había desaparecido. Estaba allí, junto al agua, herida. En el castillo se iba a armar un alboroto.

No había alternativa.

Lenia previó que las cosas irían bien. Que curarían a Margrethe y que Margrethe cuidaría de Christina y que Christina crecería hermosa y querida en aquel castillo junto al mar. ¿Alguna vez contemplaría el agua y sentiría algo? ¿Se sentiría atraída por el mar? Tal vez más adelante, algún día, cuando fuera lo bastante mayor para comprenderlo, Lenia podría volver a verla. Quizá para entonces Thilla ya fuera reina, y Lenia se habría emparejado con alguien de su propia especie, con Falke, si éste aún quería aceptarla, y estarían rodeados de pequeños sirenios, y ella podría contar a sus hijos historias sobre su hermanastra, que vivía en el mundo superior con su padre humano, bajo las estrellas.

Miró de nuevo a Margrethe, que parpadeó, abrió los ojos y fijó la mirada en los suyos.

¡Lenia quería decirle tantas cosas! Pero el sol ya estaba en el cielo, los guardias se acercaban, y el médico de la corte, el príncipe... todos corrían hacia el agua, y ahora Lenia tenía que pensar en su propia gente, en sus hermanas, que ya se deslizaban de nuevo al agua, esperándola para volver a casa.

Se volvió entonces a mirar a Vela y ella le tendió a su hija.

—Despídete de ella —le susurró su hermana—. Aquí estará a salvo. Vivirá bien.

Lenia lloró al tomar a su hija en brazos y estrecharla contra el pecho, inhalando su aroma. Sería el último olor que percibiría, uno que no olvidaría jamás. Cuando Christina la miró, mientras su corazón se partía, Lenia se dio cuenta de que había estado equivocada. Podía sentir más dolor que el que sintió cuando Sybil le cortó la lengua, y más que cuando la poción rompió su cuerpo en dos. Estaba aquello, aquel momento.

—Adiós, mi amor —susurró, deseando que sus palabras penetraran en el corazón de su hija, en su alma, en la red de luz dentro de su cuerpo minúsculo que mantendría vivo aquel recuerdo, incluso después de la muerte. Lenia le dijo entonces a Margrethe—: Protégela, por favor.

Margrethe asintió con la cabeza.

Edele se acercó a Lenia, mirando con nerviosismo por encima del hombro a los hombres que se acercaban.

—Tenéis que marcharos —le dijo con suavidad—. Puedo cogerla yo.

Lenia dijo que sí a aquella chica de cabellos rojos y le entregó a Christina con mucho cuidado, asegurándose de que estuviera bien envuelta en su manta. Miró al bebé, que se acurrucó en brazos de Edele y cerró sus brillantes ojos azules. Había muchas cosas que quería decirle para ayudarla en el mundo, pero no había más tiempo.

—Vamos, hermana —la llamó Thilla.

Y tras dirigir una última mirada a su bebé, una última mirada a su primera y única amiga humana, Lenia se volvió hacia el mar y agitó su cola poderosa para alejarse.

Epílogo

La Princesa

Por los pasillos y patios del castillo y por los bancos del gran salón circulaba la historia de lo ocurrido aquel día. Los invitados que estuvieron presentes en la reunión de los dos reyes y en la boda de la princesa Margrethe con el príncipe Christopher se llevaron la historia con ellos, de vuelta a sus grandiosas fincas, de vuelta a la campiña cubierta de nieve y a lo que solía conocerse, en aquellos días, como el reino del Norte. La anciana que había encontrado en la arena a la sirena que no llevaba encima nada más que un collar de rubí, la doncella que tomó a Christina de manos de la sirena, los soldados que vieron un atisbo de la sirena y de sus hermanas cuando éstas desaparecían en el mar y que afirmaban haber visto a la sirena brillando en el océano, sus ojos azules reluciendo desde el agua cuando volvió la cabeza por última vez antes de desaparecer de sus vidas para siempre. Ellos contaban lo que vieron, y las historias se repitieron y fueron cambiando con el tiempo.

Margrethe y Christopher criaron a Christina como si fuera su hija y además también tuvieron hijos propios, un niño y dos niñas, que crecieron juntos en el castillo cerca del mar, en los albores de un nuevo reino. Al final todos acabaron por olvidar que Christina hubiera sido de otra persona alguna vez. La sirena no había estado en el castillo el tiempo suficiente para tener un hijo, decía la gente, no podían haber sido más que unos pocos meses, al fin y al cabo, y todo el mundo recordaba que Margrethe había desaparecido durante horas en la habitación del parto, justo antes de la boda. No era de extrañar que la boda hubiera sido tan precipitada, comentaban algunos. No era de extrañar que mantuvieran tanto tiempo al bebé fuera de la vista de la corte, hasta que fue una niña de cabello de luna tan encantadora y con una voz tan agradable que ya nadie volvió a pensar en las extrañas circunstancias en las que había nacido.

En los últimos años, Margrethe a menudo encontraba a Christina mirando al mar. Caminando por la playa y hundiendo los pies en el agua. Margrethe se preguntaba si la niña tenía alguna noción en cuanto al lugar del que provenía, si sentía alguna atracción por el mar más allá de la que sentía todo el mundo al vivir siempre a su sombra, al oír constantemente el romper del agua contra la tierra y ver la luna, las estrellas y el sol reflejados en él. Pero Christina parecía una chica muy normal, aunque su piel continuó brillando hasta que fue una anciana y, durante toda su vida, su voz cautivó a todo aquél que la escuchara.

¿Cómo distinguir de antemano aquello que hará de nuestras vidas algo completamente distinto? Cuando estaba en el jardín helado de aquel convento en el fin del mundo, hacía siglos ya, Margrethe no tenía ni idea de que estaba a punto de presenciar un milagro: la última sirena en acudir a tierra, el final de los días en que las sirenas aún ansiaban regresar a ella. Durante los últimos años de su vida, Margrethe pensaba a menudo en el hecho de que, si no hubiera estado mirando al agua en aquel preciso instante, cuando era una chica de dieciocho años allí de pie en el fin del mundo, se habría perdido el milagro. Incluso cuando ya era muy anciana, a veces Margrethe levantaba rápidamente la vista de sus libros, las historias antiguas que le había encantado leer desde que era pequeña, temerosa de estarse perdiendo algo mágico que se revelara tan sólo por un instante, antes de desaparecer de nuevo.

Dicen que nadie del mundo marino volvió a tierra después de lo que le ocurrió a la hija de la reina del mar, que tanto sufrió entre los humanos, aunque nadie lo sabe con seguridad. Y así como la historia fue cambiando, creciendo y convirtiéndose en una leyenda de una sirenita que se enamoró de un príncipe y anhelaba un alma humana, nadie hablaba nunca de lo que la sirena dejó atrás.

Como ocurre con la mayoría de los niños, Christina creció y tuvo hijos a su vez, y estos hijos tuvieron hijos, y a medida que el mundo se hacía más largo y ancho, dichos hijos se dispersaron por él, pues en todos ellos ardía la misma llama de la curiosidad y el amor por la aventura que había llevado al rey Christopher, cuando era joven, a salir en busca del lugar en el que termina el mundo.

Ahora, cuando han transcurrido muchos siglos desde aquellos días en que la sirena salió a tierra y luego la abandonó, después de que hayan nacido muchas hijas e hijos, por todo el mundo hay gente que lleva a la sirena en su interior, aquella belleza de otro mundo, aquel mismo anhelo y deseo que le hizo alcanzar el cielo cuando vivía en la oscuridad del mar.

Agradecimientos

Me gustaría expresar mi amor y devoción infinitos a todos los que me ayudaron a crear este libro: Catherine Cobain, quien compró un libro sobre una sirena a partir de una lista de ideas y que así, bruscamente, me obligó a escribir uno; Elaine Markson y Gary Johnson, que tanto me ayudaron en la concepción de lo que sería este libro y que señalaron a la princesa como a un personaje que valía la pena explorar; Heather Lazare, quien creyó en la idea y (con paciencia y esmero) me ayudó a llevarla a cabo; y Charlotte Mendelson quien (también con paciencia y esmero) obró su magia desde el otro lado del océano; mis amigos Massie Jones y Rob Horning, quienes me ayudaron a poner en común ideas sobre guerras de antaño y reinos rivales, y a Rob, no solamente por leer los borradores de este libro, sino además por no importarle demasiado cuando dichos borradores aún se estaban creando durante viajes en tren a través de Austria y la República Checa; mis amigos Mary McMyne, Joi Brozek y Eric Schnall, sin cuyas maravillosas y constantes contribuciones posiblemente habría muerto, o al menos habría llorado de un modo melancólicamente atractivo; y mi amiga Jeanine Cummins, quien se empeñó en que la sirena constituyera la mitad de la voz de este libro y brindó tantas aportaciones en general que, en realidad, si *Sirena* no os cautiva por completo lo más probable es que sea culpa suya.

Doy gracias a mi madre, Jean; a mi padre, Alfred, y a mi hermana, Catherine. No solamente brindan un grandísimo apoyo, sino que además son unos editores y escritores fantásticos, lo cual resulta muy práctico.

Gracias a Two Alices y a The Grail, en Cornwall-on-Hudson, Nueva York, y a Al-Hamra en Berlín, Alemania, dado que escribí la mayor parte de este libro en dichos lugares.

Gracias a todos los miembros de Three Rivers Press y de Headline.

Y gracias a usted, señor Hans Christian Andersen, por ser tan inimitable, tan maravilloso y tan absoluta y magníficamente extraño.

Índice

Capítulo Uno: *La Princesa*	13
Capítulo Dos: *La Sirena*	21
Capítulo Tres: *La Princesa*	35
Capítulo Cuatro: *La Sirena*	46
Capítulo Cinco: *La Princesa*	55
Capítulo Seis: *La Sirena*	77
Capítulo Siete: *La Princesa*	95
Capítulo Ocho: *La Sirena*	108
Capítulo Nueve: *La Princesa*	124
Capítulo Diez: *La Sirena*	144
Capítulo Once: *La Princesa*	158
Capítulo Doce: *La Sirena*	177
Capítulo Trece: *La Princesa*	198
Capítulo Catorce: *La Sirena*	209
Capítulo Quince: *La Princesa*	225
Capítulo Dieciséis: *La Sirena*	235
Capítulo Diecisiete: *La Princesa*	246
Capítulo Dieciocho: *La Sirena*	257
Capítulo Diecinueve: *La Princesa*	260
Capítulo Veinte: *La Sirena*	269
Capítulo Veintiuno: *La Princesa*	278
Capítulo Veintidós: *La Sirena*	282

Capítulo Veintitrés: *La Princesa* 287
Capítulo Veinticuatro: *La Sirena*. 302
Epílogo: *La Princesa* 310